The Goldfish Boy

金鱼男孩

［英］丽莎·汤普森 著 徐德荣 夏晓桐 译

SPM 南方传媒 | 新世纪出版社
·广州·

图书在版编目（CIP）数据

金鱼男孩 /（英）丽莎·汤普森著；徐德荣，夏晓桐译 . — 广州：新世纪出版社，2024.7
ISBN 978-7-5583-4356-8

Ⅰ.①金… Ⅱ.①丽… ②徐… ③夏… Ⅲ.①儿童小说 - 长篇小说 - 英国 - 现代 Ⅳ.① I561.84

中国国家版本馆 CIP 数据核字（2024）第 095954 号

广东省版权局著作权合同登记号　图字：19-2024-073 号
Copyright © Lisa Thompson, 2017

出 版 人：陈少波
责任编辑：耿　芸
责任校对：陈姣姣
责任技编：王　维
封面设计：王雪纯

金鱼男孩
JINYU NANHAI
[英] 丽莎·汤普森　著　徐德荣　夏晓桐　译

出版发行	SPM 南方传媒 新世纪出版社（广州市越秀区大沙头四马路 12 号 2 号楼）
经　销	全国新华书店
印　刷	河北鹏润印刷有限公司
开　本	880 mm×1230 mm　1/32
印　张	10
字　数	221 千
版　次	2024 年 7 月第 1 版
印　次	2024 年 7 月第 1 次印刷
定　价	35.00 元

版权所有，侵权必究。
如发现图书质量问题，可联系调换。
质量监督电话：020-83797655
购书咨询电话：010-65541379

目录

第一章 抵达 _1

第二章 盛有秘密的盒子 _11

第三章 小池塘 _19

第四章 我们要为小马修做什么？ _27

第五章 科尔医生 _37

第六章 金鱼男孩 _53

第七章 美乐蒂和杰克 _65

第八章 玩花瓣 _73

第九章 泰迪不见了 _77

第十章 关于杰克的故事 _95

第十一章　搜寻队 _101

第十二章　初登电视 _110

第"十+三"章　在外留宿 _120

第十四章　罗兹医生 _126

第十五章　美乐蒂·伯德 _143

第十六章　墓园 _154

第十七章　教区长府邸 _166

第十八章　血迹之谜 _179

第十九章　佩妮·沙利文 _191

第二十章　目击事件 _199

第二十一章　**老妮娜的台灯** _207

第二十二章　**敲响十一号房门** _211

第二十三章　**"跟踪"老妮娜** _220

第二十四章　**《惠灵顿家用解决方案》** _224

第二十五章　**罗里·詹金斯先生** _230

第二十六章　**恶魔之猫** _239

第二十七章　**墙纸狮子的眼睛** _244

第二十八章　**警官拜访老妮娜** _249

第二十九章　**鸡胸肉色的墙漆** _253

第三十章　**一号房的秘密** _258

第三十一章　**金鱼崽** _265

第三十二章　**回家** _268

第三十三章　**寻找墙纸狮子的眼睛** _270

第三十四章　**逮捕** _280

第三十五章　**凯茜** _285

第三十六章　**治疗** _288

第三十七章　**敞开心扉的家庭谈话** _297

第三十八章　**苏的烧烤派对** _303

致谢 _307

译后记 _310

第一章

抵达

查尔斯先生的头顶被烈日晒伤了。

这是我在他低头摆弄玫瑰花时看到的。他沿着小路慢吞吞地走,仔细打量每一朵花,轻轻摇晃那些大一点儿的,察看是否有花瓣掉落。他头顶被晒伤的圆形大秃斑现在已然变得通红,在阳光下闪得透亮,周围散着蓬松的白发。按道理说,这么热的天气,他本应戴顶帽子。话虽如此,但我想,当一个人正埋头于手头上的事情时,应该不会注意到自己的头顶是否在"燃烧"。

不过,我注意到了!

我透过窗户着实注意到了太多东西。

我可不是调皮哟。我只是通过观察邻居们来打发时间,仅此而已;我也没有多管闲事,而且我认为我的邻居们也并不介意。当然,这绝不包括住在五号房的杰克·毕晓普,因为他总是冲我大喊大叫,内容无外乎是"怪人""怪胎"或"疯子"之类的。说起来,他已经很久没有叫过我马修了。但毕竟人人都知道他是个十足的"坏孩子",说话不靠谱,所以我真的不在乎他说我什么。

　　我住在一个人群熙攘的小镇里，而我家所在的街道是一条安静的、能看到尽头的小巷。镇上的人们总是嘴上说着幸好没有住在伦敦那个又大又挤的城市，然而他们却在无数个早上花费大把时间拼命地赶往那里。

　　我们这里有七套房子。其中六套表面看起来都一样：有着方形凸窗、硬塑材质的前门和粉刷平整的墙壁。然而，还有一间，从外面看与其余六间截然不同，赫然屹立在三号房和五号房中间。这间由鲜红色砖块砌成的教区长府邸根本不用再被特意装饰，它原本的样子在人们看来就已经像是在万圣节派对上才会出现的打扮奇异的角色——它的前门是黑色的，顶部有两个三角形的窗户，里面一层由旧纸板盖住。这些旧纸板放在那里是为了挡风保暖还是防人窥探，谁知道呢？

　　爸爸告诉我，二十年前，也就是我们的房子还在被建造的时候，一个开发商曾试图夷平教区长的府邸，尽管他们已经挖到了这府邸地下已经留存百年的地基，可这府邸却不知为何被完整地留存下来了。在其他在建的新房子中间，它就像一颗被腐蚀了的乳牙。牧师的遗孀老妮娜一直住在那里，但是我很少见到她。她家前侧房间的台灯昼夜亮着，从外面看，像是灰色窗帘后面有一颗不间断发光的橙色灯球。妈妈说老妮娜一直保持低调，是因为害怕没有了丈夫，教堂里的人会在某一天突然让她搬出去。毕竟丈夫过世，这便不再是她的房子了。她家门前的台阶上放了三盆花，每天早上十点，她都会给花浇水。

我在家中前侧的空房间里看着她和其他邻居。我喜欢待在这间空房间里：淡黄色的墙壁光洁如新，看起来像是刚被粉刷过，尽管它在五年前就已经装修好了。我的父母原本是想将这间房作为书房，毕竟我们已经把电脑放在那里了。但实际上，我们都知道它是婴儿房。房间的角落里挂着婴儿床上用的床铃，这床铃是由六个印有条纹大象的衬垫组成的，被随意地挂在一堆摞好的盒子和购物袋的上方。尽管对爸爸来说，在房间里挂这些东西并不吉利，可妈妈还是在完成一番漫长的"马拉松式"购物后，一到家就把床铃挂在了这里。

"不要犟，布莱恩。我们需要先这么做，再来确认是否真的需要这床铃，不是吗？"

妈妈将钥匙插进去，拧上发条，我们都看着大象在"一闪一闪亮晶晶，满天都是小星星"的歌声中舞动旋转。当音乐停止，我兴奋地拍手鼓掌——要知道，那时我只有七岁，正是做傻事的年纪，当然会为眼前的景象喜笑颜开。妈妈总说她下次会打开剩下的购物袋，看看里面有什么，然后收拾一下，可她从没真正行动过。袋子仍堆在原处，里面大概有：纸尿裤、奶瓶、消毒器、遥控器、小背心。我是用不到这些的，但如果我弟弟还活着，他应该都会用到的吧。

书房有一扇面向街道的窗户，我就是站在这扇窗边看着我的邻居们开始了他们的一天：

早上9:30 查尔斯先生又在侍弄他的玫瑰花，

这次他还拿着一把红色手柄的园艺剪。从我的角度看，他晒伤的头顶应该会很痛，这让我在窗边不禁抿起了嘴。

查尔斯先生少说得有六十五岁了，但应该不会超过九十五岁，可他看起来年纪似乎都没怎么变过。我甚至以为他找到了一个自己很喜欢的年纪，然后就不增不减地停在那里。

　　上午9：36　戈登和佩妮·沙利文从一号房走出来。戈登先上了车，佩妮从街对面向查尔斯先生挥手打招呼。

查尔斯先生也向后挥手回应着，像个牛仔一样在手指上转动他的园艺剪，在空气中剪了三下——咔嚓，咔嚓，咔嚓，银色的刀片在阳光下闪闪发光。佩妮看着这番景象不禁笑了起来，她眼睛眯起，抬起手遮住那刀片反射出的刺眼银光，但随后她的脸沉了下来。猜她发现了什么？原来是我啊！查尔斯先生顺着她的目光望去，他们都看到了窗户后面的我，正盯着我看。哦！我迅速逃走，钻回屋子，想从他们的视线中消失。我的心怦怦直跳，直到听到戈登倒车，确认他离开后，我才敢再次看向外面的街道。

　　上午9：42　每周这时候，佩妮和戈登都会去超市购物。

上午9:44　美乐蒂·伯德从三号房出来，拖着身后的弗兰基——一只腊肠犬。

　　今天是周末，这意味着应当轮到美乐蒂遛狗。而她的妈妈克劳迪娅，则会在一周中的工作日负责遛狗。但我实在不理解她们为什么要如此花费力气去遛狗——因为弗兰基看起来并不想出门运动，我能看到它在门前的路上拖着牵引绳，试图回家。美乐蒂边走边扯着她黑色开衫的袖子，每走几步就停下来等，直到弗兰基跟上来。她几乎每天都穿那件黑色开衫，尽管此刻外面大约有三十摄氏度。他们在路灯柱前停了下来，弗兰基低头嗅了嗅，然后向地面蜷缩起爪子，这表示它走不动了，想回家，但美乐蒂仍拖着它慢慢走。渐渐地，他们消失在通往教区长府邸后面墓地的小巷里。

　　上午9:50　七号的门被打开了，出来的是一对"新婚夫妇"。

　　詹金斯先生和他的妻子汉娜住在我们对门的隔壁。尽管他们已经结婚快四年了，但邻居们仍觉得他们是新婚夫妇。汉娜总是面带微笑，不管她注没注意到是否有人在看着她。
　　"罗里，我不确定在这么热的天气里跑步是否对你有好处。"她笑着说。
　　詹金斯先生并没有理会她，反而高高举起手臂，歪向一侧伸了个懒腰，进行热身。他在我的学校教体育，在他看来，一个人如果不进行体育锻炼，就没有任何存在的意义。我要确保自己在他的"不起眼人物名单"上，尽力做个"隐形人"，争取让他不要注意到自己。

他穿着紧身的白色上衣和蓝色短裤，双手叉腰，沿着他们面前的路猛冲过去。

"不要运动太久了。"汉娜说，"我们还得去挑选汽车安全座椅，记得吗？"

詹金斯先生冲她含糊地咕哝了一声。当我低头看台阶时注意到她怀着孕的大肚子，屏住了呼吸。她把手放在肚子上面，有节奏地轻拍自己的肚子，然后转身进屋。我这才松了口气。

詹金斯先生朝主路跑去，沿途冲查尔斯先生挥手打招呼。可查尔斯先生并没有注意到，此刻他正忙着侍弄他心爱的花，仔细察看着每一朵玫瑰，它们在微风中摇曳，就像绑在游乐场摊位上的粉红色棉花糖。他用园艺剪剪掉任何他认为不好的花，然后扔进一个塑料罐里。侍弄完，他提着装满干瘪玫瑰的塑料罐沿着房子的一侧走回去。

上午10：00 已经这个点儿了，却还看不出老妮娜是否给她的花儿浇过水。

今天早上到现在，我还没有见到她，但考虑到最近她有多忙碌，也就不足为奇了。

五号房的门被推开，一个和我同龄的男孩走了出来。他沿着车道走下去，只朝一个方向看——直冲着我的方向。这一次，我非但没有躲开，反而站在原地望着他。他停在我们家门前，把头向后仰，用力一咳，朝地上吐出一大口痰。

我忍着反胃的感觉隔着窗户缓缓地朝他攥起拳头。他看到我的拳头皱了皱眉，我赶紧把手背到身后。他狠狠地踢了一脚我们家的墙，然后转身离开了。

上午10：03 杰克·毕晓普——那个"坏孩子"，走了。

杰克要是一走，就没什么看头了。无非是：詹金斯先生大汗淋漓地跑完步回来，汗水浸透了他的白色上衣；戈登和佩妮·沙利文从他们的汽车后备厢里拿出逛街的"成果"——十一个购物袋；美乐蒂用一只胳膊夹着弗兰基——这条沾沾自喜的狗——遛弯回来。

这之后，小巷便静了下来。

这份宁静持续到教区长府邸的门缓缓打开。

上午10：40 老妮娜站在台阶上，她一只手拿着她的银色小喷壶，看起来并不自在。

这位老太太穿着黑色裙子、奶油色衬衫和桃粉色开衫。她从一到五数着眼前的花盆，给它们挨个浇水；边浇水，边用余光注意着周遭的巷子。当她看见街上出现了辆汽车时，尽管刚开始给最后一盆花浇水，她还是直接把喷壶放在台阶上，转身溜回屋里，砰的一声关上身后沉重的前门。

那辆在街上缓缓经过的车是爸爸提到过的需要"小额贷款"才能购买的车辆之一。这肯定不是邻居们的，它是如此地闪闪发光，黑亮的门上映出我们房子的模样。它绕着我们的小巷转了一圈，停在了十一号房外面。我直直地盯着它，手上赶忙抓起笔记本，等着车门打开，想要记下点什么新鲜事。

上午10:45 我看到一辆非常豪华的、从未见过的黑色轿车，就停在隔壁！

是查尔斯先生有客人来访吗？

这也太有趣了！因为我早就清楚了邻居们里里外外的日程安排，已然没什么新鲜感，但现在看起来，好像有新人要来了。我想看看车子里面，可那深色的车窗完全打消了我的念头，我什么都看不清楚。车子的发动机低声嗡嗡作响了一会儿，便熄了火，司机打开了车门。

从车上下来的，是一个戴大墨镜的女人，这墨镜大到快遮住她的整张脸了。她在巷子里四下看着，轻轻甩头，拂去脸上的头发，然后砰地关上车门。这时，查尔斯先生出门朝着车子快步走来，双手匆忙地在衬衫的前襟上擦了又擦。

"宝贝！"他边说着边向那个戴着墨镜的女人伸出他晒得黢

黑的手臂。

"嗨,老爸。"

她侧过脸颊,腾出个空间让他亲吻。然后,她打开车子的后门,一个大概六七岁的小女孩抱着一个瓷白的洋娃娃钻了出来。我赶紧站在靠近窗户的地方,想听听他们要说些什么,但只能听到一部分。

"……这一定是凯茜吧!哇,这是谁呀?凯茜会留下来住在这儿吗?"

查尔斯先生试图去摸摸小女孩怀里洋娃娃的头发,但小女孩转了个身,他便够不着了。这洋娃娃看起来像是古董店里的东西,并非普通的儿童玩具。接着,戴着大墨镜的女人从汽车后座抱出一个金发男孩,把他放在人行道上,查尔斯先生蹲下来,向这个蹒跚学步的孩子伸出手。

"很高兴认识你,小泰迪,我是你的外公。"

男孩盯着伸到面前的皱巴巴的手,并不上前,他搂着一条淡蓝色的小毯子,用一角擦着脸颊,不明所以地回望着查尔斯先生。那只手笨拙地悬在他们之间,最后,查尔斯先生还是放弃了,干脆去帮他女儿提行李。他们聊了一会儿,但他们背对着我,所以我听不见他们在说些什么。

女人把两个黑色行李箱放在门口,然后用手捧住两个孩子的脸,对着他们说了些什么,并快速地亲吻他们的额头。随后,她紧紧地抓住查尔斯先生的胳膊,像是交代完事情一般,转身回到车里。发动机发出轰鸣声,漆黑发亮的汽车缓缓驶向小路尽头。

查尔斯先生和两个孩子站在那里看着,直到车子消失不见。

"好了!咱们进屋去吧,好吗?"

查尔斯先生对着孩子们朝屋子的方向挥舞手臂,小心地轻推着他们的后背,像赶小羊一样把他们领进屋子,他不禁咧嘴笑起来,这可是他的外孙们呀。小男孩在中途停下,用小毯子擦擦脸颊,还想伸手去够路旁的玫瑰花。

"哎呀,我的老天爷,千万不要碰这些!"查尔斯先生边喊着边再次挥舞胳膊护着两个孩子,领着他们从前门赶快进来,安顿好他们之后,他转身去取行李箱。

很快,他就又回来了,身后拖着那两个黑色的箱子。他抬头看到了我,我迅速走开,但没过多久,当我再次偷瞄他的时候,他脸上刚刚还有的灿烂笑容就消失不见了。

第二章

盛有秘密的盒子

我的床底下有一个盒子，里面盛着我的秘密。

我本想说这只是我在花园里发现的一个神秘的旧木头盒子，被我藏在羽绒被里偷偷带回了家。我把秘密装进去，把它藏好后，它就一直静静地待在那里，牢牢守护着里面的秘密。只有我确认你是我可以信任的人，才会同意你俯下身靠着我跪下，在你面前小心翼翼地打开它摇摇欲坠的盖子。当你看到里面的秘密时，你会惊讶地张开嘴巴，瞪大眼睛，面对盛有这样秘密的宝盒，盖子上会落点灰尘，甚至结成泥块掉落到地毯上，我也完全不介意。

我倒希望这神秘盒子里是我所想象的宝藏，但事与愿违。

我的盒子其实普普通通，它是用灰白色纸板做成的，大小和形状就像是一个顶部有着椭圆形孔的小鞋盒。四周印着制造商的名字，各端的底角用醒目的黑体字印着：

数量：一百只

我想说，现在这秘密盒子里应该还剩下三十只左右。

要知道，只有当我很确定的时候，我才会说"应该"。因此，我想表达的是，我确定以及肯定这盒子里还剩三十只。

妈妈知道关于我盒子里的一切秘密，但爸爸并不知道。我心想，他如果知道的话，那肯定会不高兴。他倒并不是因我的做法而不快，而是因为妈妈对我的"纵容"。

"西拉，你不应该这样做。你干吗给他这个东西？你这样只会让他变得更糟。"

喏，这就是爸爸的反应。

他完全不会明白，现在，正是那个盒子在支撑着我的生活。

我住在切斯纳特巷九号，我的床底下放着盛有我秘密的盒子。这是一栋非常普通的半独立式住宅，有三间卧室、一间浴室、一间连带着厨房的餐厅，以及一个带有棚子和温室的长方形后花园，花园里大部分是草地。温室里原本有柳条沙发和配套的扶手椅，但最近，它们都已被一张新的台球桌取代。就在几周前，我从卧室里看到送货员费劲地把它从前门弄进屋子，再装好。自从有了台球桌，爸爸每天都问我想不想和他来几个回合。

虽然爸爸总是发出邀请，但我从未和他真正玩儿过。

我从卧室的窗户往下看，就能看到温室。温室的屋顶上有扇百叶窗，当它的叶片与窗户垂直时，爸爸独自一人在温室打台球的场景便被我尽收眼底。这不，前天，他就抬头瞥见了我。虽然

我立刻躲到了卧室窗帘的后面,但好景不长,不到五十秒,他就敲响了我卧室的门:

"儿子,你怎么不下来?来跟爸爸玩一局?"

"爸爸,我今天不太想玩。"

我这么说完,他就走了。我当然知道他想做什么,但老实说——在温室打台球?他是怎么想到这个主意的?我反正是早已下定决心,一定不会、决不、永不再踏入花园的温室。那里冰凉的白色地砖上有我家猫奈杰尔吐的无数的鸟和老鼠的内脏,你简直不能想象那里还会爬出什么稀奇古怪的东西。到了炎热的夏天,整个房间闷得好像一个病菌培养皿。奈杰尔像是察觉到我可能免不了要和爸爸一起打几个球,它选择把台球桌作为它最喜欢的小憩场所。它每天都在绿色的球桌布上伸展身体,像是它正在被献祭给"台球之神"。现在清洁那张台球桌的唯一方法就是用消毒剂对它进行全面消杀,而弄来那张桌子指定是花了爸爸好几百美元,我又不傻,才不会真的那么做。

我的卧室是家里最棒的地方,很干净,也很安全。出了房间,可就不再如此,外面的环境总是充满危险。人们到底明不明白,污垢意味着滋生细菌,细菌意味着诱发疾病,疾病意味着面临死亡。当你想到这一切时,这背后的逻辑应当是显而易见的。在我的房间,我说了算,所有的事情都必须有条不紊地发生,为此,我要做的,就是控制住所有事态的发展。

我在自己的房间花了大量精力,也早已非常了解这里。举几个例子:

1. 我床头柜右前侧的腿松了，而且歪得有一个小角度了。

2. 我的窗台下面掉漆了——肯定是因为我打扫这里的时候不小心碰到了，漆掉得更厉害了。

3. 在我床头上方的一个角落里，有一张墙纸，从某个角度看，它像一只狮子。

这不是一只看似凶猛的、"丛林之王"一般的狮子，而是一只长相滑稽的、"夹心软糖"一般的狮子。它有着又松又乱的鬃毛、又长又扁的鼻子和又低又垂的眼睛——我猜，能呈现出这只"狮子"，这墙纸得有十年了，并且还被粉刷过无数次。我有时候会和这只"狮子"说话，虽然我知道，人类与某个物件交流是有些"不正常"，但我确信我的这个行为在某一本教科书里被视为"正常现象"，书上这样写道：

"在第十天左右，不可避免地，当初那些选择参加这个实验的人，即需要在这个空间里度过很大一部分时间的人，因为长时间未能与人接触，会变得十分无聊，以至于他们开始与周围的物品进行交谈。这是正常现象，不应引起过度关注。"

眼下，已经是我待在家里没有去上学的第八天了。我又度过了一个难熬的下午，总感觉房间角落里有目光在盯着自己，我当然知道是谁在看我，除了墙纸狮子，别无他物。我时不时地瞥着它，就这样看了好一会儿，想说点什么，但又忍住不让自己开口。终于，我忍不住了，想要爆发，想要宣泄，我再也忍不住了。

"我当然知道你在想什么！你在想：唉，这可怜的小马修，整天被困在家里，也太惨了？他怎么不去上学？他怎么不出去做些有意义的事情？好吧，以上这些肯定不会发生，所以快别为我瞎操心了好吗？！"

一旦我说出我想说的话，我就会冷静下来。这让我觉得在与它的争辩中，我占了上风。如今，它只是我时不时交谈的对象，就像我妈妈会和家里的猫说话一样，这没什么奇怪的。要是它哪天"回答"了我，那才是真的奇了大怪。好在，这并没有发生过。

当然，这只是我的另一个小秘密，没有人知道我和它对话过。然而事实上，直到最近，我的强迫症也成为一个秘密了。我的好朋友汤姆是第一个注意到我有了秘密的人。我是怎么知道他好像看出来点什么的呢？当时，我在科学课上去了趟洗手间，当我回到座位时，他正枕在自己的拳头上，侧头盯着我看。

"小马修，你怎么了？"

我看着他。

"什么怎么了？"

汤姆凑近我，俯身低声说。

"洗手间的事啊！今天每节课和课间，你都跑去洗手间，你怎么样，还好吗？"

我其实每次去洗手间都是在不停地洗手，因为我总觉得手还是不够干净。每次我洗完回到座位，这想法就会蹦出来，所以我不得不继续去洗手，试图洗干净。我很想告诉汤姆，但我实在不知道怎么说,索性耸了耸肩,继续做我自己的事情了。从那以后,我就几乎不怎么去学校了。

  既然现在我在家里,我就更能控制房间的整洁了,我可以随时随地清洁打扫,怎么干净怎么来。最需要让我做足心理建设再去打扫的地方非浴室莫属。因为每次我进去的时候,都感觉里面充满了细菌。大概是几周前的一天,妈妈还在上班,我实在忍不了了,就开始发疯般地打扫浴室。沉浸于打扫浴室的我完全没有注意到,不知不觉一下午过去了。妈妈下班回到家,站在门口张大嘴巴盯着我用浸过漂白剂的清洁棉擦拭水龙头内壁。

  "天啊,马修,你到底在做什么?"

  她环顾四周,看着闪闪发光的白色瓷砖。要是你看到她那张神情阴沉的脸,一定会以为我一直在到处乱涂乱画。

  "这,别做了……快停下,已经很干净了。"

  她向前迈了一步,我换了个姿势,感觉到水槽顶到了我的背。

  "马修,我们需要谈谈,你这是怎么了?看看你可怜的手……"

  她边说着边伸出手要来握住我的手,但我向后缩了缩并且摇了摇头。

  "妈妈,你就站在那里,不要过来了。"

  "但是,小马修,我只想看看你的小手,小手是在哭吗?它看起来好像很伤心……"

我却抱住自己，把手塞进腋窝里。

"马修，你的手是不是被烧伤了？宝贝，可不能让皮肤沾上漂白剂啊。"

"我没事，我能自己处理好。"

我迅速溜走，从她的身旁走过，回到我的房间，并用脚关上了身后的门。我躺在床上，把手夹在腋下，我能感觉到手一抽一抽地疼。妈妈站在门外。其实她知道，这时候她不进来，我会更好受些。

"宝贝，有什么妈妈能做的吗？我和你爸爸不能再这样继续瞒着你了，今天学校又打来电话，我不能一直告诉他们说……说你染上了某种病毒……马修？马修？告诉妈妈，怎么样才能帮到你？"

她支支吾吾地，声音颤抖，喘不过气，好像突然间无法呼吸。我闭上眼睛，冲她喊了两个字：

"手套。"

空气安静下来。

"你说什么？"

"就是那种一次性的乳胶手套，妈妈，我就需要这个。可以了吗？现在能别管我了吗？"

"好，我……我看看我能做些什么。"

事情就是这样。

那是我放在床底下的秘密宝盒。它不只是满是灰尘的旧宝盒，而是一个能装一百只一次性乳胶手套的宝盒，但现在只装了十五副，总共三十只。我和妈妈之间有个秘密交易：她会给我提供手套，而我则答应她不会再用漂白剂灼伤自己的皮肤。

　　这是我和妈妈之间的秘密，不需要告诉爸爸——因为他不会理解的。

第三章

小池塘

我戴上手套,拿抗菌喷雾朝我的书柜顶上喷了喷,这喷雾是我从浴室水槽下面偷偷拿来的。哦对,我没忘记数我的秘密盒子里的东西,还剩下十四副手套。

"让我们来看看查尔斯先生的花园怎么样了。我敢打赌,他一定很生气。"我一边打扫,一边对墙纸上的狮子说。

要知道,只需要给孩子们一天的时间,他们就能将整洁的草坪弄得翻天覆地。这不,查尔斯花园里茂密的绿色草坪上随意盖着一条呢子做的蓝色方格毛毯,那是野餐用的,旁边歪七扭八地散落着小水桶、小铁锹、各种大小不一的球、小塑料车和孩子们玩剩的三根跳绳。看到此情此景,我拿起笔记本想记点什么。

下午1:15 查尔斯先生的外孙泰迪在后花园玩耍,但没有看到他姐姐凯茜。

泰迪好像在用一根棍子戳着花坛里的什么东西。我伸长脖子眯起眼睛仔细看,当我看清时,猛地后退了两步:那是一只已经死去的幼鸟,它的眼睛鼓鼓的,头上还没有长出毛,看起来像是刚被孵化出来没多久。只见泰迪在草地上捡起一把橙色的塑料铲子,跪下来,在这只小鸟身下晃动铲子,把它铲了起来。我停下手中的活儿,放好清洁工具,开始仔细观察他。

泰迪缓慢地站了起来,仿佛全身都在用力保持平衡,他甚至因为用力而微微颤抖。看得出,他实在是不想让小鸟在他自己站起来的过程中掉下去,他做到了!接着,他想要快速走向池塘,却又不能太快,只能身子前倾,双腿蹒跚着走向池塘。到了距离池塘一米远的地方,他停下来,把小鸟朝池塘扔去,只见小鸟翻了个跟头跌入水中,溅起水花,紧接着沉没,消失在水面之下。查尔斯先生养了橙色的鱼,当它们游到水底时,总能闪现出几道橙色的闪光。泰迪站在池塘边看了一会儿,也许是想看看这只小鸟会不会浮到水面上。然后,他回到花坛边,开始用铁锹挖土。我从书柜里拿出一本书开始擦拭,继续打扫书柜,同时用余光留意着花园。

凯茜来了,手里拿着一个塑料袋和一个瓷娃娃,这个瓷娃娃在她刚来时我就在她手里见过。眼下,泰迪正飞快地蹦跳到凯茜身边。

"凯茜!凯茜!有一只小鸟死了!"

凯茜十分平静,将草坪上那张呢子的蓝色方格野餐毯拉向阴凉处,完全不理会泰迪,尽管他像小喇叭似的在她左右咋呼着宣告小鸟死去的消息。

"是一只小鸟，小鸟！凯茜！它死了！不能活了！"他大喊着，好像这样可以让她听懂他的话，并且和他一样对此感兴趣。我猜他现在一定很后悔把那只小鸟扔进池塘里，不然他现在非要拿给她看不可。

"一边儿去，"凯茜一边不耐烦地冲泰迪说，一边将瓷娃娃放到毯子中央，伸展开它的腿让它能立起来。她把塑料袋里的东西倒了出来：五颜六色的丝带、刷子和发夹像彩虹一样掉落在毯子上。

"凯茜，那鸟死了！完全不动了！！"

泰迪跑到池塘边，一边指着水面，一边全身用力摆动，想要引起凯茜的注意。凯茜看了他一眼，然后自顾自地开始整理毯子上的发夹，排列各种刷子，卷起凌乱的丝带。泰迪回来坐到凯茜旁边，拿起一把紫色的刷子，想要梳理他金色的头发，但他不会用，不小心弄错了角度，结果这刷子非但没有梳到他的金发，反而顺着他的脸刮了下来。

不知道凯茜冲他说了些什么，好像是教训了他，然后从他手里把刷子抢了回来。泰迪并没有放弃，起身回到花坛边蹲下，盯着眼前植物下面的泥土，或许是在找更多的死鸟给凯茜看，来证明自己说的话。凯茜轻轻抚平腿上的裙子，把瓷娃娃抱在怀里，边梳它的头发，边和它说话。

我的心要跳到嗓子眼儿了。自从看到那只死去的小鸟，我就猜它身上一定有各种疾病，这想法让我感觉更难受了。就算我在隔壁，而且仅仅是看到，我也控制不住地想那些死去的小鸟产生的细菌可能会在我的房间周围蔓延，并渗入所有的小缝隙。没有人真正了解并在意，小污垢其实会造成大麻烦。这些东西会产生多米诺骨牌效应，如果我不小心沾染一点儿脏东西，我可能就要打扫一整天。我转身离开窗边，从书架上取下一本本书，认真地擦拭每本书的封皮和书脊。

当我正在擦拭第三本书时，听到窗外有尖叫声。我跑到窗边，只见泰迪平躺着，凯茜拽着他的脚踝把他从毯子上拖下来。刚拖到草地上，凯茜立马松开手，啪地把他甩在地上，重新回到瓷娃娃旁边。泰迪在那里躺了一会儿，盯着蔚蓝的天空发呆，突然爬起来猛地扑向瓷娃娃，一把抓起它的头发，拖在地上朝池塘跑去。凯茜呆坐在原地，张大嘴巴，十分震惊。过了几秒，她的大脑才反应过来，然后拼命喊道：

"还！给！我！立！刻！"

泰迪转过身来，瓷娃娃被他抓在手里晃来晃去，腿扭成了奇怪的姿态。此时，两人僵持在原地。

"泰迪！求你了……不要弄坏它，那是妈妈送给我的……"

凯茜声音颤抖着恳求他。

也许泰迪是想报复她没有理会他分享的趣事，又或者他只是想看看娃娃掉进池塘后是否能像死去的小鸟一样迅速下沉。这两种理由，放在泰迪身上都极具说服力。这个还在蹒跚学步的孩子用力摆动胖胖的小胳膊，把瓷娃娃扔到空中，只见瓷娃娃在空中短暂地停留了一下，随即坠入深绿色的水里。

水花四溅！

瓷娃娃的奶油色裙子鼓了起来，使它可以短暂地浮在水面，但很快裙子的布料又瘪了下去，它像一个注定失败的女侠，无力应对泰迪的恶行。它静静地躺在水面，渐渐下沉，最后慢慢消失在了水中。

"我有种不好的预感。"我对墙纸狮子说。

看到这一幕的凯茜完全僵住了，她定在原地，贴在身体两侧的双手用力张开，能看出她是真的很生气。如果这是在一部动画片里，那么此刻的凯茜应当是被气得耳朵直冒烟。泰迪正对着池塘，应该也是呆住了，也许他是在思考娃娃是不是落在了那只死鸟的身上。不等泰迪反应过来，凯茜突然变了脸，挥舞胳膊，向弟弟跑去，然后用力地打他，泰迪招架不住，脑袋朝后仰去，然后向前倾倒，一个没站稳，径直掉进了池塘里。

起初我不敢相信我看到的，这可太戏剧性了！此时我面前的窗户就像是一个电视屏幕，随时都会有广告插播的那种。这池塘并不浅，凯茜站在原地，看着弟弟在水中拼命地翻腾挣扎。

"查尔斯先生在哪儿呢？他怎么还不来？"我对墙纸狮子说，边说边用戴着手套的手敲了敲窗户，试图引起凯茜的注意。

"快救救他！"

凯茜跳了起来，慢慢转头过来，想要弄清楚声音是从哪里来的。

扑通，扑通，扑通！泰迪用力翻腾。

"找你外公！快去找你外公！立刻！"

扑通，扑通，扑通！泰迪用力翻腾。

我用力拍打玻璃窗，想要让凯茜快点去找她的外公查尔斯先生，但她只是盯着我看，任凭她弟弟在水里翻腾，溅起水花，她的双臂仍垂在身体两侧，僵在原地不动。于是，我赶忙跑出房间。怎料奈杰尔正伸直身子趴在楼梯拐弯处的平台晒太阳，我差点儿被它绊倒。我站在楼梯顶上，紧盯前门。我完全可以跑下去，穿上运动鞋，冲过去将泰迪从池塘里拉出来，但我动弹不得。别说要把手伸进脏水里抱出泰迪了，就连出门接触"未经消毒的地方"，哪怕只有空气，都会令我感到恶心。我没有去救泰迪，而是跑进了书房，我走路带动的空气吹动了床铃，那上面的大象衬垫转了起来。

能看见一根软管沿着十一号房门前的路蜿蜒伸展，却完全不见查尔斯先生的踪迹。

"他去哪儿了？他究竟在哪儿？！"

我环顾四周，终于看到了他，他正在一号房门前与佩妮还有戈登聊天，他们不知道谈到什么事大笑起来，查尔斯先生笑得脸都红了。还笑呢！我朝他们重重地敲了敲玻璃，并大喊：

"查尔斯先生！泰迪出事了！你快过去！"

他收起笑容，四下张望，想弄清楚这声音是从哪儿传来的，是佩妮发现了我并向他指了指方向。

"查尔斯先生！快点！是泰迪，他掉进了池塘里！"

扑通，扑通，扑通。泰迪还在用力翻腾。

有那么一会儿，查尔斯先生看起来很茫然，他好像不能明白我在说什么，但随后他似乎回过神来，跑向他的房子。他的胳膊和腿又细又长,奔跑起来像是视频里回放的慢动作。我的目光追随着查尔斯先生,跑回我卧室的窗户,朝外看:凯茜还在眼睁睁地看着泰迪在池塘里扑腾着溅起水花。查尔斯先生赶到了,凯茜一把抓住她弟弟的胳膊,把他从池塘里拽了出来。

"泰迪,这是怎么回事!"

"外公,他掉进池塘了!我够不着他!我喊您,您一直没来!"

当她弟弟被水呛得在草地上直咳嗽时,她开始低声抽泣,查尔斯先生揉了揉自己的后背,活动了一下。

佩妮也赶了过来,戈登跟在她身后。

"哦,我的老天爷啊。这是发生了什么事?他还好吗?"佩妮担心地问。

查尔斯先生用手指戳了戳凯茜,但他具体说了些什么,我完全没听清。

"……一小会儿没看住你们……你们就在池塘旁边玩?……那里是钓鱼的地方!"

她哭得越来越大声,但查尔斯先生没有理会她,而是将泰迪抱起来朝房子走去。

"你有毯子吗?"佩妮跟在他身后,挥舞着双臂问道,"他肯定吓坏了!他需要保暖!戈登!回家拿毯子!至少拿三个!"

戈登一言不发地走到房子的一侧。

查尔斯先生在走回花园时抬头看向我,我本以为他会感激地点点头,但他面无表情,毫无感激之意。泰迪像超人那样,把手伸到身前,对查尔斯先生说:

"有鸟！外公，有一只死了的小鸟！"

要不是知道他刚刚差点儿被淹死，从这精神头儿还真看不出来他刚才有多狼狈。

看到他们都进房子之后，凯茜立刻停止了哭泣，从花园里抓起泰迪用来戳那只小鸟的棍子，把它插进池塘里，四处搅和，直到有什么东西浮出水面。她赶忙跪下去看，然后把那东西揪了上来，抱在胸前，那是她的瓷娃娃！只见水从瓷娃娃里流了出来，它的金色头发已经脏成棕色，还丢了一只鞋。凯茜颤抖着吻它的脸，努力抚平它的衣裳和头发，让它看起来整洁一些。她朝房子走了几步，然后突然抬头看着我。我被她看得心脏怦怦直跳，但又不想躲开，那会让我看起来很愚蠢。于是，我回应了她的目光并注视着她。她的嘴巴张成了"O"形，慢慢地抿了三下唇，就像一条鱼在吐泡泡那样。我打了个寒战，又转身继续打扫卫生。

那天夜里，安静得很，我却难以入眠。

咚，咚，咚。

我听到有人从隔壁敲击我卧室的墙壁。

咚，咚，咚。

我猜是凯茜想折腾我，我没有搭理，只是静静地听着。

敲击声又开始了，这次听起来更加用力。

咚，咚，咚。

我索性翻了个身，背对着墙。

自从这些"新人"来到这儿，许多事情发生了变化，而我并不确定我是否喜欢这样。

第四章

我们要为小马修做什么？

每天，妈妈都会用托盘把我的饭送到房间。午饭的时候，妈妈会为我准备预先真空包装好的火腿和奶酪三明治、一盒密封的橙汁、一根香蕉和三瓶未开封的饮用水，这些水足足够我喝一天。这些东西完全无菌，可以说是非常安全。

妈妈总会想要借送饭的机会和我说说话，但我并不想多说，也尽可能避开她的眼睛，不和她对视。

"查尔斯先生的外孙们看起来真可爱，不是吗？这会儿放暑假了，隔壁有几个孩子也会比较热闹，还挺不错的，是吧，马修？"

"啊，是啊，我也这么觉得。"

我敷衍着回应妈妈，内心想着：绝不说任何关于"池塘事件"和"敲击墙壁"的事。

"其实这有点儿奇怪。你看，他的女儿在纽约待了一个月，显然，她在银行干得不错。而且，我从未听说她会回来看查尔斯先生，你之前听说了吗？"

我摇了摇头，表示并没听说。妈妈之所以和我聊起这些，是因为她知道我经常观察邻居，如果有人最先看到查尔斯先生的女儿来访，那一定是我。

"这不好笑吗？那些孩子可能从未见过查尔斯先生，上来就要直接称呼他为'外公'。不过话说回来，也许是他女儿觉得照顾小孩子并不是特别轻松吧。"

"啊，也许是吧。"

我并不健谈，而妈妈最喜欢的话题便是："我们要为小马修做些什么。"因此，在她和我聊天时，以防聊到她"最喜欢的话题"，我便一直盯着我的午餐，不想做出太多回应。

"马修，我今天下午大部分时间会待在沙龙，你自己没问题的吧？"

五年前，妈妈开了一家一站式美容沙龙，她原先的设想是雇一位新的经理来运营，这样她就可以在顾客做美容项目时和她们讨论八卦。最近，她似乎每天都去那里。只有我知道，她这是在逃离家中的大问题：我。她把托盘拿出来，我小心翼翼地用指尖把东西拿出来，放到床头柜上。

"马修？你在听吗？这样行吗？"

"噢噢，当然可以。"我抬头看着她，不小心与她对视了，紧接着听见咣当的关门声——她出门了……

"好，哦对，我已经约好早上去见医生，看看能不能帮到你，可以吧？"

她把送晚饭的空托盘像手提包一样夹在胳膊下。

"你在说些什么?"

"你也知道,现在的社会啊,如果孩子上不了学,父母是会被关起来的。学校一直在给我们打电话,而且现在理事会也在写信督促,告知我们必须在九月之前解决好你的事情,不然我和你爸爸会有大麻烦。"

其实爸爸妈妈一直没有和学校坦白,他们坚持说我得了腺热。实际上,他们只是想让我能安心休学,调整一段时间,所以在众多我可能患上的疾病中,做出了自认为不错的选择——嗜吻症。病如其名,它会在我不经意亲吻别人时发作。我能感觉到,妈妈甚至设法说服自己她的儿子真的得了嗜吻症,因为在我休息的头几天,她一直问我喉咙感觉怎样,还给我止痛药。绝望,大概就是这样吧——她还奢望有办法可以治愈我,而这是能让她有成就感的事情。

"我不去。"

"别任性,你必须去。别害怕,就是科尔医生,你小时候还见过他。"

当她和我说话时,她试图越过我的肩膀朝我身后的房间里看,我轻轻拉住了房门。

"怎么不把窗户打开呀?这样不闷吗?透透气吧!"

当她经过我的房门口时,赤脚踩在了我的地毯上。

"妈!你在干吗?!"

她的身体有些瑟缩,但仍定住不动。我低头看着她粉红色的脚指甲在我米白色的地毯上动着,这真的令我崩溃。

"请你把脚移出我的房间好吗?"我克制着情绪和她说。

她把腿稍稍向外扭了一点角度,但依然定在那里。

"妈妈,拜托!"

"为什么,马修?这只是一只脚而已,它不会伤害你。"

她略显紧张地咯咯笑着,赤裸的脚趾蜷在一起。

我开始发抖。

"这样,咱们说好,如果你答应明天早上去看科尔医生,那我就走,怎么样?"

天啊!她今天早上一直待在温室里:光着脚在冰冷的瓷砖上走来走去,还有奈杰尔在那里乱吐的鸟和老鼠的内脏。她现在一定是满身细菌,而她此刻正在我的房门口,也就是说,数以百万计的细菌进了我的房间!我抓住门框,用力晃动,想用它去撞她的脚趾,但如果我那样做,可能鲜血四溅,而那会让我更头晕,我索性没有抬头。

"好吧好吧,我去看医生,现在能把你的脚移开了吗?"

她的脚还定在那里。

"你保证?"

"我保证。"

即使我心里完全不想这样。

"真的?你真的答应了吗?对卡勒姆的天使发誓?"

卡勒姆是我的小弟弟,他一出生就离开了我们,没能从医院回家,自然也没能被大象床铃逗乐。家人为他建了一座墓碑,上面有块白色大理石,被雕刻成天使的模样。如果对这个天使发誓,我将绝不能违背诺言——所以当面对这个天使时,我必须慎重考虑我的决定。

我闭上眼睛,在脑袋里权衡着各种选择。这时,我感觉到房门被轻轻推了一下,妈妈正试图挤进来。

我连忙大喊:"我发誓!我向卡勒姆的天使发誓。"

她顿了几秒钟,终于把脚移出了我的房间,回到走廊,看得出她得知我答应去看医生后非常开心。

"太好了!我出去一会儿,很快回来。对了,你今天怎么不去花园里坐坐?振奋一下精神?我给你搬张椅子过去,好吗?"

"随便吧,妈妈。"

我关上房门,钻到床底下,拿出放手套的盒子(盒子里还剩十副手套)、一瓶抗菌喷雾和一小块布,尽我所能地清理刚刚被妈妈踩过的地毯。我边清理,边倒胃口,内心为自己所做的事情感到愧疚。爸爸妈妈总是这样,他们一提起卡勒姆,我的情绪就会波动。现在,我的感觉就像是身体里有一只恶毒的黑甲虫,在胃里乱窜。

有那么几天,我抓狂地几乎要把手伸进肚子里揪出那只甲虫,然后扔到地上。想象我看着它的小腿在空气中胡乱舞动,对自己的现状毫无招架之力,我内心所有的恐惧才会奇迹般地消失,直到那时,我才能够真正摆脱内疚。但现实是,黑甲虫并没有消失,它只是暂时地躺下打个瞌睡,等我稍稍放松精神,它就又会重新开始折磨我;上蹿蹿,下跳跳,扰乱我的心。

我往地毯上喷洒了抗菌喷雾,用抹布使劲擦,然后去洗手间摘掉手套洗手，洗了大概有十一遍，我才感到舒服一些。回到房间，我仔细检查了我的午餐，确认都是密封好的，这才打开。为了防止它们沾染空气中的细菌，一打开，我就快速把它们吃完，并把厨余垃圾放到门外，然后去书房看看外面有没有什么事发生。关于我观察到的窗外的事情，我专门做了一些笔记：

7月22日　星期二　下午4：11　晴朗炎热
街上的汽车数：4
街上的行人数：1
下午4：12　美乐蒂·伯德从三号房出来。她换下了校服，匆匆穿过马路，跑向教区长府邸旁边的小巷。那条小巷通往墓地，她去那里做什么？

美乐蒂双臂交叉抱在胸前，低着头，仿佛是在逆着北极的狂风而行，身影渐渐消失在杂草丛生的隧道，查尔斯先生穿着红色的格子衬衫和米色裤子出现在他家前面的小路上，看起来像是在为牛仔竞技表演做准备。他用一把坚硬的棕色扫帚猛击面前的混凝土路，脚踝周围一时间尘土飞扬。我依旧没有看见凯茜和泰迪。查尔斯先生停下来，擦拭额上的汗，然后打开花园的铁门，开始刷洗屋外的人行道，并将每一次的废水直接扫向路旁的排水沟。我心跳加速，又开始觉得自己的手不干净了。我去了洗手间，在洗完七遍后，门铃响了。我愣在那儿没有去开，因为我觉得手还不够干净，便继续洗。我再次拿起肥皂用力擦在已经干裂的皮肤上,没有理会敲门声。紧接着,门铃再次响起,还夹杂着有人敲玻璃的声音。我这才赶紧用滚烫的水将皮肤冲洗干净,飞奔下楼,隔着袖子打开了门。

"啊,马修!原来你在家啊,那你妈妈在吗?"

查尔斯先生站在我家门口的台阶上,双臂笨拙地夹住扫帚柄,支在那里,样子像是要放声高歌。我冲他摇了摇头,身后的恶魔奈杰尔在不停地喵喵叫。

"那你爸爸呢?"

"他去上班了。"我说着,轻轻地关上了门。我回头张望,想找到奈杰尔,发现它正悠闲地从厨房里放食物的橱柜旁迈着猫步优雅走过,又低头舔舔自己的毛,一副傲娇的样子。

"好吧,好吧,没事儿。"他说着立刻大笑起来,"说实话,我想找的是你,你想不想给自己挣点零花钱?"

他揉了揉头顶被晒伤的地方。也许是太久没有近距离仔细看过他了,我这才发现他的脑袋看起来很大,像一个晒黑了的大核桃。透过墙壁,我听到他家传来规律的咚咚的声音。

"我想孩子们正在您家的客厅里踢足球,查尔斯先生。"我说。

听到我这么说,他眼睛开始闪烁。

"哦,那只是……只是一个游戏……"他朝家的方向看了一眼,捏了捏眉心,闭上了眼睛,然后又转过头来。

"那么,你愿意放学之后帮我照看小孩子吗?这样我就可以腾出时间做点其他事,去采购啊之类的。呃,虽然听起来有些奇怪，但你觉得怎么样？"

我双臂交叠在胸前。

"我不知道……"

"价钱好说！他们是很乖的孩子——很容易照看，不费力气的！"他边说着，边冲我不断地眨眼。

扑通，扑通，扑通。泰迪用力翻腾。

"老实说，我比较忙。"

他点点头，好像能明白我的生活是多么"忙碌"——大部分时间都在屋内无所事事。可眼下，我真的不能再待下去了，要赶紧离开去洗手。细菌肯定已经开始蔓延并传播。随着奈杰尔走进大厅，喵喵声越来越大，它最终坐在了我身后。

扑通，扑通，扑通。泰迪用力翻腾。

我现在都能听到凯茜的尖叫声，查尔斯先生不得不提高嗓门来盖过他们的声音。

"我想，让你帮忙照看整个下午可能太久……两三个小时怎么样？甚至就一小时？我愿意付双倍的钱！"

我依然摇头。

"马修，嗯？你只要告诉我你想要多少。"

我站在门边，如果他朝门再靠近些，我想他会立刻用力抱住我，摇晃我，恳求我，直到我答应。

扑通，扑通，扑通。泰迪用力翻腾。

"我才十二岁，查尔斯先生，我不觉得自己大到能照看小孩子。"

奈杰尔站在最下面的台阶,把脸贴在上一级的台阶上蹭来蹭去。奶油色的地垫上有一个小黑点,那是它流口水的地方。它注意到我在看它,便径直朝我走来。我有种感觉,无数可怕的细菌会从它的皮毛上掉下来,落在地毯各处。我迅速后退,把门大敞开。这只大胖猫在明媚的阳光下眨了眨眼,然后小跑到外面,绕过查尔斯先生的腿,又沿着门前的马路继续跑。看到它跑出去,我再次关上门,把手从袖子里拿出来,才注意到手都已经汗涔涔了。

"我相信你在这个年纪完全能照顾好小孩。"他笑着说,"为什么我会这么想呢?因为我七岁的时候就在照顾我弟弟啦!"

"我不这么认为,查尔斯先生。"我打断了他的笑声。

扑通,扑通,砰!

"外——公——"

查尔斯先生的笑声立刻停止,他的肩膀向前垂下,拖着身后棕色的扫帚,没有再说话,慢慢转身回家。砰——我立刻关上门,跑到浴室又开始洗手。当我回到书房时,听到隔壁没有了孩子们的声音,只有电视在播。外面的街道很安静,在周遭的热浪里,马路像是在冒热蒸汽。奈杰尔在查尔斯先生门前的花园里,将小爪子小心翼翼地踩到草坪上,用鼻子轻轻地嗅着。它完全没听见查尔斯先生端着盛满水的洗碗盆从身后走过,只听他大吼一声,把盆抛向空中,里面的水立刻溅了奈杰尔一身。这只可怜的猫显然被吓坏了,受惊一样呆住了,定在那里,我也一样。虽然我不喜欢这个老是吐脏东西的家伙,但我怎么着也不会如此对它。它原本蓬松的姜白色皮毛现在变成了深棕色，被打湿后紧贴在皮肤上。它看起来显然是受惊之后完全石化了，呆在那里。查尔斯先生把洗碗盆扔在草地上，朝猫踢去，他的身体甚至因为太用力还差点儿被扭到。好在奈杰尔回过神来，跃身避开。它从门缝钻出来，朝右边快步跑到我家门前的马路。它坐在我家的台阶上舔舐着它的皮毛，无力地喵喵叫。

我看着查尔斯先生重新拿起洗碗盆朝房子走了两步，顿了一会儿，像是忘记了什么。只见他后退一步，把盆夹在胳膊下，抬头怒视着我。

第五章

科尔医生

我小时候以为只有在沙漠中迷路，才会看到海市蜃楼[1]。干渴让人们在灼热的沙地上神志不清，只能一点点费力挪步，拖着疲惫的身体拼命地寻找水源。突然，人们会发现地平线上有什么东西在闪闪发光：是一辆可爱的冰激凌车！你甚至可以听到车上轻快的音乐！车上大大的冰柜里有美味的冰激凌，它仿佛在向沙漠中干渴迷路的人们招手，让人们忍不住靠近，垂涎欲滴。但当人们真正走近它时，它便会消失！而它刚刚停过的地方，只有一棵干瘪的仙人掌。去看医生的路上，我看到了很多"海市蜃楼"，倒不是冰激凌车，而是柏油马路上一摊摊黑色的水，看起来相当真实，我甚至可以听见驶过它们时水花飞溅的声音。爸爸曾经告诉我，它们被称为"高速公路海市蜃楼"，如今看来，这话说得没错。爸爸像是行走的"万事通"，要知道，他所在的"脑力王者"队能在每月的酒吧问答游戏中获得前三名。无论什么问题，

---

1. 一种因光的折射和全反射而形成的自然现象。

他都会立即给出答案。

"爸爸,黑死病时期是谁在执政?"

"爱德华三世。"

"拉托维亚的首都是哪里?"

"里加。"

"铜的化学符号是什么?"

"Cu。"

"您唯一的儿子怎么了?"

"他简直是疯了。"

他并不会把这些问题的答案大声说出来,但我很确定他就是那么想的,因为这些问题已经有了客观的答案,我猜妈妈也会像他这样想。

妈妈开着空调,由于风叶朝下,我的脚被吹得冻成了冰块。我其实可以在遥控器上稍微一转,调整一下风叶朝向,但我实在不想碰它。"查尔斯先生的外孙们似乎安顿好了,是吧?这对他来说真不错,有人帮忙照看一下,他还能干点别的。"我们走到商业街时,妈妈对我说。

她又在用那种方式和我讲话了。

"我不知道他要怎么度过这整整一个月,他岁数可不小了,你觉得呢?"

我没有回应她。她总会在这样的对话结束之前让我尴尬,所以我当然不会理会她。

妈妈坐在车里,还发动着汽车,而我瘫坐在副驾驶座位上。

詹金斯先生刚跑完步回来，就在他低着头准备转进车行道时，发现了我。他站定下来，双手叉腰，脸颊一直在流汗，对我上下打量。

为了尽可能减少与"外界"接触，我从头到脚"全副武装"，瞧瞧我这身行头：扣子系到脖子的长袖衬衫、牛仔长裤、袜子、惠灵顿靴子，还有两副乳胶手套（盒子里还剩八副）。而此刻室外大概三十摄氏度，说实话，我热得不行。

"小科尔宾，你穿成这样准备干吗？"他边走边问，一脸厌弃地摇了摇头。

我觉得妈妈并没听清他的话，她摇下车窗，冲他大声喊道："你听好，是马修·科尔宾，噢，我的卡勒姆天使！"

她声音很大，在这小巷里久久回荡。老妮娜家的窗帘动了动，透过窗帘能看到一个黑色的身影，估计是她躲在厚厚的纱帘后面想看看屋外的喧闹声是怎么回事。戈登和佩妮·沙利文从一号房的花园往这边走，他们总是这样，绝不错过任何热闹。

佩妮大喊："西拉，怎么样，还好吗？"

他们来到我们的车道上，手里都拿着《惠灵顿家用解决方案》的目录册，在我看来，他们只是拿这个打掩护。佩妮和戈登一贯同时出现，他们之间好像有根看不见的纽带，如果两人距离稍远，这跟纽带就会立刻把他们绑到一起。所以，说实话，我就没见他们分开过。

妈妈在车里朝他们挥手。

"啊佩妮，一切都好！嗨，戈登，你好！谢谢你们的关心，这里只是有个小孩在挑战底线……你们懂吧……"

她挤出笑容,那对退休的夫妇也跟着她笑,但当他们看到我这身行头后,笑容立刻消失了。佩妮扬起眉毛:"西拉,那我们就不管咯。"她对丈夫嘀咕了几句,转身回屋了,戈登紧跟其后,好像是那根看不见的纽带发挥了作用一般。

"快点儿,马修!我们要迟到了!"

"但是,妈妈,你根本不知道这会对我产生什么影响……求你了,我不想。"

在走廊里,从我身后传来一声响亮的喵呜,我知道,是奈杰尔。

"马修,来,你可是对卡勒姆的天使发过誓,你也知道,这无比神圣。现!在!上!车!"

听着猫叫声越来越近,我环顾四周,发现是奈杰尔正在踱步,寻找可以擦蹭身体的地方,它停下来盯了我一会儿。

"马修!现在!快点儿!"

妈妈吼道,我吓了一跳,立马咣地关上身后的前门,跳下台阶钻进车里。

这里和我们家附近的情况差不多:大街上一直堵车,车子完全走不动。

"哦?快看,那是你朋友汤姆吧?要冲他打个招呼吗?在街上碰到你,他应该会很开心吧!"妈妈兴奋地越过挡风玻璃朝一群穿着白衬衫、打着蓝色领带的孩子挥手。天啊,我完全不想这样,还好他们没注意到。

"妈妈！快停下！别冲人家打招呼了！"

妈妈靠在椅背上气喘吁吁，而我顺着座位滑到车窗下面，并不想让别人看到。

站在离我的车窗几米远的地方喝可乐的人就是汤姆，是我最好的老朋友。他正和学校里一个叫西蒙的男孩待在一起，大笑到摇摇晃晃，根本直不起腰。

"西蒙·杜克？"我咕哝了一句，"他俩怎么会在一起？"

西蒙·杜克在我看来像个总在吹牛的白痴，比如，他曾说他的爸爸是联邦调查局的高级特工，目前，他们一家只是暂时住在英国，而且作为特工家属随时都可能接到电话，被告知新任务的具体位置，让他们立刻坐上飞机前往。

在去年的一节数学课上，他边用手轻托鼻子一侧，一副很牛的样子，边操着美国口音向大家宣布："如果有一天我没来上学，那你们应当明白，是我们接到了电话，要离开这里去别的地方了。"

但很快，他的话就被拆穿了，因为有个同学正好看到他爸爸杜克先生在一家五金店里穿着橙色围裙帮一位顾客将新马桶抬进购物车。被拆穿之后，西蒙难过了好一阵子。

"西蒙，我们以为你爸爸在联邦调查局工作，而不是在五金店做手艺活儿！"

"他怎么逮捕犯人啊？他会把他们'粘'起来并用胶枪射击吗？"

令人震惊的是，西蒙居然能圆回来：

"我爸爸执行任务的时候必须隐藏身份,就要和普通人一样,这很奇怪吗?"

而现在,更令人惊讶的是,汤姆竟然和他在一起闲逛。

我们的车顺着车流缓缓驶过,我从后视镜里看着他们。

"马修,你可以随时请你的朋友过来,你知道的,我们很欢迎他们。"妈妈说,"你其实是想和他们一起玩耍的吧。"

我没有理会她,只是看着后视镜把自己往里缩了缩,继续盯着汤姆和西蒙。

我洗手的冲动越来越强烈,"全副武装"下的我特别热,加上强忍着洗手的冲动,我的眼皮都冒汗了。车里一片沉默。妈妈继续滔滔不绝,谈论着她工作中的客户、我们家附近的邻居,以及她能想到的任何事情来使车里有点儿动静。我闭上眼睛,试图让自己的呼吸平静下来。

"……那个小女孩,凯茜,只有六岁,小泰迪也只有十五个月大,他肯定是需要勤换尿布的!你能想象单凭一个老人来完全应付这些情况吗?他会累垮的。"

我听着她的喋喋不休,努力压抑住胃里汹涌的呕吐冲动。终于,车子慢下来,开进医院附近的停车场,我睁开眼睛,在明亮的阳光下眨了眨。

"马修,你做得很棒,我为你感到骄傲。之前上车时我凶了你,很抱歉,但我也只是想让你……变成……呃……就是……过正常的生活,真的是这样,我只是为你考虑。"

我点点头,感到无话可说,深吸一口气,然后打开车门。

候诊室里空无一人，特别安静，我坐在前排座位上，妈妈在接待处等着，为我们办理手续。角落里有一个水蓝色的玻璃鱼缸，看得出里面有"鱼"在吐泡泡，果然，在鱼缸另一侧有一条玩具鲨鱼。它的嘴巴一张一合，每次张合之间大概停顿三秒。我还在地毯和踢脚板之间的折痕处发现了一枚尖端朝上的图钉，在它正上方的墙上，有一个已经叠了好几层的便签，写着在六月有二十四次失约，其中"六月"和"二十四"是用黑色毡尖笔写的。医院的接待员每个月都会取下并更换这里的便签，而眼前发现的便签可能是因为海报的左下角没有被钉紧，离墙有缝隙，时间久了，才掉下来的。强迫症使我非常想把那枚图钉捡起来放回原处，因为只要物归原处，我的不适感就会烟消云散了。我抬头看向妈妈，她正朝我走来，但当她发现房间后面有一个她认识的人时，她便换了方向朝那个人走去。

"你好，克劳迪娅！你穿这个不热吗？但别说，我还蛮喜欢的，你觉得呢？"

我一直盯着那枚图钉，无视周围的一切：有个人边说话边猛烈地咳嗽，我腿下的椅子并不是完全"无菌"的。我只专注于那枚图钉，深呼吸数到三："一……二……嘶——"

"你来这里做什么？"

有个人坐在我旁边，离我很近，我一下子屏住呼吸，用余光看到了我们学校的蓝色校服。"你这是皮肤病吗？所以才戴上手套？"

我转身面对着这个人，她就是住在我们家街对面的女孩，美乐蒂·伯德，那个经常去往墓地的人。克劳迪娅是她的妈妈，而我妈妈现在就是在和她妈妈说话。美乐蒂的出现让我很不安，胳膊上的汗毛都竖起来了。一方面是因为她对墓地有莫名的兴趣，另一方面则是她住在一号房（佩妮和戈登一家）的隔壁——三号房。在我看来，"一""三"靠在一起是很不吉利的，我已经尽量避免自己身边出现"十三"。而且，我发现世界上的很多城市里，高楼大厦都没有"十三层"，人们要么称其为"12A"或其他名字，要么就直接让数字从十二层跳到十四层。而做出这些规定的人都是专业人士，他们并不傻，肯定是其中有什么道理，否则我相信他们不会平白无故地跳过"十三"。我一直以来躲避细菌，和它斗争，但我越来越发现，还需要关注不吉利的数字，不然的话，这些厄运可能会神不知鬼不觉地落到我头上。好在，切斯纳特巷子的门牌号最大的是十一号房的查尔斯先生家。我们曾经收到一张寄给切斯纳特巷子十三号房的詹姆斯先生的圣诞贺卡。那个未被打开的卡片直到夏天都还放在家里前门旁边，妈妈实在不知道要怎么给出去，因为贺卡里提到的"十三"号房，甚至詹姆斯先生可能压根就不存在。这就是我在听美乐蒂说话时的所思所想。我没有注意到她在说什么，但是注意到她坐得离我很近。

"你能往回坐一点儿吗？"我说。

她眯起棕色的大眼睛看着我，慢慢向后挪。

"为什么？是会传染吗还是怎样？"

"不是。"

她用啃过的指甲挠着鼻子，我别过身去，再次把注意力集中在那枚尖端朝上的图钉上，这里的风扇每四秒钟就会吹出一阵暖风，我能明显感到后背有汗珠缓缓流下。

"所以，你是不能告诉我自己哪里不舒服？"

"对。"

她沉默了一小会儿，再次靠近我，这一次，她坐得更近了，我甚至能感觉到她手臂的温度。

"是'不能'还是'不想'？"她凑近我问。

我转过身面对着她，微微向后靠，就好像在躲避她的口臭一样。

"不想。"

她把一缕长长的棕色头发别到耳后，盯着我看了一会儿，然后耸了耸肩。

"那好吧。"

我盯着那枚图钉，想象着自己已经把它捡起来，按回墙上海报的左下角。一切都在它该在的地方，一切都好起来了，我在心里写起了日记：

> 7月23日　星期三　上午10：45　候诊室
> 候诊室人数：9
> 接待员人数：4
> 鱼缸中"鱼"数：12
> 海报的图钉数：3
> 地板的图钉数：1

"病毒疣[1]。"

我刚闭上眼睛一秒钟,就听见美乐蒂的声音,我再次转向她。

"啊,什么?"

"这就是我来这里的原因。我的大脚趾上有一簇疣,痛得要命,我猜必须把它们都烧掉。你长过疣吗?"

"没有。"

"长这个真的很疼。"

她扭过头看向我们的妈妈们。

"你妈妈真的很漂亮,不是吗?"

我没法回答,所以保持沉默。

"嘿,我听说你邻居的外孙们现在和他住在一起,那可太好了!有什么新鲜的人或事吗?"

我瞪了她一眼。

"只是多了两个小孩子罢了。"

她盘起腿来又伸直,扯着灰色裙子的下摆。

"显然那两个孩子的妈妈是个商业女强人,我敢打赌她很有钱,你呢?"

我揉了揉额头,感觉太阳穴嗵嗵直跳。

"昨天上学的时候好热,我已经等不及放暑假了。过会儿我

---

1. 病毒疣,也称疣,是指由人类乳头瘤病毒感染所致的皮肤表面的良性赘生物。

有科学课，但我并不急着回学校，老师们应该也发现不了，不是吗？"

她用指甲沿着左侧手掌的几条掌纹划过，仔细查看，然后转身面向我："你看哪个医生？不是科尔医生吧，我真受不了他！他的衬衫上总有食物的残渣，他肯定快九十岁了，呃……"

事实上，我没有正面回答出她的任何一个问题，但这似乎并没有让她失望且对我失去兴趣。我再次闭上眼睛，希望她能领会我的"暗示"——我并不想与她过多交流。

"要我给你倒杯水吗？你看起来要热化了，戴着手套一定很热。"

我摇了摇头，隔着袖子去擦脖子后面的汗。我还是觉得，如果我能把那枚图钉重新按回海报上，一切就会恢复正常，同样，令我困扰的美乐蒂也会消失。

"你和杰克·毕晓普是朋友吗？"

"不是。"

"正好，我讨厌他。他有时候真的很坏，我简直不敢相信他能和我们住在一条街上。呃，我的意思是，他是我在世界所有人当中最不想跟他做邻居的那个，你不觉得吗？"

哔——噪声猛然响彻候诊室，我吓了一跳，一个粗暴的男声从扬声器中传出，呼叫安德鲁斯先生去二号诊疗室。

"哈哈哈！你差点儿从座位上掉下来，你真应该看看你自己刚刚的样子！你都要弹起来了！"她大笑着说，手臂蹭过我的衬衫，我见状赶忙"滑"到旁边的座位。

"你要去哪啊?我很抱歉,我并没有恶意,只是刚才觉得很有趣,仅此而已。"

她朝我身边靠近,还在咯咯地笑,我听到妈妈在我们身后说:

"……我只是不知道该怎么办,克劳迪娅,现在负责出勤的老师一直在给我施压。但我们也不知道到底还有哪里做得不对。孩子一直不被允许去学校。"

我竖着两只耳朵紧张地"偷听"妈妈接下来要说的话,连候诊室里的噪声都被我"屏蔽"了,我有些害怕。但幸好夏天快到了,我坚信一切都会很快好起来的。在九月来临前,我会努力痊愈,然后每天都去上学。

我衣领上的扣子很紧,紧到我感觉快要喘不上气。"咯咯",美乐蒂咳了两声清了清嗓子,准备开始另一波"言语攻势",但这一次我对她的聊天并不排斥,甚至心存感激,因为她的话可能会把妈妈的话盖过去。

"我认为应该有人站出来'整治'毕晓普,你觉得呢?你以前和他一起玩吗?小学的时候他也那么讨人厌吗?"我耸了耸肩算是回答。

"好吧,我觉得他当白痴的时间太长了……不过,你确定你没事吗?你脸色看起来很不好。"

"我头疼得很厉害。"

她皱起眉头,我想知道她是否明白我头疼的原因就在于她。

"如果你愿意的话,改天我能去你家吗?假期我们可以一起出去玩，待在一起。"

她嘟着小嘴，皱着眉头，等待我的回答。一个老人拖着脚步走过。怕绊倒他，我把腿缩回椅子下面。

"我觉得这不太行，最近我身体不太舒服。"为了听起来更真实，我还咳嗽了一下。

她用手掌根部抵了下额头，我吓了一跳。

"哦，这当然了，你得了神秘的病！好吧，如果你不想告诉我是什么病，那也没关系。我们都有自己的秘密，你说是吧？"

她的眼睛眯了起来，就在我想理解她所表达的意思时，哔——，噪声再一次响彻候诊室。

"美乐蒂·伯德，请到四号诊疗室。"

"哦，到我了！回见，小马修。"

她突然把手伸向我，轻轻捏了捏我的胳膊，然后和她妈妈一起沿着走廊去往诊疗室。我胳膊上被她的手触碰过的地方开始隐隐作痛，这感觉很难受，像是被细菌侵袭的刺痛感。我必须要清洗胳膊。但就算这样，我也绝不会冒险进入候诊室的洗手间。当妈妈叹了口气到我旁边时，我正在踢脚板上寻找丢失的那枚图钉。

"那个克劳迪娅，她人很好，你知道，她就是……有点儿……前卫，但没关系，我和她说有机会去沙龙坐坐，可以为她修修眉毛。"

妈妈低头在包里翻来翻去，拿出手机开始给别人发短信。对我来说，机会来了！我站起来，腿却开始止不住地颤抖，耳朵也嗡嗡作响。我这么做可能不是能想到的最好的办法，但我深知自己不能就这么任由那张海报保持原状而回家。于是，我慢慢弯下腰，伸手去够那枚图钉，当手指碰到冰凉的钉尖时，我眼前一黑。

我醒来时，额头上正敷着一块又冷又湿的法兰绒毛巾。接待员、妈妈和护士都低头看着我。他们围着我仔细查看，激烈地讨论着我是否需要被送去医院。实际上，我只想对他们说："听我说，有没有人能把那枚图钉按回海报上啊？"我的手套已经被摘下来，我告诉妈妈我必须立即回家，但她说就算是拖，也要把我拖去见科尔医生。

他的办公室又暗又发霉，我拘谨地坐在椅子的边缘，在昏暗的灯光下盯着我光秃秃的双手，妈妈开始和他诉说我的"病情"：重度焦虑，重度洁癖。说话间，她始终保持优雅的声音——那是她与老师、银行职员、查尔斯先生和医生讲话时才会用到的声音。

"我们真是不知道该怎么办了，科尔医生，我们真的很迷茫！"

科尔医生边听边低头写病历，能听见他的骨头咯吱作响，我们都在等他的诊断。这会儿工夫，我发现诊疗室的角落里有一台旧电脑，上面落了一层薄薄的灰。美乐蒂说得没错：他看上去确实有九十岁了。我数了数，他的衬衫上至少有六处不同颜色的污渍。我只是在想，也许当他回过神来时，会发现并没记住刚刚妈妈说的话。

"我建议，安排他与心理咨询师进行面对面的评估诊断，咨询师很可能会建议孩子进行至少六周的心理干预，这之后应该会有成效，那时您就不用再这么担心了，可以吗？"

他眯着眼睛看向我。

太好了，结束了。现在能走了吗？我酝酿着，吐着舌头，想要"冒险"逃离这里。

"医生，我们要多久才能预约？"妈妈问。

他回头看了眼病历，拿起笔写下了什么，笔尖再次在纸上沙沙作响。"嗯，坏消息是，这需要一段时间，目前来看，我认为至少要等三到四个月，或者更长时间。"

他一直低着头写字，然后妈妈突然用手拍了拍桌子。科尔医生和我在椅子上弹了起来，就像我们都过了减速带一样。

"三、三到四个月？你认真的？"妈妈大喊着，全无刚刚的优雅，科尔医生转了转眼睛。

"科尔宾太太，很抱歉，候诊名单已经拟好了，而您的儿子也不是紧急情况。我会写一份说明给他的学校做出解释。他们如果此前没有开会讨论过马修休学的问题，就需要安排与您及地方当局会面，安排会议对此进行讨论。"

他快速翻了翻装有各种名片的旧盒子，对照着其中几张在一张黄色便利贴上抄了些内容。咯吱，咯吱，咯吱，骨头又开始作响。

"这里有几位私人咨询师，如果您愿意付钱的话，或许他们可以帮助您。"

他身体前倾，用手夹着便签，妈妈一把夺过它，站起身来冲出门去，留下我一个人坐在那儿。科尔医生叹了口气，继续低头写病历，仿佛我是空气。我起身要走，但到门口时我停了下来。

"科尔医生，我为妈妈的大喊大叫而抱歉，您也知道的，她最近因为这些事情压力很大。"

此刻，专注于写笔记的老人抬起头："马修，你是个好孩子，现在该停下这些荒谬的事，你是个好孩子。"

他回头看了看，朝我挥了挥手，好像在赶走一只烦人的黄蜂。于是，没有人再继续理会我。

天还没黑我就上床睡觉了，我感到四肢沉重不已，大脑疲惫不堪。在外面鸟的叫声中，我肯定几分钟内就能睡着。当我醒来时，天已经黑了，时钟上的数字闪着红光，显示为02:34，应该是有什么事吵到了我，但在刚刚清醒的状态下，我并不能确定具体是什么事情，然后，我听到墙的另一边传来敲击声。

咚，咚，咚。

我坐起来又听了一遍。

咚，咚，咚。

"你能听到吗？"我对墙纸狮子悄声说，"她又来了。"

我闭上眼睛听着。

咚，咚，咚。

"你在吗，金鱼男孩？你回到自己的小鱼缸里了吗？

是凯茜。我握紧了拳头，做好准备。如果她再像上次那样一直敲，这次我一定会敲回去。可我等了十分钟，竟是一片寂静。

第六章

金鱼男孩

周六吃午饭的时候,爸爸来看我,手里还挥着一封信,这信是写给马修·科尔宾的父母的。

"孩子,我们很快就能解决你的问题,让你重回正轨。哦,天啊,这儿怎么这么热。"

爸爸不像妈妈那样小心翼翼,相反,他会毫不犹豫地迈进我的房间。这回,他直接打开了窗户。他脸上挂着大大的笑容,仿佛这封神秘信件的到来能立即使我痊愈。

"爸爸,你在干吗?我不想开窗!"

我跳上床,蜷缩起来,抱住自己的膝盖。

"很显然,你知道呼吸点新鲜空气并不会让你中毒,不是吗?"

窗帘被风微微吹动,我想细菌一定正兴奋地大叫着跳到我的地毯上。

"我和你妈妈一会儿要去和你吉恩姨妈露营,既然你好些了,那就跟我们一起去吧,怎么样?家里所有的小孩子都会去。"

吉恩姨妈组织的家庭露营曾是我在夏天最喜欢的活动，我们会提前用红笔在日历上圈出时间，数着日子，到学期结束，就会迎来露营！这个露营活动最初是为我表姐达茜的六岁生日举办的小型家庭聚会，那次聚会进行得非常顺利，大家都很开心，自那以后，每年的夏天，吉恩姨妈都会把全家聚在一起，组织一次家庭露营。

去年的露营简直是史诗级别的：我们全家开了很多辆车一起去，那场面跟车队似的。大人们把车停在乡村公园里的一块田地旁，他们热情地打着招呼，互相拥抱亲吻，再把注意力转向孩子们。

"奥利弗，你真的换了这个发型？"

"达茜，你多大啦，十四岁？哇，吉恩，我们已经连着露营八年了吗？"

"马修，你这次必须和我一队，说说，你去年赢了多少回？"

迈克叔叔用胳膊搂着我的肩膀，我冲他咧嘴一笑。

"迈克叔叔，我记得好像是十二回。"

其实，我清楚地记得就是十二回，这样说只是因为不想让旁人听起来我在炫耀。

从车上往下搬露营的装备之前，我们一行二十人会特意出去走一段路来消耗体力，这样一来，胃口会更好。我们每年都走同样的路线，但每次都在路线上有分歧：

"布莱恩，这里要左转，我记得那棵树。"

"不是，这里绝对是右转，你怎么能靠树来记啊？它们看起来都差不多！"

吉恩姨妈带头左转，我们嬉笑着跟在她身后，终于快走到时，后面最小的孩子抱怨脚痛，我们便放慢了速度，但随后有人喊道：

"露营的曙光就在前面！"

从远处看，我们的汽车在山顶阳光的照耀下闪闪发光，露营的诱惑让我们又有了力气，加快了脚步。步行结束，大家都激动不已，打开自带的小冰箱和柳条篮子，把几块野餐布拼接起来，现场无比热闹。

我狼吞虎咽地吃了很多香肠卷和火腿三明治，很快就吃饱了。我迫不及待地想让大家都快点儿吃完，这样，露营中最好玩的环节才能开始。终于，迈克叔叔宣布：

"好，比赛时间到，那么，谁想一起做游戏呢？"

我第一个站起来，四下望去，大人们正尽可能公平地组队呢。

"那你和雷格伯伯一队，我们和小玛莎一队。"

"可是雷格伯伯跑不动！这不公平！"

"马修可以帮他跑，是吧，马修？"

我笑着点头，把玩着手里光滑的球棒，迫不及待地想要开始。

游戏进行了好几个小时，直到一些大人说想休息一下，孩子们才散开去捉蚂蚱。我坐到妈妈身边，她拍了拍我的肩膀。

"亲爱的，你今年赢了多少回？打破去年的纪录了吗？"

"妈妈，今年我只赢了九回。"

"赢了九回，是吗？我相信你明年一定会超越这个数！"

吉恩姨妈拿了一大碗薯片给大家传着吃，现在传到了我面前。

"小马修，动动小手，多拿几块。"

我顺着山坡向下望去，隐约看到一片小树林里有一个老旧的洗手间。

"妈妈，我想去洗洗手，不会去太久的。"

我走向那个洗手间，脚踝被地上长长的草来回刮擦。离露营地越来越远，我逐渐听不到家人们兴奋的谈话声了。当我走进洗手间时，感到那里阴暗潮湿。那里的灯坏了，水槽上方只有一个很小的长方形窗户，在这漆黑的环境里，我的眼睛花了好长一段时间才适应。但实际上，我并没有因为这些外部环境感到不适，我一心只想着如果把手洗干净肯定会更开心。于是，我站在原地，在这一片漆黑中开始洗手，耳边传来厕所深处滴答、滴答、滴答的响声。

"一起去吧，我的孩子，这可是家庭露营！你绝不能错过，不要忘了，你还要努力打破自己的纪录，再问一次，你上次赢了几回？"

我耸耸肩。

"我也不知道。"

爸爸在我的房间里走来走去，目光扫过几乎所有能触摸到的东西：我的书、我的书桌、我的试卷。我觉得他是故意的，故意这样做来挑衅我，好让我喊他离开房间。

"你肯定一直都在努力保持房间的整洁吧，你的脏袜子呢？用过的杯子还有喝饮料剩的易拉罐呢？就是那些'正常'男孩都会乱扔的东西？"

"小狮子，你听到他怎么形容'正常'了吧？那样不对，不是吗？"我抬头看着房间角落里褶皱的墙纸，在心里对着墙纸狮子这么说。爸爸虽然看起来嘴角带笑，十分友善，但很明显他的真实意图并非如此。有时候，你必须格外谨慎地面对他。

"那么，怎么样？一起吃烤肉？吉恩姨妈组织的？你会来的吧？"

我站起来，开始审视着我桌上的东西，摆出一副我有什么非常紧急的事情要处理的样子。

"我去不了，我还有超级多的功课要做，足足有好几堆。"我摇了摇头，一脸烦躁地回答他。

爸爸还在咧着嘴笑，他知道我在骗他。他在我旁边来回走，伸出手拿起一个海军蓝色的笔记本，那本子是我用来打发时间的，从头到尾都被写得满满的。

"但现在是假期。你不会有那么多功课——况且你几乎都没怎么上学，不是吗？"

他开始翻看我的笔记本，每捻一页都要舔一下手指，我紧张极了。

"我有很多功课要补，首先是一个……一个很大的项目。"

他低着头没有理会我。

"那这些是什么？这一行行的、还标着时间？"他拿起笔记本，读了起来："下午三点零四分，查尔斯先生正在他的池塘里喂鱼。下午四点十八分，妈妈刚下班回来。"

"天哪，儿子。你需要多出去走走。"

我从他手里抢过笔记本，顿时觉得自己被细菌感染了。

"这就是我刚才告诉你的功课，关于统计的，是一道数学题……我得赶紧做了。"

我一边说着，一边用食指和拇指紧紧捏住笔记本，他全程注视着我。

他脸上的笑容逐渐消失，变得严肃起来："马修，你刚刚说的话在我看来有点儿莫名其妙。"

"是啊，好吧，爸爸，你本来也不擅长和数字打交道，不是吗？"我紧张地大笑起来打着圆场，不确定是否能顺利逃脱他的"拷问"。

"但最起码我能看出来，你这明显不是数字。"

我坐回床上，抬头看了一眼墙纸狮子。他那双狡猾的眼睛好像在安慰我说："你做得很对。"

"你一直往上面看什么？"

爸爸凝视着光秃秃的墙壁。

"没什么。"

他四处走动，扫视房间的每个角落，抬头看看房顶，回头看看墙纸。

"这里可以做一些装饰——把所有这些旧东西从墙上取下来，就简单刷几层油漆，这里就会有很大的变化。"

"不要！"

爸爸被我突然的叫喊吓得往后一缩。

"你是不是说过想在楼下画画来着？还记得吗？说是要在温室里。结果温室建好之后，你只涂了一层，然后嚷嚷着要继续涂，都嚷嚷了得有好几个礼拜了。"

我把笔记本放到床上，发现爸爸还在盯着它，就在我以为他又要拿起来看的时候，他退后一步，看向我的床底。我迅速坐到床上，双腿悬在一边，试图用脚遮住那盒一次性乳胶手套。

"爸爸，那是来自咨询师的信吗？里面写了什么？我的预约是什么时候？"

他继续注视着床底。

"这个星期……星期二……"

我一动不动。

"那谁带我去？"

我不经意挪了挪腿，只有一点点，希望能分散他的注意力。爸爸在那里站定，看起来对他眼前所见到的一切都很不解。

"我们俩带你一起去……"

他向前走了一步，然后……

妈妈在门口探出头大喊："布莱恩，我们又要迟到了！"当她看到爸爸正在我房间时，她简直要惊掉下巴，但很快又镇定下来。

"马修，你不去吗？哦，拜托，你明知道去了会很开心。"

我没有说话。

"他说他有一堆作业。"爸爸说，显然把在我床底下看到的东西忘得一干二净，更别提仔细看看了。

"要不作业改天再写？"妈妈恳求道，"跟我们一起去吧！那一定会很好玩！我知道吉恩姨妈肯定很期待见到你。"

我看着他俩：妈妈虽然在笑，但她的眼睛里充满了恳求。她甚至还不曾跨过门槛，进过我的房间。

"对不起，妈妈。"

爸爸清了清嗓子。

"嗯，好吧，有需要就给我们打电话，我们不会去很久。走吧，西拉，我们别迟到。"

我不确定他是否注意到我已经几个月没用电话了，妈妈无奈地笑笑，关上了门。我从床上起来，在房间里听他们在外面小声说话。

"好啦，西拉，别难过。我们去玩吧，忘了这些烦心事。"

"布莱恩，我们正在失去他，你看到他的脸了吗？他吓坏了！我们的小宝贝非常害怕，我们却无能为力。"

"他会顺利度过这段时期的，他很坚强。还记得我们失去卡勒姆后他的表现有多好吗？"

他们慢慢地走下楼，我听到他们关上了前门。我在房间中央站了一会儿，在一片寂静中擦着眼泪。

"墙纸狮子，我这是怎么了？"我问道，"为什么我不能停下来？"

墙纸狮子茫然地回看着我。

我弯下腰,从床底拿出手套盒子,戴上一副手套(盒子里还剩四副手套),然后关上窗户。我从浴室拿了一些抗菌喷雾,轻轻地喷在我的笔记本上,然后用干净的布慢慢擦拭。那封信被爸爸折起来留在了我桌上,但我并不想碰它所以没把它展开,只是看了一眼没被折起的部分:

……您的儿子马修·科尔宾将于7月29日星期二上午10点与罗兹医生见面进行心理咨询……

我捏着那封信的一角,把它拿到楼梯顶,松开手,让它飘落到前门的垫子上。然后我去洗手间把手洗了十二遍。

> 收件人:马修·科尔宾
> 发件人:美乐蒂·伯德
> **主题:你晕倒了/疣!**
> 嗨!小马修!我听说你在医生那里晕倒了,好吧,其实我看到你了。你倒在地毯上。
> 你还好吗?我提醒过你,你看起来不太好。
> 美乐蒂
> 附言:哦,还有关于我病情的好消息,我必须每天把乳霜涂在疣上,这真的很痛,但毕竟不用烧掉它们了!

眼前，我似乎看到了一道橙色的柔光，提示音响起，我又收到了一封新邮件。

> 收件人：马修·科尔宾
>
> 发件人：美乐蒂·伯德
>
> **主题：暑假**
>
> 这听起来真的很不错，我很开心现在是暑假！虽然你已经"放假"很久了，但也会开心的，是吧？至少你现在是有"正当"理由不上学，而不是因为你有什么问题。随便是因为什么……我不会多管闲事的！我晚些时候过来看看你，可以吗？
>
> 美乐蒂
>
> 附言：在医院的时候，你妈妈给了我妈妈你的邮箱地址，我想她认为你需要一个好朋友和一个讨厌杰克的人，而我特别适合！

虽然只是看到了这些字，但仿佛她是在说给我听。

> 收件人：美乐蒂·伯德
>
> 发件人：马修·科尔宾
>
> **主题：忙碌**
>
> 我现在真的很忙，要赶功课，所以你不用过来。我也有很多朋友，谢谢。我只是不喜欢杰克，但并不讨厌

> 他——这二者是有区别的。
>
> 马修

我不可能想要一个长满疣的女孩出现在我家里。

查尔斯先生在外面大喊大叫。

"凯茜，快停下！看看你怎么弄得这么乱。"

他用软管冲刷泥泞的小路，想冲掉孩子们的脚印。泰迪大叫一声，原来是有水溅到了他的脚踝上，他调皮地跳起来，绕着房子的一侧朝后面跑去。查尔斯先生还在沿着通向前门的小路将地上泥泞的印子冲掉，凯茜趁他不注意溜进了院子边上的一个泥坑，又跑到查尔斯先生刚刚冲刷过的地方，留下了棕色的泥脚印，她粉色的衣服背面也弄脏了。看到这一幕，查尔斯先生十分恼火，气得把软管扔到草坪上，一把抓住了她的手臂。

"我不是告诉过你不要这么做了吗？为什么你不听话？你怎么这么淘气？"

他的双手在她的胳膊上留下两道红色痕迹，红得像生培根一样。凯茜看起来快要哭了，却皱着眉头瞪着他，决不让一滴眼泪流出来。

"现在开始，做个好孩子，去玩吧。"他一边说，一边拍了拍她的头，"看好弟弟——别再让他靠近那个池塘！"

他又拿起软管继续冲刷小路，凯茜捂着胳膊，跑到后花园。

7月26日　星期六　中午12:15　卧室
隔壁草坪上的玩具数：17
隔壁花园里的孩子数：2
隔壁花园里瞪着我的孩子数：1

泰迪盘腿坐在草地上,"研究"着沾满泥巴的脚底。他用指甲刮擦脚底的皮肤,然后再换另一只脚。凯茜一直在跳舞,提起她粉色的裙边,踮起脚,想象自己在进行芭蕾表演。当她舞动旋转时,突然发现了我,便停下来瞪着我。她的嘴巴张张合合,大笑起来。

"看啊,泰迪!是金鱼!看啊!金鱼男孩在他的鱼缸里!"

泰迪站起来注视着我的窗户,他在明亮的阳光下眯着眼睛,脸上露出灿烂的笑容。他看起来正准备举起手臂向我挥手,但我的心脏在胸口狂跳,迅速躲开了他的视线。

第七章

美乐蒂和杰克

书房外的天空看起来是如绿松石般的蓝色,就像漫画里画的那样。看来,这又将是炎热的一天。

> 7月28日　星期一　书房/婴儿房　上午9:35
> 戈登和佩妮开着他们的蓝色菲亚特在上午9:34离开。在教区长府邸的前厅,老妮娜的台灯一如既往地亮着。杰克·毕晓普在马路中央骑自行车绕"8"字形。现在他停了下来,看看手机,然后继续向前。而里奥早就开着他那听起来像是坦克的小汽车去上班了。

里奥是杰克的哥哥,在我们这里很"出名"。先说说他的"英雄事迹":他在上高中的最后一天,组织了一群孩子去抬校长的汽车,把它搡在学校大门中间,只有用起重机才能挪走。校长用手抵着额头目睹现场的一张照片,登上了当地报纸的头版,标

题是这样写的:

学生毕业却令校长头痛:少年恶作剧引围观!

没过多久,里奥就被当地一家汽车修理厂找到,对方表示很欣赏他的创造力,并询问他是否有兴趣成为一名修车学徒。从那之后,里奥就去了汽车修理厂工作,人们常看到他把自己银色的MINI宝马在油渍斑斑的马路上拆卸研究。

"杰克!小心你的哮喘,别忘记带吸入器[1]!"杰克的妈妈在五号门前大喊道。她回到屋里,半开着门。

杰克又绕了两回"8"字形,然后加速回到他家门前的马路。他的双腿快速蹬着,快要撞到台阶才刹车。只听咔嗒一声,他扔掉自行车,跑进屋子,啪地关上了门。

我坐回学生椅,盯着电脑屏幕,上面映出我眼神空洞的脸。由于不断地清洗,我的皮肤几乎是半透明的,我对着电脑屏幕揉了揉右眉毛上方留下的略微凹陷的疤痕,它看起来似乎比平时更明显了。我讨厌那个伤疤!它一直都有,刺痛着我的心,我感觉身体里的那只坏甲虫又开始动了。

卡勒姆如今本该五岁了,在这个年纪,他总会通过惹我生气和令我担心来引起我的关注。等他慢慢长大,他就会为淡黄色调的墙壁感到难为情。也许,他会向爸爸和妈妈要一间新的、以恐

---

1. 吸入器是一种医疗设备。

龙为主题的大男孩卧室。当爸爸把房间漆成绿色调为主的侏罗纪时代时，大象床铃也该被收起来放到阁楼上。等一切就绪，我会带着那桶在衣柜最下面翻出的旧恐龙模型出现在弟弟面前。

给你，卡勒姆，如果你喜欢的话，这些都是你的。

他会兴奋地在房间里蹦蹦跳跳，摇晃着这个装满恐龙模型的桶，而我则会假装生气，告诉他冷静一点儿。他还会把印有霸王龙图案的新羽绒被从床上拉下来，在房间正中央造出一座巨大的旋涡山，再将桶中的恐龙们倒出来，让每只恐龙都在羽绒被上沿着褶皱的布料——他自己造的蜿蜒山路——依次前进，最后登顶。登顶之后，在三角龙和雷龙之间会有一场激烈的打斗。而我会悄悄走开，留下他高兴地咆哮和尖叫。

这听起来可能很奇怪，但我真的会想念我素未谋面的弟弟——那个因我而死的人。

我的幻想被街上的声音打断，美乐蒂站在杰克家旁边的小巷尽头，试图穿过巷子和家，去往三号。她手里拿着几张不大的白纸，看起来又要开始墓地秘密之旅了。

杰克在路上来回转悠，每次美乐蒂试图过马路时，他都要挡住她的路。她扎着头发，穿着黑色的紧身裤、黑色的T恤衫和黑色开衫。（穿这么多，她好像感觉不到热）唯一能让她意识到我们正处于热浪之中的是那双亮粉色的人字拖，当她左右走动时，这双人字拖会拍打她的脚。他说了些什么，但我听不清楚。最后他骑着车离开了，我以为他彻底走了，但后来他又骑了回来，在她面前不远处一个急刹车停下来。美乐蒂吓了一跳，没有看他。

她走到一边，虚晃着向前倾了一下身，看似往前走，却又突然转过身，朝相反的方向，也就是朝我家走来。尽管我看到了这一切，但当门铃响起时，我还是吓得跳了起来。我站在窗前的一侧，她并不能看见我。门铃又响了，杰克冲她大喊。

"你为什么不回我的消息？你以为你是谁啊，竟然不理我？！"

他停在我们这条巷子的尽头，用自行车挡住她的去处。在美乐蒂等我回应时，我可以看到她的头顶。

"你敲他家的门干什么？我以为你是对死人感兴趣，而不是怪人。"

他仰头大笑，露出脖子上由于湿疹而长出的鲜红的纹路，让我有些反胃。

门铃再次响起，我仍没有反应。美乐蒂转身离开，她放弃了。当她走到杰克身边时，她轻声对他说了些什么，也许是"借过"，但我辨别不出。她低着头，托着腮，啃着指甲：这不是我在医院候诊室遇到的那个快乐、健谈的女孩。

杰克侧靠在他的车把上，盯着她。她试着走向另一侧，而他则来回推自行车挡住她的去路。

"你忘记对暗号了，美乐蒂。"

她喃喃地说了些什么。

杰克把一根手指放在下巴上，好像在考虑让她过去，但还没有完全决定，然后他向她靠近，抓住她的手腕。她转过身，直直地看向我家的窗子。她一定知道我一直在这里，像个傻瓜一样看着她，我就这样盯着她看了一会儿。

"杰克，求你了，让她过去吧。"我低声说。他举起手机开始给她拍照，她这才挣开手腕遮住脸。

"来，美乐蒂，笑一个！我要永久记录这一刻。"

我实在忍不下去，跑下楼，用衬衫盖住把手打开了前门。

"你好，美乐蒂！对不起，我在家……"

杰克对我的到来嗤之以鼻："哟呵，我明白了，怪人喜欢凑在一起，是吗？你是知道她只对死人感兴趣的，对吧？"

他把头向后仰，打算用鼻子轻哼一声，这是他表达轻蔑和不耐烦的一种糟糕的方式。但他却中途停下，张着嘴看向街对面。教区长府邸的门被打开了，老妮娜站在那儿看向我们。她停留片刻，然后小心翼翼地下台阶，走向大门。她缓缓抬起手臂，将一根修长雪白的手指伸直，指向杰克。杰克瞪着她，嘴巴仍然张得大大的。老太太什么也没做，只是一动不动地将关节分明的手悬在半空指着杰克。美乐蒂飞快地跑到走廊，站到我身边。杰克急忙踩上自行车的踏板，转身沿着公路飞驰而去。老妮娜放下手，我和美乐蒂看着她回到屋里，再一次关上了教区长府邸的门。

美乐蒂在我们家小小的走廊里走来走去，她的人字拖拍打着她的脚，我赶紧腾出地方任由她走。

"你看到了吗？老妮娜把他赶走了！你觉得她是看到他为难我了吗？"

"我不知道，美乐蒂。"

我看着她踩在地毯上的人字拖。

"他实在是令人讨厌！呵！我不相信他会逃！"她来回踱步，一趟又一趟，我开始头晕目眩。我在思考是否应该让她在屋子里脱掉人字拖，但后来我想起她有疣。

她手里拿着一些看起来像名片的白色小纸片，这肯定是她从墓地里弄来的。我想，也许与教堂有关？是唱诗班？哦不对，他们是没有这种纸片的，这是我在卡勒姆的葬礼上了解到的。那时候，妈妈在抽泣声中努力唱出"一切明亮而美丽"。那只黑色的坏甲虫在我的胃的深处苏醒了，它四处乱窜，锋利的小爪子开始在我身体里挖来挖去。

"他现在走了……如果你愿意，你可以回家了。"我说。我本来想把门再拉开一点儿，但我不想让她看到我是垫着衬衫去碰门的。

"他刚刚在害怕，小马修！他看起来真的很害怕。"

看到我蜷缩在角落里，她停下来盯着我：大颗的汗珠顺着我的脸颊淌下来。

"你还好吗？不会又要晕过去吧？"

我摇了摇头，试图让自己看起来像个正常人，尽管我完全不是这样。

"我想，他认为老妮娜对他施了某种魔咒，是吧？你看到她的手指了吗？也许杰克知道什么，他住在她隔壁，可能看到了一些我们没有看到的东西。你觉得她是女巫吗？"

她的人字拖在她来回走动时再次拍打着她的脚。

"女巫？"

因为看到杰克被打败而兴奋不已，美乐蒂冲我咧着嘴笑。我得承认，看到杰克害怕的样子确实感觉很好，但那一刻我更担心的是从美乐蒂的羊毛衫上掉下的黑色小绒毛出现在地毯上。我的心怦怦直跳，我想，走廊里的这个女孩——这个热衷于在墓地里闲逛的女孩——必须立刻离开。

"那她窗户上映出的那盏台灯呢？这是为什么？我从来没见它关掉过。"美乐蒂拍着手跳起来，"也许这是某种信号！就像是一个标志，告诉其他女巫一个真正的女巫就住在那里！你觉得呢？"

我看了她一眼，她几乎要从地上弹起来，但当她看到我的脸时，她停了下来。

"马修？那是什么？是什么？"

当她盯着我看时，我冒着让她看到我用衬衫作为防护的危险，大大地敞开了前门。

"抱歉，美乐蒂，可我现在真的很忙。你可以走了吗？"

她看了看外面，然后回头看着我。

"什么？"

"我说，你能走吗？"

当她听清我说的话时，她的脸委屈地扭作一团，噘起小嘴，下唇比上唇还要突出。

"但是……但是我们还可以再聊聊，你不想讨论讨论老妮娜吗？"

我摇了摇头。

她朝我眨了眨眼，然后朝门口走了一步。

"但是，你让我进来了，你是在杰克找我麻烦的时候替我解围让我进来的！"

我能感觉到她羊毛衫上的细菌在我的脚踝上咬来咬去，还在我的皮肤下挖洞，这种感觉让我简直要哭出来。

"我不是故意的，我错了，行吗？"

她抿着嘴唇，瞪着我，然后跺着脚走出屋子，穿过了大街。

我立刻关上门，跑上楼。

第八章

玩花瓣

墙纸狮子把我弄醒了。

起因是我在梦里问了它一个问题:"小狮子,你整日被困在那儿是什么感觉啊?只是看着眼前正在发生的每件事情吗?"

这也许听起来有点儿神经质,就像它明知道它不应该说话但又实在忍不住,它回答道:"你当然知道那是什么感觉,不是吗,马修?"

听到它这么说,我直接跳了起来,结果一下就醒了。我的心怦怦直跳,有那么一刻我感到头晕目眩,迷失方向,就像以往白天睡着时一样。

我把头斜靠在枕边,面朝地板。一缕金色的阳光透过长方形的窗子洒过地毯,一直延伸到书桌,再到书架上。我在等待,听墙纸狮子是否会继续说什么,但传入我耳朵的只有远处割草机的嗡嗡声。我翻了个身,盯着墙纸上那一小块看起来像是狮子脸的区域:它的眼睛仍然低垂着,乱蓬蓬的鬃毛环绕着它的头,就像围绕在太阳周围松散的阳光;它的鼻子又宽又扁;谢天谢地,它的嘴现在紧闭着，看起来不像是要继续回答的样子。

中午十二点四十五分，我已经午睡了一个多小时。奇怪的是，我做的事情越少，我越感觉累，于是，我站起来伸了个懒腰。

查尔斯先生有个后花园，那里正中央有一个蓝色水池，里面混杂着夏日的雨水、疯长的野草和溺死的苍蝇。没有看到凯茜和小泰迪。我家的花园里也空无一人，妈妈的躺椅空荡荡的，因烈日的炙烤而变干变脆，后面，是爸爸的红花菜豆棚屋，里面的菜又黑又蔫儿。

我带着我的笔记本，穿过楼梯之间的平台走到书房，看看屋子前面有什么事发生。

7月28日　星期一　中午12:47　书房/婴儿房

天气很热

泰迪在隔壁的前花园，他穿着拉拉裤和胸前带有冰激凌图案的白色T恤衫，没穿鞋子。我并没有看见凯茜和查尔斯先生，门是关着的，闩也拉上了。

泰迪伸手去摘淡粉色的玫瑰，摘下一把花瓣，朝路上撒去。这些花瓣在空中飞舞，散落在他晒伤的脚上。他身边放着一把小铲子和一个绿色的靠垫。查尔斯先生肯定是在忙着打扫院子，要是看到泰迪的所作所为，他绝对会生气，毕竟他花了很多时间去侍弄那些花。

泰迪的左手紧紧抓着他和凯茜坐豪华大汽车第一次来时拿着的蓝色小毯子。他把毯子放到地上，抓起更多的花瓣，看着它们如雨点般飘落在毯子上。当最后一片花瓣落下时，他又把手伸向一朵大玫瑰，结果手臂被花茎上的刺扎破了。

"嗷——"他尖叫着，疼痛使他坐立难安，脸皱成一团。

有那么一会儿，我以为他要去找查尔斯先生，他却只是蹲下来检查手臂上的伤口，用小毯子轻轻擦拭。

我听到门砰的一声被打开，詹金斯先生穿戴着跑步的装备从隔壁出来，边走边调试耳机，并把白色的 iPod[1] 挂上脖子。他冲自己咧嘴笑，那口白牙在黝黑皮肤的衬托下闪闪发光。令我感到舒服的是，没有看见汉娜和她那因怀孕而隆起的大肚子。詹金斯先生从他家门前的马路向左拐开始慢跑，并没有注意到蹲在隔壁花园里蹒跚学步的小孩。

泰迪站起来，有一小滴血顺着他的手臂流下，但他似乎并不在意，依旧伸手去摘更多的花瓣，直到他被什么有趣的事情吸引了注意力，才停下来。

是我，出现在了他的视线里。

他转过身，抬起一只胖乎乎的手臂指着我的窗户，喘着粗气说：

"金鱼崽！"

我看着他手舞足蹈，显然是因为自己发现了我而欣喜若狂，

---

1. iPod 是一款多功能数字多媒体播放器。

他环顾四周，寻找可以分享的人。

"凯茜！金鱼崽！外公！看啊！金鱼崽！"

但是并没有人过来。

我转身离开窗户，看了眼电脑屏幕角上的时间：

中午十二点五十五分。

那是个很重要的时间。

我不知道为什么它会印在我的脑海里，但它的确存在，即使我并没有特意记过。

在那个艳阳高照的日子，中午十二点五十五分之后的某个时刻，泰迪·道森不见了。

第九章

泰迪不见了

那时候,查尔斯先生没有在修剪他的花花草草。我所看到的小铲子和垫子是他前一天因忙着照看两个调皮的孩子而落在那儿的。当泰迪摆弄花瓣时,查尔斯先生正在屋子里的摇椅上午睡。下午两点三十七分,我正在打扫房间,听到花园里传来一声叫喊。

"泰迪!泰迪,你在哪儿?现在别再躲着外公了!"

我向外望去,看到查尔斯先生站在院子里,头顶红红的晒斑还没有好,双手叉着腰。"有事情要发生了。"我对墙纸狮子说。

"泰迪?泰迪!小鬼,你快点儿出来吧!"

他绕到房子的一侧,我的目光想要跟上他看看发生了什么,便跑到书房。美乐蒂的妈妈克劳迪娅正在倒车,当她驶过十一号门前时,向查尔斯先生挥了挥手,她还不知道他此刻很慌乱。老人一路小跑,没有理会她。他沿着门前的路来回寻找,我在日记里记了一些当时的场景。

"泰迪!泰迪!别再躲了,赶快回来!"

几片淡粉色的花瓣沿着通向大门的小路飘扬,大门现在已经完全敞开。查尔斯先生绕着巷子周围快步走了半圈,探着头,看向花园的栅栏外及外面停靠的车子内。

"泰迪,你在哪儿?泰迪!"

他的声音听起来和平时不太一样,音调高很多,而且发颤。当他走过五号门时,看到杰克的妈妈苏正穿着超市的工作服站在那里。

"查尔斯先生,您还好吗?"她问道。

"他不见了,泰迪不见了,泰迪!"

窗外回荡着他最后的喊声,我们都在听是否有任何回应。然而,仅有的声音是远处汽车低沉的嗡嗡声和尘土飞扬的马路上空麻雀的叽喳声。查尔斯先生跟跟跄跄地向前走,苏沿着门前的路跑向他,搂住他的肩膀。他们慢慢走向十一号房,她说:

"……安全起见……还是报警吧。"

"……他就真的不见了吗?我刚只是在客厅休息了一小下。"

我看着他们进去,然后环顾四周,一切都还在暖阳的照耀下。

下午三点零五分,有一辆警车驶来,查尔斯先生和苏冲到前门去迎警察并说明情况。两名身穿制服的警察下了车,查尔斯先生用颤抖的声音开始讲述。

"……我的外孙失踪了……他妈妈在纽约……还不知道……现在那里是白天还是晚上?你觉得我应不应该给她打个电话?"

一名女警察把手搭在他的胳膊上,挽着他回到屋里,而另一名年长一些的男警察则拿起对讲机说了些什么。

我回到自己的房间，朝后花园望去，想看看泰迪是不是躲在灌木丛里，或者更糟糕的话，会不会脸朝下地漂在池塘里，但都没有找到他。

凯茜正在只有一半水的池塘旁玩得不亦乐乎。她那丑陋的瓷娃娃穿着蓝色的衬裙，脸朝下趴向水面，像是在寻找水底的什么东西。她朝房子蹦跳着走过去，我闪身走到一侧，以防被她看见。她走到院子，再转身冲向瓷娃娃，赤着脏兮兮的脚猛踢它的背部。只见瓷娃娃弹向空中，掉进水池，溅起小小的水花。凯茜盯着"溺水"的瓷娃娃看了一会儿，然后伸出手把它从水中捞出来，抱在怀里，轻轻抚摩它的头发。看到这，我浑身发抖。

"她真是一个可怕的小孩。"我对墙纸狮子说。我看了一眼时间，自从看到泰迪玩花瓣已经过去两个多小时了。

"他可能藏在橱柜里或床底下，他们一定会找到他的。奇怪，为什么大门会是开着的？他那么小，是不会开门闩的，不是吗？"

我抬头看着墙纸狮子，它似乎也不确定。

洗手的冲动突然向我袭来，我立刻冲进卫生间。

我指间薄薄的皮肤慢慢地开裂，不断的清洗使得它们开裂得更加严重。我往脸上泼了点冷水，然后把水龙头拧到热的一端，直到流出的水烫手为止。我又开始洗手，已经记不清自己在洗手池前待了多久。

回到房间，我把手自然下垂，让水滴落到地毯上，自然晾干我的手。这样的方式很好，不仅比用毛巾擦干更卫生，而且避免了擦手时我的皮肤与毛巾摩擦而感到疼痛。凯茜看着年长的警察在查尔斯先生的花园里踱步，在灌木丛下和灌木丛后仔细寻找。苏出现在了院子里。

"凯茜，进来吧，我的好姑娘。"

她招呼女孩赶紧过去，警察则在检查池塘，并用泰迪上周用来戳小鸟的棍子在池塘里戳来戳去。他掀开棚子，连我都能看到里面只有一台割草机、一架梯子、几个花盆、一个水桶和一些园艺工具。他又检查了一下棚子外面，然后从腰带上解下手电筒，照亮下面黑漆漆的地方。这时，女警察来到了草坪。

"有什么发现吗？"

年长的男警察摇摇头。

"里面什么也没有。我正在拿梯子想检查一下阁楼，不到处查查永远不知道孩子在哪儿。"

女警察走到棚子里，拿出梯子，快速走回房子；年长的男警察则绕到一边，对着对讲机说了些什么。

视线回到房子前面，情况变得更加复杂：又有一辆警车停在了我家门外，正闪着蓝光；它后面还跟着一辆银色的蒙迪欧。两名穿制服的警察从警车下来，穿便衣的一男一女则从后面的车上下来。他们一并走向十一号房，直接从敞开的大门进去。此刻，查尔斯先生家的阁楼里传来了嘎吱声。我想象着是女警察正趴在地板上摸索，搜寻所有可能藏匿小孩的黑暗角落。

我看向窗外，眼前似乎变得模糊——窗户上的玻璃被震得发颤。原来,是一架像只偌大的黄蜂一样的警用直升机从佩妮和戈登家的烟囱后面朝我这里逼近。它在房屋上空轰鸣,轰轰声震得我的胸口隆隆作响。我冲进卧室,抬头看着它在花园上空盘旋。

"这事儿看起来很严重,墙纸狮子。"我对着那片墙纸说道,"这看起来确实很严重。"

突然,我们家的门铃响起,我愣住了。妈妈还要一个小时才回来,而且她每次都会用钥匙开门。我从楼梯顶往下看,可以看到一个巨大的人影轮廓,就站在我们家磨砂玻璃门的另一边。门铃又响了,门上的信箱被打开,有人朝屋里喊了起来。

"您好!麻烦开下门,我们是警察。"

巡逻车闪烁的灯光像烦人的蓝蝇一样在过道里盘旋。我慢慢下楼,把门稍稍打开一个小缝。此刻直升机的声音太大了,吵得我感觉像是有人在我的肋骨上敲锣打鼓。

"你好呀,小朋友。有人告诉我们你可能不会回答我们的问题——你是身体不太舒服吗?"

一个瘦瘦的、脸红得像西红柿一样的警察,拿着笔记本和笔站在我家门口。事实上,他几乎必须很大声喊叫才能盖过直升机的噪声。他身后站着刚才在查尔斯先生后花园搜查的那位年长的男警察,他正在与用胳肢窝搂着腊肠狗弗兰基的克劳迪娅交谈。

"小朋友,你好,我是坎彭警官,你家隔壁发生了一起重大事件,有个小男孩失踪了。你见过他吗,嗯?有没有看到他在附近出现过?"

我摇摇头。

"你在这附近见过什么可疑的人吗?"

我继续摇头。

"好吧,我需要快速检查一下你家的后花园,可以吗?"

我在阳光下朝那个男人眨眼示意,然后低头看着他脚上大大的黑鞋子。

"你可不可以绕到后花园去,不要从房子里穿过去?"

坎彭警官皱起了眉头。

"小朋友,你听好,让我过去检查一下后花园,好吗?这是一起很严重的事件。"

我退后一步,任由他把门推开,把大脚重重地踩在我们家的地垫上。他漫不经心地擦了擦鞋子底部,朝厨房走去,走进温室。

"从这里过去吗?"

我点了点头。

"我需要记录一些细节,用不了太久。"他说完就从我家的后门出去了。

我在厨房门口看着他环视我家的灌木丛和爸爸红花菜豆棚屋的后方。我家的花园并不大,所以很快就能搜查完。在检查完我们房子一侧存放纸箱和回收物品的地方后,坎彭警官朝棚子走去。当他打开门时,里面掉落出一把耙子、两个网球拍和一根旧的旋转球杆。他摇摇头,爬进了这个杂乱的地方,挪开挡视线的东西,仔细搜寻着可能有用的线索。

我趁机在厨房用肘部打开水龙头,开始洗手。这里的门开开关关，奈杰尔也常来躲藏，可见，细菌会更多。当坎彭警官回到厨房时，我听到他对着对讲机讲话，我赶紧甩干双手。

"哇，家里比外面可好多了，既凉快又温馨。你父母都去上班了吗？"

我点点头。

坎彭警官拉过来一把我家的松木椅子，自己坐下，而我还是站在门口。他皱着眉头看着我，显然是注意到了我没有进房间。

"你家是九号房吧？你叫什么名字？"

他把脚踝勾缠在椅子腿上，等待我的回答。谢天谢地，他那肮脏的脚并没有踩在地板上。

"马修·科尔宾。"

"你多大了，马修？"

"十二岁。"

他抬起头。

"你知道你的邻居查尔斯先生和他的外孙住在一起吗？"

"是的。"

"嗯，那个叫泰迪的小男孩可能走丢到什么地方了？你确定没见到他或是听见什么异常的响动吗？"

我告诉他小路上出现的花瓣以及锁住的大门，表示自己以为查尔斯先生一直在前面的花园里修剪花花草草，只是绕到后面去一小会儿做点儿别的事。不过我没有告诉坎彭警官泰迪把我称作金鱼崽并经常指我的窗户——因为这似乎并不重要。坎彭警官边听着我的回答边在笔记本上做了记录，这期间还吐出一点舌头，好像在努力集中精力把这些零散的信息串联起来。他倚住椅背向后靠，把重心压在椅子的后腿，使自己的身体保持平衡。爸爸很讨厌这种坐椅子的方式。

"你和其他人说过这件事吗？提过那孩子自己一个人出来吗？就在街边吗？"

我对他眨了眨眼。

"我……我，呃，没有。我以为他外公就在附近。我并没有觉得有什么异样。而且他离马路远远的，大门也是关着的。"

坎彭警官写了一些东西，然后抬头看着我。

"那你是怎么注意到这些的？"

"什么？"

我感觉有点儿不舒服。

"大门是关着的之类的。"

我一时不小心倏地靠在门框上，然后猛地站直。

"我不知道……我只是四处看看，顺便留意到了一些细节，仅此而已。"

坎彭警官不再做记录了。

"你最初为什么要往窗外看？学校放假了，你为什么不去踢足球或者和孩子们玩些烧脑的游戏呢？"

他用铅笔轻敲嘴唇，我环顾房间，思考该说些什么。

"我当时在屋子前面的书房查阅电子邮件。"

当坎彭警官站起来时，椅子由于惯性重重地落下来，四条椅子腿磕在家里的瓷砖地面上。

"我可以去书房看看吗？"

我向后退了一步，再次回到了过道。

"看什么？"

"我想看看你查邮件时能够看到那个男孩的窗口，好了解一下从那个角度望出去大概可以看到什么，可以吗？"

他不等我回答，就直接脱鞋上楼了。楼梯旁的栏杆被他扶得吱吱作响，我希望他赶快离开这里。

"在这里吗？"他接了个电话，然后转向右边，走进书房。我跟在他后面，站在楼梯口"守卫"我的房间，能听到墙纸狮子在门后静静地咆哮。

"从这里你可以清楚地看到整条路，对吗？"他把两只手放在书房无菌的白色窗台上，环顾四周。在我看来，他的手沾满细菌。

"你没有注意到这周围有什么陌生人吗？或者，有你不认识的汽车吗？有什么奇怪的地方吗？"

我想起凯茜把泰迪推到池塘里，但我并没有说，而是保持沉默。

"没，没有什么。"

他转身离开窗台，环视房间。

"你妈妈又怀孕了吗？"他边冲着大象衬垫床铃点头，边问我。我摇摇头，但他没有理会我，转身下楼了。

"有个邻居出去跑步了。"我一边说，一边跟着他。

"是哪个邻居？"坎彭警官拿起帽子和笔记本说道。

"是詹金斯先生，住在隔壁七号。他离开的时间是……"我从裤子后面的口袋里拿出笔记本，"中午十二点五十一分。"

坎彭警官眯起眼睛。

"你都记下来了？"

我点点头，赶紧把笔记本塞回口袋。天哪，我刚刚在干吗？

"你为什么要记下这些东西，嗯？如此琐碎的小事？你确定你什么都没看到吗？"

在厨房工作台上的电话响了，顶端的小红灯在闪烁，我们都盯着那个黑色的听筒。

"请你回答一下这个问题。"

我顿住没有做出反应，电话又响了三声。坎彭警官靠在厨房柜台上，双臂交叉抱在胸前。当我走向电话时，我口干舌燥，咽了口唾沫。这个电话会因其各种复杂的零部件而沾有一些能想象到的最可怕的细菌。我曾经有一部手机，但由于我总是给它消毒，它还没怎么发挥用处就坏掉了。可见，消毒剂是手机的克星。

我颤抖着伸出手去接电话，试图克制自己不要抖得太厉害，厨房里忽然充满妈妈的声音，是答录机接通了。

"您好，这里是科尔宾家。很显然，我们还在享受户外时光，有事请留言，我们会给您回电，拜拜！"

她在现实生活中从不说"拜拜"。事实上，除了在答录机上，我从来不知道她在别的时候还说过这句话。这时，另一个低沉的女声开始说话。

"哦，你们好，科尔宾先生和夫人，我是罗兹医生办公室的黛比。我只是想和您确认，马修第一次预约的问诊时间是明天上午十点，我们期待与他见面哟。"

坎彭警官伸手去拿帽子，避开了我的目光。

"好吧，我应该继续去敲你邻居家的门。詹金斯先生，你说的是这个名字吧？"没等我回答，他就大步走到门口，迅速打开门。毕竟，听到那个信息，他迫不及待地想要离开我家去七号房察看。

"希望我们能尽快找到泰迪。通常情况下，我们很快就能找到他。但我们可能还需要再回来和你谈谈，包括你的父母，等他们下班回家之后，可以吗？"

他戴上帽子离开我家，转向隔壁汉娜和詹金斯先生的家。我用脚把门关上，跑上楼去拿我的清洁用具。我要确保在这些由坎彭警官带进来的细菌开始扩散传播之前，把书房的窗台清理干净。收件箱的提示音响起，我收到一封邮件。

> 收件人：马修·科尔宾
> 发件人：美乐蒂·伯德
> **主题：警察**
> 小马修！你听说了吗？泰迪不见了！
>
> 　　　　　　　　　　　　　　　　　美乐蒂

看来她已经原谅了我之前把她赶出家门的行为。我开始给她回复邮件。指尖在没有任何保护措施的情况下敲击键盘让我感觉很不卫生。

> 收件人：美乐蒂·伯德
>
> 发件人：马修·科尔宾
>
> **主题：警察**
>
> 我知道，警察刚刚敲了我的门，向我询问了很多问题。你看到什么了吗？
>
> 马修

我望向外面，看到路中间聚集了一小群人。在等美乐蒂回复邮件的工夫，我拿起笔记本。

> 泰迪·道森失踪了。这里到处都是警察，他们看起来像是在组织搜寻队，戈登、苏和克劳迪娅都参与其中。

戈登戴着一顶白色宽边帽，手里拿着一瓶水。他看起来有点儿像是要去狩猎。一名女警察冲他指了指路的尽头，他点点头，明白了她的指示。

汉娜正在她家门口与坎彭警官谈话，我听到了这句有些奇怪的话。

"……他大约下午一点钟出去跑步了，还没有回来……通常会在健身房待一阵……锻炼腹肌……在学校教体育……"我从窗户看不到他们,但我能想象到她在谈论她"伟大"的丈夫时那标准的加州式微笑。

老妮娜低着头,环顾家门前,显然这样暴露在外界让她感到害怕和慌乱。另一名警察正在和她说话。收件箱的提示音再次响起。

> **收件人:马修·科尔宾**
> **发件人:美乐蒂·伯德**
> **主题:警察**
> 没,我什么也没看到。你呢?
>
> 美乐蒂

> **收件人:美乐蒂·伯德**
> **发件人:马修·科尔宾**
> **主题:警察**
> 我早些时候看到他在前面的花园里玩耍,就这些。
>
> 马修

妈妈的车沿着门前的街道缓缓驶来,她把车停在老妮娜的房子外面,因为我家门前的车道被堵住了。她用手捂住嘴,冲向搜寻队。屏幕上闪出美乐蒂的回信。

> 收件人：马修·科尔宾
>
> 发件人：美乐蒂·伯德
>
> **主题：警察**
>
> 哦天哪！你可能是最直接的目击者了！你没看到什么异常的地方吗？什么都没有吗？那个孩子呢，凯茜？她那时候也在花园里玩吗？查尔斯先生当时不在吗？
>
> 美乐蒂

我嘟哝着，我什么都不该说的。

> 收件人：美乐蒂·伯德
>
> 发件人：马修·科尔宾
>
> **主题：警察**
>
> 并没有看到凯茜和查尔斯先生，詹金斯先生去跑步了，仅此而已。
>
> 马修

家里的门被打开了，妈妈在楼梯上大喊。

"马修！你听说了吗？简直太糟了，不是吗？我现在要和搜寻队一起出去。我过会儿再和你聊，可以吗，宝贝？"

她没等我回答，门就被哐地关上了。我看着她急匆匆地加入了搜寻队，挽着苏的手臂，沿着公路朝镇上走去。

一辆面包车停了下来，有两名工人带着一些电气设备和一些塑料管绕过查尔斯先生的房子，走到一侧。我关掉电脑，回到自己的房间。

其中一名工人正将一个黑色圆柱体放入池塘中央，另一名工人则拿着电气设备走到院子里的一个室外插座插好电。水泵开始隆隆作响，几秒钟后，水从一条长长的蓝色管道中涌出，直冲花坛，在干涸的土地上冲出一片水洼。没几分钟，池塘就空了。其中一名工人脱掉鞋子和袜子，卷起裤腿，踏进干涸池塘底部脏兮兮的污泥里。当他在污泥里来回翻找时，我想知道他是否能找到泰迪之前扔进去的那只死了的小鸟。

"停下！快停下！看在上帝的分儿上，快停下来！你看看你在做什么？那里面有鱼！你会杀死它们的！"

查尔斯先生正跑下楼冲到花园里，在途中不断挥舞着双臂。他换了身衣服，穿了一件灰色背心和一条奶白色裤子，肩膀被浓密的灰色头发严严实实地遮住了。

"谁同意你们这么做的？我没有允许你碰我的池塘！"

草地上的工人对他轻声说了些什么。但显然不用排干池塘的水就可以看出来泰迪并不在里面，所以我只能假设他们正在寻找线索罢了。

查尔斯先生没有理会那个工人，径直走进他的棚屋，提出来一个黑色的大桶，走到外面的水龙头那里接满水。然后，他费力地拖着装满水的大桶走向手里拿着什么东西站在空荡荡的池塘污泥里等他的那个工人。在那个工人把手里的东西往桶里扔时，我看到一抹橙色。原来那个工人拿着的是鱼！查尔斯先生蹲在桶边,仔细检查起鱼来。

"我可告诉你啊,这里面还有五条,你最好祈祷它们都还活蹦乱跳的!"

查尔斯先生大喊大叫,草坪上的那个工人把手放在他的肩膀上,试图让他冷静下来,但查尔斯先生扭动肩膀挣脱他的手。他回到院子里,开始摆弄一根黄色软管,这根软管固定在他房子一侧墙体的轮子上。池塘里的那个工人又捞出了两条鱼,查尔斯先生再次朝花园走去,身后拖着伸展开的软管,手里拿着软管的开关。他用等待的空当,将软管对准了池塘。

过了十分钟,整个池塘都被搜遍了,只剩下一条鱼,最终也被放进了桶里。工人们收好装备,摇着头回到房前。

查尔斯先生一言不发地扣动了软管上的开关,一股水流猛烈地冲出来,直接击中了池塘边的塑料衬垫。他一动不动地站在那里,直到池塘再次被灌满水。

晚上六点,我看到两只警犬在附近兴奋地跑来跑去,疯狂地摇着尾巴。它们转身朝不同的方向走去,看起来好像在寻找什么。它们停下来,嗅着佩妮和戈登家外面的一根灯柱,弗兰基从三号门的窗户里朝它们狂吠。美乐蒂赶忙把狗抱走以防被发现,就抱着狗那一小会儿,她的手臂短暂地在窗帘后面露出一小截。警犬在花园里到处搜寻,饲养员引导着它们前往通向墓地的小巷。

收件箱的提示音响起,我收到一封邮件。

> 收件人：马修·科尔宾
> 发件人：杰克·毕晓普
> **主题：老妮娜带走了泰迪！！！**
> 是老妮娜抓走了他，她本来就是一个女巫，现在可能正在把泰迪烤成馅饼！！！
>
> 杰克

我盯着这封邮件。除偶尔对彼此的谩骂外，我最近与杰克·毕晓普实在没有什么交集。事实上，这大概是两年来我第一次在他没有喊我"怪人"的情况下和他接触，我着实不知道该说些什么。

> 收件人：杰克·毕晓普
> 发件人：马修·科尔宾
> **主题：老妮娜带走了泰迪！！！**
> 她当然不是女巫！你看到了什么吗？
>
> 马修

我回顾了一下我的笔记，老妮娜在杰克为难美乐蒂时用手指向他发出警告，他便骑着自行车飞驰而去，那是我最后一次知道他的行踪。

> 收件人：马修·科尔宾
>
> 发件人：杰克·毕晓普
>
> **主题：老妮娜带走了泰迪！！！**
>
> 我唯一看到的就是你那张看向窗外，透露着愚蠢、目光呆滞的脸。你整天戳在那儿能干些什么？

我直接删除了邮件，没有再回复他。

第十章

关于杰克的故事

虽然这很难相信,但杰克确实曾经是我最好的朋友。那时候我妈妈和他妈妈住在同一栋房子里,又几乎同时想要小孩并且梦想成真:我妈妈在十月底怀上了我,他妈妈苏在十一月初怀上了他。就这样,她们互相认识了。

她们开始约着一起喝咖啡,我和杰克又几乎同时在妈妈的肚子里捣乱,踢妈妈的肚子。她们常常开玩笑说,那是两个小孩在尝试与彼此交谈。我在预产期"如约而至",而杰克却一直到十天后才出生,这期间,他妈妈等得特别煎熬。每次我见到苏阿姨,她都会说起这个故事。

"他特别想见到你,你也很想见到他吧,小杰克?不过,他还得等十天哪!十天后他就能见到最要好的'新'朋友啦。"

我们出生后,妈妈们依旧经常见面,我们躺在婴儿摇摇椅里慢慢长大,朝着彼此咿咿呀呀,用婴儿独特的语言表达。但没过几周,苏阿姨意识到杰克有些不对劲。出生之后,我长得很快,早已和刚出生时的自己大为不同。而杰克却增重得十分费劲,长得很慢。不仅如此,他的皮肤还总是又红又痛。经过几个月的就诊,医生发现他有严重的过敏症。那之后不久,杰克和里奥的父亲就离开了,留下苏阿姨一个人照顾他们。苏阿姨对儿子周遭的环境时刻保持警惕,以防他接触到任何有可能让他致命的过敏原。

转眼间,我们上小学了。由于过敏症,在上学期间,杰克都必须随身带一个黄色诊疗包,既被它保护,也受它困扰。毕竟,其他同学可都不用带这个。起初,他们对此充满好奇。

"杰克,那个包里装的是什么?"

"里面有多少根过敏针[1]?"

"你吃错东西真的会死吗?"

随着时间的流逝,孩子们对黄色诊疗包的新鲜感就消失了。但杰克由于过敏症而变得脆弱敏感的皮肤,使他成了同学们关注的焦点。他总是很容易蜕皮,又不断地长出新的皮肤。他的妈妈总是对他的生命安危提心吊胆,要知道,哪怕只是一颗随意掉落的坚果在不经意间蹭到了奶酪三明治,而杰克又恰巧没注意误食了这个奶酪三明治,他就会直接过敏性休克。于是,她便让杰克带着自己的"特制食品"去参加生日派对。但当大人们一走,同学就开始议论纷纷。

"你又在吃你的婴儿食品了吗,杰克小婴儿?"

---

1. 过敏针是在一段时间内为缓解过敏症进行的常规注射,以阻止或减少过敏发作。打过敏针是一种免疫疗法。

我会对杰克报以微笑,但这绝不意味着我和他是同一阵营的,不过,最起码这能让他知道我没有和其他孩子"同流合污"。可毕竟我现在更常和汤姆一起玩,所以我便不再像以前那样和杰克好了。

在小学的最后一个学期,一切变得更糟了。那时,我们全年几乎都在伦敦博物馆旅行。当我们排好队上长途车时,我看到杰克旁边像往常一样有一个空座位。同学们都觉得,和他坐得近就会被他鳞状的皮肤碰到然后传染。我很确定没有哪个同学真的相信这一点,但没有人有足够的勇气说出来。

"马修!你愿意的话,可以坐过来。"杰克说着,他的眼神充满了恳求。我排着队往车里走的时候,汤姆已经坐在了后排,朝我招手,示意我过去。

我本应该坐到杰克旁边的座位,向大家证明靠近杰克不会有问题,他也并不会传染什么。

但我没有那样做。

"对不起,杰克。我已经答应和汤姆坐在一起了。"

我面无表情地继续往车里走。

当汽车驶上双车道时,每个人都兴奋地谈论着这次旅行。这时我们的老师,钱伯斯夫人,突然从座位上站起来,使得客车向左倾斜。

"噢,天哪!司机师傅,麻烦掉头回去!我忘记了拿杰克的诊疗包。"

我们又回到学校,等待钱伯斯夫人下车去办公室,在文件柜里找到诊疗包，再回到车里，把大家都鄙夷的那个黄色诊疗包扔进车子上方的行李托架。同学们像是商量好一般，在车厢里不断地发着牢骚。

客车猛然启动，还在沿着过道慢慢走向座位的钱伯斯夫人由于惯性，不小心倒在杰克身上。

"别担心，好吗？我们已经拿到了你的药和注射器。司机师傅，出发吧！我们还是会及时赶到并享用愉快的午餐的！"

我沿着座位和窗户之间的缝隙看去，看到坐在前面的杰克孤立无援，头颓然地靠在玻璃窗上。

"你为什么要毁掉这一切，杰克？"

"又是那个令人无语的诊疗包！你现在还没有长大，非要带着它吗？"

这年九月，我们开始上中学，杰克和我被分到了不同的班级，所以我再也不能像之前那样常见到他了。我课余时间都和汤姆在一起，而杰克周围都是一些高年级的调皮的孩子，他们通过和老师对着干来吸引大家的注意，获得周围同学的"赞许"。我经常看到他没精打采地坐在校长办公室外的桌子上，抠着额头上因干燥而起皮的皮肤，时不时伸出一只脚试图绊倒别人。我想他是以一种奇怪的方式——通过成为恶霸——而避免被欺负。

7月28日星期一　　下午6:14　书房/婴儿房
已知泰迪失踪时在家的人员有：
查尔斯·凯齿先生

汉娜
苏·毕晓普
老妮娜
戈登和佩妮
克劳迪娅

已知不在场的人员有：
西拉和布莱恩·科尔宾（在工作）
里奥·毕晓普（在工作）
詹金斯先生（在慢跑）

不确定的人员有：
杰克
美乐蒂

  我盯着这些名字，不自觉地用铅笔敲击着桌面。虽然目前线索看起来不多，但起码是一个好的开始。泰迪不可能独自走很远——我确信这一点。如果他只是不小心走丢了，大人们现在肯定就找到他了吧？

  我向外望去，警察在忙着到处收集证据，试图解开这个小男孩失踪的谜团。

  但他们不像我一样了解这个街区，有些事情我能看到而他们看不到。

我低头看着门柱旁的小土堆上泰迪摘的一小堆粉红色花瓣，我心中的想法渐渐明晰。

我要查出是谁带走了泰迪·道森。

第十一章

搜寻队

我站在浴室的水槽旁,浑身发抖。距离我上次洗手已经过去了好几个小时。我落下了很多事没有记在笔记本上,也没有时刻保持清洁,此刻,我觉得自己快要生病了。如果我生病了,又有谁知道会导致什么后果呢?我一遍又一遍地洗手,直到痛得流眼泪。我回到自己的房间,本打算戴上一副乳胶手套,但我又不舍得,我必须省着用。

"墙纸狮子,一定有人知道他在哪儿。"我对着壁纸说道,"我敢肯定,是有人带走了他。"

墙纸狮子回看着我,眼里透出悲伤。

"我要保持警惕,密切关注这件事情,看看是否能发现一些线索。他们需要像我这样的人来观察,我是最后一个见到泰迪的人!如果我没有看到他,他们根本就不会知道他那时是在前面的花园里,不是吗?"我打开笔记本,翻到了新的一页。

泰迪失踪——事件梳理

查尔斯先生和他的孙子、孙女相处得不太好，而且现在看来，他似乎更担心他的鱼。

凯茜把泰迪推进池塘里，直到查尔斯先生出现，她才假装要救他。

那老妮娜呢？她与这件事有关系吗？

杰克·毕晓普？他会伤害泰迪吗？或者他这么做是为了引起大家的注意？

美乐蒂·伯德？她的嫌疑最小，但她确实特别频繁地去往墓地。难道她知道有什么地方可以把泰迪藏起来吗？

第一支搜寻队于晚上七点十八分返回。他们在街中央徘徊了一会儿，不知道接下来要怎么做。警察们在查尔斯先生的家中忙前忙后，进进出出。戈登转身朝家里走去，他的脸通红，手里拿着宽边帽，边走边扇。杰克打开五号房的门，正大口喝着一罐可乐，苏走到他面前，僵硬地抱了抱他，他抬头越过她的肩膀瞪向我。克劳迪娅回到三号房，是美乐蒂开的门，她们抱在一起，弗兰基在她们脚边大叫。妈妈抬头看向我们家的窗户，我悲伤地冲她挥了挥手，她有气无力地笑着回应。

妈妈回来时我正站在楼梯顶上。

"进展如何？有发现什么吗？"我问。

妈妈摇了摇头，然后用手揉了揉后颈，她看起来很累。

"我不敢相信发生的这一切,唉,可怜的一家人。对了,你爸爸还没回来吗?"

我点点头。但爸爸其实已经下班回到了家,结果发现到处都有警察。于是,他还在走廊上,就立刻摘了领带、扔下公文包,冲出去加入了另一支搜寻队,和爸爸在一起的有杰克的兄弟里奥,以及在我没注意时就跑步回来的詹金斯先生。爸爸并没有像妈妈那样打电话告诉我他要去,我觉得他根本就是忘了当时我还在家里。

妈妈把头靠在前门上,闭上了眼睛。

"你知道我现在需要什么吗,马修?我需要我可爱的儿子给我一个大大的拥抱。"

我站在原地一动不动地看着她闭着眼睛深呼吸,或许在她看来,她希望我下楼来依偎在她身旁,把头轻靠在她的肩膀上,她会用温柔有力的手臂搂住我,我们靠紧彼此,感受着对方的呼吸。

当她抬头看着我时,眼睛闪闪发光、充满期待,而我仍站在最上面的台阶上,四肢僵硬,定在原地。

"我想烧壶水。"她说着就朝厨房走去。

在我五岁时,我们每天都会与苏阿姨和杰克一起步行去学校。杰克通常会带一些"武器",用来捣鼓路边的灌木或树篱,而我会乖乖握着妈妈的手,走在她身边。

"小马修!小马修!我们'开战'吧!"他对我大喊大叫,

假装要把一根锋利的棍子刺进我的胸口。我转身背对着他，靠在妈妈的腿上。并不是我不想玩，我只是想在上课之前尽可能长时间地和妈妈在一起。

"杰克，我想马修今天不想这么玩。"妈妈温柔地告诉他。杰克怒气冲冲地跑到一边，开始用棍子敲打灌木丛。

我们继续走着，我把两只手都放在妈妈的手上，握住她软软的手指。

"杰克，你为什么不能像马修握着他妈妈的手那样握着我的手呢？"苏阿姨一边说着，一边抓住他的手臂，以防他撞到灌木丛。

杰克皱起眉头，挣脱苏阿姨，然后研究起自己的手掌，盯着他那因为愤怒而透红的皮肤，又停下来撕扯手掌上那些白色的"小碎片"。

"不要这样，你的湿疹会很痛！你并不想让它更严重，对吗？"

当我和妈妈继续往前走时，苏阿姨落在后面检查她儿子的手。

"你知道吗？"妈妈说，"有一天你会长大，成为一个真正的男子汉，那时候就不会再想握住妈妈的手了。"

我皱着眉头看着她，她笑了。

"真的是这样！我们做妈妈的当然知道。"

我咯咯地笑着，来回摆动我俩的胳膊，我们就这样蹦跳着向前走，像是上了发条的玩具士兵。

"我会永远握着你的手,妈妈。"我们放慢脚步后,我说道,"我保证,虽然我已经十二岁了!"

妈妈笑得很开心,露出了她洁白的牙齿。

"那我们拭目以待,马修。"她微笑着说,"我们拭目以待。"

然后她把我的手握得更紧了一些。

晚上七点三十分,一位穿着漂亮蓝色连衣裙和浅灰色夹克的女士站在十一号房门前,拿着麦克风讲话,一名肩上扛着大相机的男子正在对着她拍摄。我听不见她在说什么,但她不断地转向查尔斯先生的房子并用手在空中比画。然后她举起一张大纸,我想,那肯定是泰迪的照片。十分钟后,她结束了报道,脱下夹克,挥手给自己扇风。一名身穿制服的警察走过来,我以为他是要请他们离开,但他似乎很高兴看到他们,还没来得及低头看表确定时间,就与他们热情握手。他们离开后,坎彭警官拿着一卷黄色胶带走过去,在戈登和佩妮的房子外面同闲逛的几个路人交谈了几句。然后,他们缓缓离开,直到走到马路尽头。

> 晚上7:43,仍然没有泰迪·道森的消息。警方现在正在调查切斯纳特巷子的最后几家。

住在一号房的佩妮·沙利文拿着放有一杯橙汁的托盘在巷子里走来走去。

"需要冰镇橙汁吗?"她把每个人都问一遍,"来点儿什么降降火，警察先生？"

有的警察点头微笑并挥手示意让她走开，有的则忙到连话也顾不上说，不过，也有极少数警察拿了一杯，一口气喝下这冰凉的果汁。佩妮回到了家里，可能正在厨房翻箱倒柜，看看还能弄些什么其他茶点。

另一支搜寻队于晚上八点十七分返回。爸爸肩上搭着西装外套，衬衫袖子也卷起来了，杰克的哥哥里奥正在打电话。詹金斯先生正穿过马路回家，还在吃着某种营养棒，在这时候吃饭似乎不太合适。他抬头看着我，我也回望着他。他掸去T恤衫前面的碎屑，一直盯着我。汉娜出来迎接他，双手捧着丈夫的脸并吻他。他用有力的手臂搂住她的肩膀，两人慢慢走进房子。汉娜巨大的肚子左右摇晃，让我感到说不出的不适，我赶忙去了卫生间，往脸上泼冷水，直到感觉好一些。

爸爸进来告诉妈妈，他们什么也没找到，但已经对道路进行了封锁，这样任何人都不能未经允许就靠近路边。我听到他们走进厨房吃起了晚饭。三号房的门被打开，美乐蒂蹦跳着下了台阶，穿过马路，径直向我家走来，我低声咕哝着。

"你好，美乐蒂，亲爱的。"妈妈开门时轻声说道，"去吧，我相信马修现在想要人陪伴。"

我才没有，我现在不需要任何人陪伴。

"嗨，小马修！"美乐蒂打招呼的口吻好像没有小孩失踪，这只是平常的一天。她走进书房，环顾四周，盯着那张有大象床铃的婴儿床。

"噢，哇，你妈妈又有小宝宝了吗？"

她按下开关，大象床铃就一圈一圈地转起来。

"不是的，听我说，你别这样做行吗？"

大象床铃转得越来越快，直到其中两只大象缠绕在一起，她才停下来。

"那么这些东西是怎么回事？"她边说边在婴儿床下面的袋子里翻找。袋子里有几个盒子，其中一个盒子夹带着一张照片，照片上是一个胖乎乎的、还未长牙的金发男婴，他快乐地坐在干净的白色尿垫上，咧着嘴笑。

"这些是我弟弟的，他已经不在了，你能不能别乱碰这儿的东西了？"

美乐蒂站了起来。

"不在了？你说他不在了是什么意思？"

"不在了就是不在了，还不明白吗？美乐蒂，你到底想干吗？"

我把双臂抱在胸前站在那里，我想知道，当她知道我的弟弟是因我而死的，她会怎么做。那我就这样告诉她："都是我不对，好吧，美乐蒂。现在你能离开，别再打扰我了吗？"

她坐在桌子边。

"哦，对不起，我不知道。"她的脸色看起来很悲伤，"这对你来说一定很难过吧。"

我点点头，在脑海里，默默记下了她走后我需要清洁的一切：

门边、门框——整扇门？

大象床铃——这我该如何清理它？

桌子——拿掉上面的所有东西并喷上抗菌喷雾。

"你刚才看到这里的那些记者了吗？我妈妈认为他只是走丢了。你呢？还是说你认为有人把他带走了？"

我耸耸肩说道："我认为，如果他只是走丢了，现在肯定已经找到了。"

她拿起我的笔记本，那本子就放在她身旁的桌子上。

"噢，哇，这太棒了！"她边念边说，"你在这儿记下了一切！你应该把这个交给警察看看！'下午五点二十三分，查尔斯先生又开始修剪草坪，这是本周第五次了。'"

她咯咯地笑着又翻了几页，我穿过整个房间，迈到她跟前。

"你能把那个笔记本还给我吗？这涉及我的隐私。"

"上午十点零二分，老妮娜正在给她的花儿浇水。"

翻到最后一页，她默读着我写的内容，然后抬头，惊恐地看着我。她再次低下头读出声：

"美乐蒂·伯德？她的嫌疑最小，但她确实特别频繁地去往墓地。难道她知道有什么地方可以把泰迪藏起来吗？"

我在她面前挥着双手，想要夺回那个笔记本，但又没有勇气这么做。

"马修？你认为是我带走了泰迪吗？"

她的眼里含着泪水。

"我，我，不，当然不是。"

我迅速从她手中夺过笔记本，忘记了自己还没有戴手套。她张大嘴巴，无比惊讶。

"这代表不了什么的，美乐蒂！我只是闲着无聊，写点东西，这并不重要。"

"但是……但是我不明白，你为什么认为是我做的？"

"我不知道！我只是想知道你为什么这么频繁地去墓地，仅此而已。我只是觉得你在那里可能藏着什么东西，没关系的，我只是随意记的。"

我把笔记本扔到桌上，美乐蒂双手叉腰朝我走来。

"我没有带走泰迪·道森，我不敢相信你会说出这样的话，我以为我们是朋友。"

我靠在窗台上，对她说："我们是朋友，这是我头一次听你这么说。"

美乐蒂叹了口气，转身跑下楼梯。

第十二章

初登电视

晚上九点零三分,我第一次上电视的节目播出了,妈妈朝楼上的我激动大喊。

"小马修!快,快下来!"

我从床上一跃而起,飞奔下楼。在短暂幸福的几秒钟里,我感觉自己就像以前一样,会冲下楼去吃晚饭。爸爸站在温室门口,吃着一袋薯片,妈妈坐在奶油色真皮沙发的边缘,盯着电视屏幕。

"他只是迷路了,仅此而已。"爸爸说,"警察会找到他的,天黑之前他就会回家,我把话放在这里。"

天已经黑了,我看了一眼外面的花园。

爸爸把薯片袋对着嘴巴倾斜着举起,使里面的残渣滑进嘴里,我不喜欢他这样的行为。

"但是他会去哪里呢,布莱恩?我们到处都找过了,佩妮说他们甚至连旧泳池附近的建筑工地都找了。"

城镇外围正在大规模修建房屋,此刻,我想象泰迪正摇摇晃晃地走着，抬头看见如恐龙一般的庞大的起重机，他会不会被它们吓住，而没有注意脚下的坑，径直掉进去？但这不太可能。那里的整个区域都很安全，有高高的栅栏，而且也有很多人，虽然大家都很忙碌，但肯定会有人发现一个穿着拉拉裤、独自出现的小男孩吧？

妈妈从座位上跳起来，指着电视。

"看！开始了！"

一位女士站在我们的街道上对着麦克风说话，我认出她就是那个穿着灰色夹克的记者。在道路被警戒线封锁之前，她就在里面了。

"……这名十五个月大的男孩最后一次被看到时身穿拉拉裤和一件正面印有蛋卷冰激凌图案的白色T恤衫。警方还认为他手里可能拿着一条蓝色的方格安抚毯，并且没有穿鞋子……"

她一手拿着一张照片，随着镜头推近，泰迪的脸占满了整个屏幕。他穿着一件白衬衫，搭配着一件漂亮的背心；脖子上系着一条皱巴巴的金色领带，显然他曾试图把它扯下来。他淡蓝色的眼睛里闪烁着刚刚流下的泪水——可能是因为他被迫穿了一套让他看起来像个小魔术师的衣服而哭过。

我已经很久没有这么近距离地看电视了，我的眼睛被刺激得直流泪。爸爸把吃空的薯片袋揉成一团，一些小残渣掉到了地毯上。我转身朝自己的房间走去，但妈妈再次从座位上跳了起来。

"马修，你上电视了！"

当记者指着查尔斯先生的草坪时，镜头拉回来。

"……最后一次见到他是在切斯纳特巷子——他在他外祖父家门前的花园里——玩耍……"

屏幕的左上角是我们家的房子，楼上的窗户里映出一个站着的人影——正是我。我只是站在那里，像个傻瓜一样，以为没有人会看到我。

"儿子，你整天在那儿看什么？你在寻找鸟类或其他东西吗？研究鸟类学？"爸爸问。

妈妈瞪了他一眼。

"我只是问问，西拉。"

我没有理会。

"……警方呼吁任何知情者联系……"

画面切到一个电话号码，妈妈转向我，微笑着，拍拍她旁边的沙发，示意我坐过去。

"马修，你今晚为什么不留在这儿和我们一起看电视呢？看会儿电视或许可以分散注意力。我想今晚我们应该都睡不了多少觉。"

"抱歉，今晚不行。"我说。

妈妈站了起来，我以为她要碰到我了，所以我赶紧躲开，跑上楼去洗手。我喷了十一回抗菌喷雾，就着滚烫的热水，把手反反复复洗了九遍，这才感觉舒服一些。

外面仍然很忙碌，警察们来来往往。查尔斯先生的前花园看起来就像一个包装稀奇的礼盒：前墙和大门都贴着蓝白相间的警戒线，像是礼盒外侧包装的丝带。有一位我从未见过的警察守在门口,詹金斯先生和汉娜在自己家的花园里,他的手臂沉重地搭在她的肩上。我想知道她是否清楚自己的丈夫是一位无比糟糕的老师,我不认为他会在家里提及此事:

"亲爱的,今天上体育课时我把一个男孩弄哭了!就是隔壁那个奇怪的孩子,他说他每投掷一根标枪,就必须洗手。你能相信吗?我告诉他,再这样下去,他这辈子都注定不会有任何成就……"

一想到体育课,我就忍不住想哭,但我使劲眨了眨眼睛,不想为这事再掉眼泪。汉娜转过身来,我看到了她怀孕的大肚子,赶紧移开视线。

电脑提示我收到一封邮件。

> 收件人:马修·科尔宾
> 发件人:美乐蒂·伯德
> **主题:紧急事件**
> 如果你想调查泰迪失踪的真实情况,那么,你需要我的帮助。
>
> 美乐蒂

我读了好几遍这封电子邮件。

> 收件人:美乐蒂·伯德
> 发件人:马修·科尔宾

> **主题：紧急事件**
>
> 什么？
>
> 马修

我跑回房间，拿了一瓶新的水。隔壁花园周围有四盏工业灯，是夜幕降临后使用的，能看到院子里有三位警察正讨论着什么。我回到书房，边喝水，边打开美乐蒂最新发来的邮件。

> 收件人：马修·科尔宾
>
> 发件人：美乐蒂·伯德
>
> **主题：紧急事件**
>
> 看来，到目前为止你调查的进展并不顺利，就冲你还在怀疑我就能看出来！而且，我这么做并不突兀，而是在为你考虑，你不出门，自然对很多事情也无能为力，不是吗？应该有人在街上通过实地调查来获取信息。
>
> 美乐蒂

我立刻回复。

> 收件人：美乐蒂·伯德
>
> 发件人：马修·科尔宾
>
> **主题：紧急事件**
>
> 我想你作为那个人再合适不过了。
>
> 马修

当我点击"发送"时,我发现自己不自觉地嘴角上扬了起来。

> 收件人:马修·科尔宾
> 发件人:美乐蒂·伯德
> **主题:紧急事件**
> 是的。面对现实吧,马修,没有我的话你很难完成这件事!我愿意原谅你写过的东西。我理解你需要及时写下你的想法,即便它愚!蠢!至!极!
>
> 　　　　　　　　　　　　　　　　　　美乐蒂

我立刻回复。

> 收件人:美乐蒂·伯德
> 发件人:马修·科尔宾
> **主题:紧急事件**
> 美乐蒂·伯德,你还真是与众不同。
>
> 　　　　　　　　　　　　　　　　　　马修

几秒钟后,屏幕上亮起了她的回复。

> 收件人:马修·科尔宾
> 发件人:美乐蒂·伯德

> **主题：紧急事件**
>
> 我当然知道。那，我们什么时候开始？
>
> 美乐蒂

我坐在那里想了两分钟。

> 收件人：美乐蒂·伯德
>
> 发件人：马修·科尔宾
>
> **主题：紧急事件**
>
> 马修

嫌疑人一号和二号分别是查尔斯先生和凯茜，你看看明天是否能进到他们家里去？

找一个借口，比如送点蛋糕什么的，进去之后四处看看，观察一下查尔斯先生在想到自己外孙失踪后的心情如何，他是不是过于开心了？再观察一下凯茜，像是弟弟失踪后的正常姐姐的样子吗？

> 收件人：马修·科尔宾
>
> 发件人：美乐蒂·伯德
>
> **主题：紧急事件**
>
> 明白，队长！我现在就去！
>
> 通话完毕……
>
> 美乐蒂

她简直是疯了。

> 收件人：美乐蒂·伯德
> 发件人：马修·科尔宾
> **主题：等一下！**
> 也许现在还不是最好的时机！已经很晚了，而且警察们还都在那忙着……要不明早再去吧？
>
> 马修

我点击了"发送"，但她还没有回复。过了十五分钟，她从家里走出来，手上端着一个盘子。在过马路时，我看到盘子上面放了一个长长的海绵蛋糕，上面被随意地加了很多巧克力手指饼干，看起来像一只奇怪的、带刺的毛毛虫。我胆怯了，希望自己什么也没说过。

"唉，这美乐蒂。"我低声对自己说。

门口的警察已经走了。看着眼前的蛋糕，美乐蒂吐了吐舌头，腾出一只手费力地打开查尔斯先生家的大门，同时专注于保持蛋糕的平衡。当她走到前门时，瞅了一眼我的窗户，并对我竖起了大拇指。

我咕哝着坐回桌前，但忍不住想要看。过了十分钟，她手里拿着一个粘满巧克力的空盘子冲过巷子，我在电脑前等待她的回复。

收件人：马修·科尔宾

发件人：美乐蒂·伯德

主题：凯茜

蛋糕任务圆满完成（你这个主意简直太棒了！）。查尔斯先生请我进去跟凯茜打了招呼。我的朋友，这个小孩真是令人害怕！她只是坐在角落里和一些可怕的娃娃玩，甚至都没有抬头！你说得对——她看起来根本就不在乎她弟弟泰迪失踪这件事！

美乐蒂

收件人：美乐蒂·伯德

发件人：马修·科尔宾

主题：凯茜

那查尔斯先生呢？他看起来难过吗？

马修

收件人：马修·科尔宾

发件人：美乐蒂·伯德

主题：凯茜

有点儿。他的眼睛有些红，像是哭过。但是，有一件奇怪的事，他吃了一大块蛋糕！你能相信吗？我本以为坏心情会影响食欲。

> 不管怎样，请给我布置下一个任务！
> 完毕。
>
> 特工美乐蒂

我回到自己的房间，躺在床上，枕着胳膊，盯着天花板。

"他到底去哪儿了，墙纸狮子？是谁抓走了他？"

警察打开了查尔斯先生家花园的灯，灯光投下的阴影在我的墙上映出一个图案。黄色的聚光灯围绕着高挂在角落里的墙纸狮子，它那鼓起的脸颊冲我笑着，就像一位俗气的电视游戏节目主持人。

"所以，马修·科尔宾，请你回答以下问题：泰迪·道森神秘失踪到底该归咎于谁？分别有以下选项：

"A. 凯茜·道森。这个小可爱虽然可能看起来很无辜，但她的心理好像不是很健康，她曾把小孩子推到池塘里。同样，她会不会对泰迪做了什么？

"B. 查尔斯先生。对于这位老人来说，他对外孙的爱应当是深厚的，那么，导致男孩失踪的会是他吗？

"C. 杰克·毕晓普。他是一个生活并不开心的年轻人，他的快乐常常建立在别人的痛苦之上，难道他是为了博得关注而走向了极端？

"D. 马修·科尔宾。这个奇怪、孤独的男孩似乎认为，在炎热的夏天，把一个十五个月大的孩子独自留在前花园里没什么问题，但我们不能忘记他曾对他的小弟弟卡勒姆做过什么……

"所——以，答案会是谁呢？你来选一下。"

第"十+三"章

在外留宿

深夜里,我被家里突然响起的门铃惊醒,毕竟这时候听到门铃声,终归是有些让人害怕。

我看了眼电子屏上的时间,已经十一点十三分了,屏幕上的数字在黑暗中闪着红色的光。我感觉有些难受,就闭上眼睛,深呼吸,听着街上的警笛声越来越近,但很快,警笛声便逐渐减弱,我知道,是警车走远了。当我睁开眼睛的时候,已经是十一点十四分了,我勉强松了口气。

我能听到查尔斯先生在我们家门口和爸爸说话。

"……去医院检查……可能是吃坏了什么东西……"

"……最好去检查一下……"

"……她妈妈现在正在赶来的飞机上,今晚可以让她先住在这吗?"

"……当然了,没问题……"

门关上了,爸爸的声音变得又尖又细,我听出来,这是他和小孩子说话时特有的声音。

"我们会在空房间里为你准备一张漂亮、舒适的床,好吗?就在马修房间对面,你和小马修认识,对吗?"

我走到楼梯平台上,妈妈努力使自己清醒,睁大眼睛上楼。

"查尔斯先生胃不太舒服,警察正把他送去医院检查,凯茜今晚在这里过夜,这样不好吗?"

"没,但也实在说不上好。"

她没有理会我,径直走进婴儿房,把装有母婴用品的盒子拖到楼梯口,大象床铃被随意地扔在盒子上面。床铃上的线绳还缠在一起,已经这样在这里挂了五年。

"布莱恩!给凯茜准备一杯牛奶,好吗?"

我靠着栏杆往外看,凯茜就站在门口的地垫上,抱着那个脏兮兮的洋娃娃,穿着一件老式的长睡裙。当她跟着爸爸去厨房时,抬头看了我一眼,眯起了眼睛。

"胃不舒服?"我猜测,"可能是消化不良吧!他去医院做什么?"

妈妈皱着眉头看着我。"你什么时候还会看病了?"她扬起一边的眉毛说道。

我耸耸肩,可能由于他吃了美乐蒂送来的蛋糕,所以只需要吃一块,就足以让人受不了。

"她不能睡楼下的沙发吗?"

妈妈清理掉最后一个盒子,一小团灰尘随之被抖落在空气中,只听她轻叹了一口气。

"你这是在说什么啊,马修?有时你确实会说一些很奇怪的话，我怎么能让一个小孩子独自睡在楼下，还是在她弟弟刚刚失踪之后！"

她擦了擦额头。

"泡沫床垫在哪儿？这样就行了……"

我还在楼梯平台上踱步。凯茜去了自己的房间，我听见爸爸在楼下和她小声谈论着那只小恶魔猫。

"凯茜，你看，奈杰尔是不是有点儿'笨'？谁家猫喜欢睡在台球桌上啊？你想来块饼干吗？哦，不对，你还是不要吃了，你可能已经刷牙了。西拉，你那儿弄好了吗？"

妈妈再次走过来，手里拖着"饱经沧桑"满是灰尘的旧泡沫床垫，我试图挡住她的去路，但又闪躲着不想碰到任何东西。

"她根本不认识我们！"我低声说道，"查尔斯先生怎么能让她在一个她不认识的家庭留宿呢？社会公共服务机构难道不管这事吗？"

妈妈把旧泡沫床垫拖进房间，放在靠近电脑桌的角落里。

"她妈妈现在正坐飞机往回赶，差不多要几个小时，无论如何，查尔斯先生希望我们先帮着照顾她，我们不能在这样的时候让邻居失望，不是吗？来，能帮我拿一条床单和一个枕头吗？"

我犹豫了一下，然后用手隔着上衣拉开了壁橱的门，那里面堆满了床单、被套、毛巾和枕套，足足堆到了天花板。

爸爸把凯茜送上楼梯。

"就是这儿了！小姑娘，今晚你就睡在这里吧。西拉，这样行吗？看起来你把一切都布置得很好……"他哼着歌回去了。

凯茜低着头，把洋娃娃抵在下巴上。

"就快弄好了，亲爱的小凯茜。来，马修，把床单递给我，别光站在那里！"

我一动不动。

"我不知道拿哪些。"我回应道。

妈妈轻哼了一声，一把抓过她需要的东西。

"你夜里会想喝水吗，凯茜？"妈妈边跪在床上整理床铺边问她。

"会的，麻烦了。"凯茜说。

"哇，它可真好看，不是吗？"妈妈指着凯茜手里的洋娃娃，就是那个在池塘泡过之后一点也不好看还脏兮兮的洋娃娃，问道："它有名字吗？"

凯茜耸耸肩，直直地冲着我笑。

"戈尔蒂。"她低声说道。

"戈尔蒂，噢，一定是因为它，呃，美丽的头发吧。好了，你和马修在这里稍等一下，我去给你拿水。"

妈妈一离开，凯茜就盯着我，嘴巴张成"O"形，咂着嘴唇。

"那是你的鱼缸吗，金鱼男孩？"她越过我的肩膀看向我的卧室问道。

"啧，啧，啧。整天在里面游来游去不无聊吗？浮浮沉沉，浮浮沉沉。"

我的眼睛感到一阵刺痛。"你在做的事进展如何？"

"啧,啧,啧。"

她跟着我走到房间门口。

"你那里是有一个小宝箱吗?打开和关上的时候会冒泡泡吗?嗯,金鱼崽?"

她想要越过我进入我的房间,但被我挡住了。她把头偏向一侧,眯起眼睛看着我。

"既然你是金鱼男孩,当你离开鱼缸时,你怎么还能呼吸呢?你为什么离开鱼缸还不会死掉?"

我从她怀里夺过洋娃娃,她长吸了一口气。

"怎么,再怎么说,我要比被你推进池塘的弟弟呼吸得顺畅得多,你这个邪恶的小巫婆。"

"把它还给我!"

她想要抓住洋娃娃,但我把它举得高高的,让她够不到,代价是我能感到有细菌顺着我的手臂缓缓爬下。

"你把泰迪怎么样了,嗯?他在哪里?你对你弟弟做了什么?"

小女孩的脚踩在地毯上,脸涨得通红。

"我要你还给我!把它给我!立刻!"

我听见妈妈开始往楼上走。

"怎么了?"

我抓住洋娃娃的头,使劲甩,直到咔嚓一声,它的头突然断到一侧,然后我把它塞给凯茜,砰的一声关上房门。

凌晨两点十八分,我满头大汗地醒来,迫切地想要洗手。我仍然能感觉到那脏兮兮的洋娃娃乱蓬蓬的头发在我手里,像干枯的海藻一样生脆。

房子里一片寂静，我悄悄地打开门，蹑手蹑脚地走上楼梯平台，偷看凯茜。她的双臂高高地伸过头顶，嘴巴张开，嘴唇干干的，轻轻地打鼾，有口水从她脸颊的一侧流下来。残缺的洋娃娃悬在床边，坏掉的头被放在地毯上。她突然睁开眼睛，把我吓了一跳。

"金鱼男孩？"她低声说道。

我无视她，转身走向卫生间，但她继续说道。

"是个老太太抓住了他，金鱼男孩。"

我走进房间。

"什么意思？什么老太太？"

她的脸煞白，又闭上了眼睛，看起来像是睡着了。

"凯茜，"我压低声说道，"你知道是谁带走了泰迪吗？"

她在睡梦中皱起了眉头，然后将洋娃娃抱在胸前，翻了个身，背对着我。

透过敞开的窗帘，我俯视着老妮娜的房子，那里看起来比平常更昏暗，仿佛有些东西和从前不一样了。我正要转身走开，忽然，我意识到了不同之处，是那盏黄色的灯——前屋窗户上能映出的那盏不分昼夜亮着的灯——现在它不再亮了。

有人把它关了。

第十四章

罗兹医生

"也许我们应该取消这次会诊,布莱恩。现在出门不太合适,我们应该帮着找找那个孩子。"

我们在车里等候时机掉头,但被一辆白色货车挡住了路。

"西拉,他们有几百号人在帮忙。而且,那位警官说我们可以回来后再帮忙。"他向站在查尔斯先生家门口的坎彭警官点头示意。在此之前,爸爸就跟他说过,在我们出发之前要把这辆货车挪开。

"……很抱歉打扰您,但我们为儿子预约了会诊,我们正准备去看医生……"

我感到难受,膝盖在颤抖,我只想回家。

"我不介意改天再去,也许等等会更好。"我说。妈妈看了看爸爸,他们都没有理会我,妈妈便岔开了话题。

"可怜的小凯茜,我想起她今天早上就这样被从床上拖起来,真是可怜。她本可以睡到自然醒的,不是吗?"

一大早五点钟,凯茜的妈妈梅丽莎·道森就直接从机场过来接走了她的女儿,而这一切发生时我还在梦乡。

"我还是第一次见这样抱孩子的妈妈,不知道的还以为她要把孩子闷死呢!"妈妈说,"但这至少对于查尔斯先生来说是好消息。"

早上六点三十分,查尔斯先生从医院回来了,我预测的是对的——他果然是消化不良。

爸爸发动引擎,好像这样能让事情进展得快些似的。

透过车窗,我看到美乐蒂穿着黑色开衫,双臂抱在胸前,朝杰克和老妮娜家之间的小巷走去。她抬头看到了我,点点头,我也点头回应她。今天早上我醒来第一件事就是给她发了电子邮件。

> 收件人:美乐蒂·伯德
>
> 发件人:马修·科尔宾
>
> **主题:新任务——教区长府邸**
> 四处走走,看看你能找到关于老妮娜的什么信息。到处都瞧瞧!
>
> 马修

我转过身去看着这座老式的维多利亚风格的房子,里面那盏台灯还是没有亮。

"我想知道凯茜和泰迪的爸爸在哪里? 你肯定以为他在这里,对吗?"妈妈一边问道,一边拉下遮阳板,对着镜子照了照,继续说道,"佩妮今天早晨上了新闻,有大概四秒钟的镜头呢,但这时间依然没有你上镜的时间长,马修。"

我向后缩了下身子。

"记者们问她,邻居们对此是什么态度,她说:'我们都在为小泰迪祈祷。'大家这么做的确很友善,不是吗?她穿着去年参加侄女婚礼时的那件奶油色衬衫,涂了亮粉色的口红。但我认为这口红颜色不太合适,去那种场合只需要提升一点气色就足够了。"

车里很安静。

爸爸拨弄着空调,一股冷风吹向我的额头。我正想问是否可以回去洗洗手,这时,查尔斯先生家一侧出现了两个穿着白色连体衣的人。

我在电视上见过这样穿着的人。"这是法医。"我低声说道。

我看到其中一名法医摘下乳胶手套,摘下白色兜帽,走向货车。我想,如果我能一直穿他们那种连体衣就好了。能把自己包裹严实——这也太完美了。有人把货车挪走了,爸爸慢慢地倒车驶上马路,我的胃开始翻腾起来。

我又拿出了我的"笔记本",是从我的脑海里,而不是我的口袋里。

7月29日 星期二 上午10:00 罗兹医生诊疗室
诊疗室人数:4
真正享受治疗的人数:1(而且这还是因为她

由此可以挣到钱）

　　与精神健康相关的传单数：16

　　带有青少年挠头照片的传单数：3

　　罗兹医生并非我所想的那样，她身材娇小，头发是像信箱那样的红色，被高高盘起堆在头顶上（她这么做可能是为了让自己看起来更高），她鼻子上穿着一颗小钻石，当她四处走动时，那颗钻石闪闪发光。她坐在高背椅上，脚几乎着不了地，腿上放着写字板。

　　我们一家三口坐下来，陷进一张柔软的棕色真皮沙发里，这沙发的颜色和妈妈用喷雾上色来模仿"晒黑"的腿的颜色有些相似。爸爸不停地咳嗽，好像在清嗓子准备说些什么，但幸好他什么也没说。妈妈一直在谈论泰迪失踪的事，并表达着在这样的时刻我们内心有多么难过。她言谈举止优雅，说话声音也好听。

　　"我们本来打算取消这次会诊的，对吧，布莱恩？我们不知道该怎么办。虽然我觉得不太合适，但还是按原计划来了。但并不代表这是合理的，怎么说呢，好吧——你能明白我想表达的意思……"

　　爸爸揉着眉心，小声嘀咕着，但我想妈妈并没有听到他的声音。

　　罗兹医生也认为事态确实很严重，但她宽慰妈妈，来到这里会诊绝不是对泰迪失踪一事不尊重、不上心的行为。在得到专业人士的共情后，妈妈松了一口气。

我的膝盖上放着一个很不稳的黑色写字板，上面有一份检查清单，罗兹医生说我们会在一分钟内一起完成它。笔在纸上来回滑动，我用戴着乳胶手套的指尖试图压住它，让它保持不动。（虽然我只剩下一副手套了，但如果此刻不戴上它来保护我的双手，我恐怕无法应对现在的局面。所以现在盒子里：手套数是零。）

我的秘密就这样暴露在日光之下。

"请问是谁给的你们儿子手套？"罗兹医生微笑着说道。

爸爸又咳嗽了一声，看了看妈妈。我快速浏览了一下表格，假装在全神贯注地答题。有题目问：我的强迫症是否伴有"奇幻的魔法思维"。我想知道这是否与纸牌游戏有关。

"好吧，医生。我可以告诉你，我并不知道我的妻子正在为我们的儿子提供手套。如果我知道，肯定不会同意。"

每当他要强调一个词时，他都会把头向前倾，就像鸟儿啄食一样。

"布莱恩，你说得好像我做错了事！这只是为了保护他可怜的皮肤。"

罗兹医生张开嘴想说话，但他们已经彻底吵起来了。

"保护他？这怎么会保护他？这只会让事情变得更糟。"

"但你没有看到他双手的状况——都被漂白剂烧坏了，起泡了！"

当妈妈尖叫着喊出"漂白剂"时，说真的，听起来她十分激动。

"但是给他手套只会让他变本加厉,不是吗?这根本不科学……"

"布莱恩,他的手都起泡了,烧坏了。"妈妈说,晒黑的皮肤映着她因为着急而通红的脸。

"都起泡了!"

她叫喊着,语气听起来甚至像是在谩骂。我坐在沙发里面陷得更深了,拼命地想要避开满天飞的唾沫。罗兹医生举起双手挥了挥,示意他们平静下来,他们居然照做了,也许真的是因为她会巧妙地运用一些"奇幻的魔法思维"。

"科尔宾先生、夫人,我充分理解你们各自的观点。科尔宾夫人,我完全能体会如果当您的儿子开始无意中伤害自己,您会想保护他。科尔宾先生,我们也确实明白,如果周围的人不帮助患者的强迫症行为,患者会恢复得更快。"

爸爸妈妈怒气冲冲地坐回沙发上,又几乎同时把手臂抱在胸前。显然,他们都认为自己赢了。

"那么接下来……"医生停下来戴上一副亮绿色镜框的眼镜,开始查阅她的笔记,"我知道你最近不是很想去上学,能告诉我原因吗,马修?"

我张了张嘴,但不知道怎么说,爸爸打破了我的沉默。

"他很害怕做错事之类的。"

"他不是害怕犯错,布莱恩,是细菌……他是害怕细菌!他认为自己会因为细菌而生病。宝贝,是这样吗?"

罗兹医生打断了他们,她说,这种情况远比我们想象的要常见，一所学校假设有三千名学生，那么至少大概有二十个学生患有一定程度的强迫症，最起码她是这样认为的。至于能不能确诊我是否患有强迫症，还需要通过我填写一份检查表的结果来判断。

"这可能是因为他是在你每十分钟就用吸尘器打扫一次房间的环境下长大的，也难怪，你总是把家务做得太夸张了。"爸爸又表达出他的不满。

罗兹医生再次摘下眼镜，看了一眼墙上的时钟，我也看了，但我宁愿没看。因为已经快十点十三分了，这数字对我来说并不吉利。

"布莱恩，我只是保持屋子的整洁，这没有什么问题。再说了，如果你不总是把所有东西胡乱堆放……"

爸爸的手臂越过我，他的皮肤赤裸裸地压在我的衬衫上，又碰到我的胳膊。

"哦，又是我的错，是吗？总是我的问题！"

"爸爸……你碰到我的胳膊了。"

罗兹医生在椅子上扭动着，身体前倾。我看着时钟上的秒针终于走过了"三"。

"科尔宾先生、夫人，事情不是这样的。事实上，强迫症并不总是与细菌或清洁有关。或许我们可以——"

"当然，布莱恩，你根本不是一个爱整洁的人，对吧？我的意思是，看看你的棚子就能了解到！你每次只是打开门，把所有东西都一股脑地扔进去——"

"能不能别再谈论我的棚子了——"

"然后你就总说找不到任何东西。"

"没有,才不是!我从来不这么说……"

爸爸的手臂再次碰到了我的胳膊,我在保持不碰到妈妈的前提下尽可能地躲着爸爸的手臂。

"爸爸……"

罗兹医生捏了捏她的鼻梁。

"如果你每次把东西放回原处,难道还需要如此费力气地找东西吗?"

"爸爸!往边上点儿……你碰到我的胳膊了!"

他终于注意到了我,此刻他的脸像罗兹医生的头发一样红,我尽可能地让自己离他远远的。

"哦,我碰到你的胳膊了,是吗?难道我就不能碰碰自己的儿子吗?"

他转过身来,我则尽可能地向后靠去。

"那拥抱一下呢?或者在生日那天给你一个吻?你考试成绩什么时候出?你什么时候考下驾照?我们为此来握一下手,嗯?"

他向我伸出手,他的手指紧紧地并在一起,拇指向上。在我更小的时候,他温暖的手掌让我感觉如此有力、如此安全,而现在却让我充满了恐惧。我把手套藏在写字板下面,爸爸则把手失落地收回,放在他的腿上。他的表情很崩溃,转过身去,默默哭了起来。我想我应该说点什么,但我的喉咙仿佛被堵住了。我又看了看墙上的时钟，不吉利的时刻要到了。我僵在那里一动不动，心里反复从一数到七。好在，罗兹医生介入了。

"事实上，科尔宾先生、夫人，也许你们现在可以出去休息下，让我和马修单独聊聊。然后我们可以一起决定如何解决这个问题。可以吗，马修？"

她微笑着看我，假装一切都很好，爸爸也没有哭。我忘记刚刚数到哪里了，只能重新开始数。

"出去呼吸一下新鲜空气吧，隔壁有家咖啡馆，我们大约需要半个小时，听起来如何？"

爸爸和妈妈如释重负般地逃离了这里。他们从沙发上站起来，耸着肩膀拖着脚步走了出去，关上了身后的门。

"现在只有我们了。"罗兹医生和蔼地笑着说道。

她在笔记本上写了些什么，然后抬头看着我。我一直盯着时钟，还剩二十秒。

"那么，我们重新开始吧。你好，马修，今天来这里感觉怎么样？"

屋里一片安静。

一，二，三，四，五，六，七……

我的目光再次转向时钟，她顺着我的目光看去。

"有什么问题吗，马修？"

屋里一片安静。

一，二，三，四，五，六，七……

她歪着头等待着我的回答，当秒针经过十二，我长舒一口气。

"没有,没问题。"我说。

她皱起眉头,这个表情让我感觉,她已经看透我的大脑在想什么,也能看到空中"飘浮"的数字,其实我之所以数到七,是因为在那个不吉利的数字上加七就能得到二十,"坏数字"带来的"坏运气"也就能随之被抵消。看来罗兹医生明白这一点,她知道我在数什么。

"这次会诊你想了解些什么,马修?"

我耸耸肩。

"我真的不知道能了解些什么。"

我戴着乳胶手套坐在那里,突然感觉既荒唐又可笑。她把头偏向一侧,手里拿着铅笔,等待我的回答。我张开嘴,却说不出话。我现在只想逃离,回家洗澡。被爸爸碰到的手臂因为有细菌而感到刺痛,我能感受到这些细菌正顺着我的袖子爬行。

"你还记得你第一次很迫切地想要洗手是什么时候吗?"

我摸了摸眉毛上方的伤疤,这个伤疤和弟弟的死有关。

"我想大概是几年前。"

罗兹医生微笑着。

"你父母说最近情况变得更糟了,你觉得这是为什么?是什么让你感到更加焦虑?"

我低头盯着自己的膝盖,脑海中浮现出隔壁汉娜·詹金斯挺着大肚子的样子,那里面孕育着小小的生命,想到这儿,我浑身发抖。

我再次抬头看着罗兹医生,缩起肩膀。

"没有,我不知道。"

医生靠在椅子上。

"好吧,马修,我们暂时先不讨论这个,从我给你的表格开始,好吗?让我们看看最困扰你的是什么。"

我完成了表格,并且很开心没有每一个都勾选,只勾选了大约四分之一。不过,她是对的,我好像确实有强迫症。

"你想让我解释一下这个词的含义吗?"她问道,我点点头。

"我们先将'强迫'这个词分开来看,'强'指的是在一天当中,围攻你的大脑占据大部分思想之地的、把你拉入绝望深渊且用力也无法摆脱的'痛苦之事'。这对你来说,就是细菌以及它们引发的疾病。强迫症会给患者造成心理上巨大的痛苦,也确实会对日常生活产生一定影响,比如,让你没有办法正常上学。"

我赞成她所说的。

"'迫'则指的是你通过有目的、故意的行为来对抗自己脑海中的侵入性想法,对你来说,就是想要通过一遍又一遍地清洁来保持绝对清洁,使自己感觉舒服一些的这种'迫切性行为'。"

她说完停下来,给我时间去理解。

事实证明,我终究还是有点儿"奇幻的魔法思维",但这并没什么技巧和方法,而是与生俱来的。我相信自己的想法和行为能够"奇幻地"阻止一些灾难性的疾病伤害我和我的家人,尽管我无比清楚地、非常明确地知道这很荒谬,而且明白这样想只能徒增痛苦,根本无法产生任何实质性的改变,所有的这些清洁工作在我看来都是浪费时间和精力。

"好的,我明白了,那我可以回家洗手吗?"我迫切地想问。

罗兹医生问我是否还有什么要补充的,或者有没有表格中没有涵盖的内容。我想也许我应该提一下卡勒姆,但我甚至没办法说出他的名字,干脆摇了摇头。说实话,我感觉有点儿不知所措。

她开始和我讨论一种能够帮助我的方法——认知行为疗法。她说,我们将一起重新训练我的大脑,使其摒弃原先的思考方式。经过一段时间,我逐渐会不再做我现在总强迫自己做的事情。这对我来说并不容易,尤其是暴露反应疗法,但我已经迈出了第一步,还……

我只感觉耳朵嗡嗡作响,恐惧在胃里蔓延,罗兹医生的话,我完全听不进去,只想逃离这里。她又在谈论一些放松的技巧,并要求我闭上眼睛,想象自己的胃是一个干瘪的气球,需要往里吹气才能撑起来。我看了一眼时钟,闭上眼睛,在心里的"笔记本"上默默记下:

> 7月29日 星期二 上午10:57 罗兹医生诊疗室
> 关于罗兹医生的事实梳理:
> 她非常喜欢喝咖啡。(以至于墙壁都吸满了咖啡味。)
> 她喜欢古董、园艺、美国惊悚片。(通过观察她的书柜得来的。)

她可能是有一个女儿的单亲妈妈？（有一幅小孩画的蜡笔画被夹在两个书架之间，画上有一大一小两个女孩，她们牵着手，都穿着裙子。）

她的女儿最近可能去过医院。（她的鞋底有一个圆形的星章贴纸，上面有一只微笑的长颈鹿，写着"治愈奖励"。）

"……现在……慢慢睁开眼睛，深呼吸……"

我睁开眼睛，忍住不看向时钟，现在肯定已经到点了，我向罗兹医生微笑，努力让自己看起来还算放松，是一位已经感觉好多了、准备回家的、得到"治愈奖励"星章的病人，并且对医生心存感激。

"请问我可以借用一下洗手间吗？"

我坐在沙发的边缘，挪动了一下身体，就好像我真的必须走。罗兹医生看了我一眼，那眼神像是在说：我是一位经验丰富的心理医生，我完全知道你想要做什么。

她停顿了一会儿，让我不知所措。

"当然可以，出门左拐就是，然后你出去的时候如果能把你的爸爸妈妈叫进来，那就……"话音未落，我就已经跑出去了。我直接越过在外面徘徊的爸爸妈妈，跑到洗手间，把门反锁上。

洗手间里的小隔间装修得很现代、很时尚，水箱后面有一小罐香氛。我解开衬衫的扣子，边脱下来，边往水槽里放满干净的热水。我把脱下的衬衫塞系在腰间，然后摘下手套，塞进裤子后面的口袋。

我什么都没碰,把右胳膊慢慢浸入滚烫的水中,然后用左手舀水倒到手臂上,想要洗掉爸爸的触碰带给我的所有"细菌"。

回家的路上,车里很安静。我重新戴上手套,但感觉不对劲,觉得它们很不干净。当我们快到切斯纳特巷子时,爸爸缓缓地把车停在马路尽头蓝白相间的警戒线旁边,排队等候。附近有一辆巨大的媒体卡车,几个记者抬起头看向我们。

一名警察拿着写字板朝我们走来,妈妈降下车窗。我之前没见过这个警察:他看起来年纪有点儿大,胖胖的,制服勒在肚子上。

"下午好。"他说道。妈妈给了他我们的名字和地址,他低头对着写字板查看。

"九号房……"他重复了一遍,问妈妈,"就在隔壁?"

"是的,警官,那里情况不太好。"妈妈说。

我向前探了探身子:"我们可以走了吗?我真的想去洗手间。"

"所以你一定就是窗边的那个男孩咯?"警察一边说,一边朝我的方向晃动着钢笔。"你叫马修,对吧?在泰迪失踪之前你还看见过他,不是吗?"

"是的,是的,是他,警官。"爸爸说,话语里听起来有一种奇怪的自豪感。

警察潦草地写下了一些东西。

"你出门是做什么？我还以为你是那种隐居的人呢。"

"他今天已经开始接受治疗了。"妈妈回答道。

"请问我们可以回家了吗？麻烦您！"我控制着情绪说道。妈妈把车窗升上来，警察解开警戒线的一端，刚好留出能让爸爸开车过去的空间。

戈登沿着巷子朝他家走去，我们经过他身边时，妈妈又降下了车窗。

"有什么消息吗，戈登？"

他用帽子扇着风摇了摇头，稀疏的头发已经被汗水打湿，他看起来很疲惫。

"没有，什么都没有。我们把所有地方都找过了，所有地方。"

他太累了，累到几乎说不出话来。

"佩妮怎么样了？请告诉她，如果需要帮助，随时都可以过来，好吗？"

爸爸轻声嘀咕着反对这个提议，但声音似乎还是有些大，大家都听见了。我明白为什么，他实在是无法忍受佩妮，并把她称作"爱管闲事的老蝙蝠"。

戈登擦了擦脖子后面的汗。

"哦，佩妮还是那样，你知道她是什么样的人，总是很忙。"

他缓慢而又沉重地朝家里挪着步子，肩膀拖着身体向前倾倒。

爸爸把车开回到家门口，关掉引擎，我们都默默地看着十一号房。凯茜和泰迪的妈妈梅丽莎·道森正背对着我们站在查尔斯先生家门前的路上。

一名身穿制服的警察正在与她交谈，她指着花园里的玫瑰，好像是在为园艺提供建议，而不是在谈论她失踪的儿子。她紧紧地抱住双臂站着，脑袋时不时地抽动，仿佛还惊魂未定。警察继续说着，他的手朝着已经上锁却再次被打开的大门挥了挥，然后又转向查尔斯先生家。最后，他指着我家的窗户，也就是我观察泰迪摘花瓣时所在的书房窗户。

梅丽莎·道森转过头来看，她的脸痛苦不堪，泪水从眼角不断地滑落。忽然，她像一部坏掉的电梯，猛地摔倒在混凝土的地面上，蜷缩着。妈妈倒吸一口气，把手捂在嘴边。她开始哭泣，穿制服的警察对着他的一位同事大喊，并在她身边弯下腰。这声音不同于我听过的任何声音：是一种动物般的、痛苦的声音。我用手捂住耳朵，感觉到旧手套上的细菌已经蔓延到我的脸上。那个警察不断轻拍着她的肩，直到一名女警察赶了过去，他们搀着她起来慢慢走进屋子。

"唉，布莱恩，那个可怜的女人。"妈妈抽泣着。

爸爸似乎无法回答。

到家之后，我踢掉鞋子跑上楼。回到房间，我立刻脱下在外面穿过的脏衣服，我能感觉到墙纸狮子在嘲笑我。我把脏衣服扔到门外，摘下最后一双手套，现在它们已经沾染了细菌，不能再用了。我拿起清洁用品，往自己身上喷抗菌喷雾，当凉爽的雾气在我的手臂和腿上留下细小的水珠时，我感到皮肤一阵刺痛。我从床头抓起笔记本,开始奋笔疾书,把在脑海里不断涌现的内容写下来。

7月29日　星期二　上午11:34　卧室
墙纸狮子数:1
已写满的笔记本数:8
未使用的笔记本数:4
写一半的笔记本数:1
已经失踪的邻居数:1
"无用"的12岁小孩数:1

第十五章

美乐蒂·伯德

> 收件人：马修·科尔宾
>
> 发件人：美乐蒂·伯德
>
> **主题：老妮娜！**
>
> 她有一个地窖！
>
> 特工美乐蒂

看到这封邮件时，我激动不已，回邮件的手忍不住颤抖，手指上怎么也缠不住纸巾。

> 收件人：美乐蒂·伯德
>
> 发件人：马修·科尔宾
>
> **主题：老妮娜！**
>
> 啊？你怎么知道的？
>
> 马修

我把纸巾重新缠在手指上。

> 收件人：马修·科尔宾
>
> 发件人：美乐蒂·伯德
>
> **主题：老妮娜！**
>
> 我敲了敲她的房门，意料之中的，无人回应。但是从她房前的窗户下，就是那棵大灌木丛后面，可以看到玻璃！它看起来像地窖的天窗！我们要告诉警察吗？
>
> 美乐蒂

我想过这个问题，但是我们不能仅仅因为一个人的家里有隐秘的藏身之地就指控他，而是需要确凿的证据。我站起来，看向教区长府邸。那里的门前有一株看起来"多毛的"灌木，长着针状的刺，一直蔓延到她的窗前。在阳光下，灌木里有什么东西闪闪发光。我眯起眼睛，只能大致辨认出那是一块小的三角形的玻璃——是在粗大的树枝后面几乎看不见的一扇小窗户——我以前从未注意到这一点。美乐蒂说对了，老妮娜的确有一个地窖。

> 收件人：美乐蒂·伯德
>
> 发件人：马修·科尔宾
>
> **主题：老妮娜！**
>
> 你说对了，做得很棒！你能再回去四处看看吗？看看在墓园里还能发现什么？
>
> 马修

> 收件人：马修·科尔宾
>
> 发件人：美乐蒂·伯德
>
> **主题：老妮娜！**
>
> 我去试过了，那里杂草太多，我什么也看不见。我认为你应该看看她家，马修，看看她家有什么不寻常的地方。
>
> 美乐蒂

杰克走出家门，在巷子里慢慢走。他双手揣兜，踢着地上的小石头，一直踢进下水道。他还时不时地抬头看一眼站在十一号房门外的警察，他抬头看到了我，但没有出声，看起来很无聊。

我把手洗了很多遍，表面的皮肤开始抽痛，但仍感觉指甲里、血液里还是有细菌，还想再洗洗。

> 收件人：美乐蒂·伯德
>
> 发件人：马修·科尔宾
>
> **主题：帮帮我**
>
> 美乐蒂，我需要你的帮助。

我不再敲击键盘。虽然美乐蒂有点儿奇怪，但我别无选择，我实在没有其他人可以开口。我深吸了两口气，深知发出这封邮件会使我的秘密暴露无遗。纸巾滑到了我的食指上，我把它攥紧，继续打字：

> 我需要你帮我买一盒乳胶手套,下次见面时我会付钱给你,我觉得高街路上的药店应该有卖。但请不要把它们直接带来我家,我会再和你约附近其他地方见面。
>
> 马修

点击"发送"后,我陷入了等待。杰克现在正站在教区长府邸的外面,抬头看着那里卧室的窗户。我顺着他注视的地方看去,窗帘在动:老妮娜也在看着他。

屏幕上的时钟显示十二点十二分,我盯着它看,直到它变成了我十分讨厌的十三,我立刻闭上眼睛,在心里默数到七,等到这个不吉利的数字变成二十左右,一切就都会好起来。

提示音宣布美乐蒂已经回复了我的邮件,但我一直闭着眼睛,直到我确定这一分钟已经过去。当我打开它时,屏幕下角显示十二点十四。我逐渐放松下来,肩膀也恢复了知觉。

> 收件人:马修·科尔宾
>
> 发件人:美乐蒂·伯德
>
> **主题:帮帮我**
>
> 没问题。
>
> 美乐蒂

我长舒一口气,都没有意识到自己刚刚在屏幕前一直屏着呼吸,然后起身去浴室洗漱。

我以前没太关注过美乐蒂·伯德。在学校里，她看起来总是急着要去某个地方，低头专心走路，注意力都在脚下的地板上，似乎是在考虑下课奔向另一间教室时，怎么避免撞上其他人。直到最近，我才注意到她的奇怪之处，并在笔记本上写满了关于她的事：

> 4月24日　星期四　多云　书房/婴儿房
> 下午4:03，美乐蒂前往杰克家和老妮娜家之间杂草丛生的小巷，那里什么也没有，只有墓地。
>
> 5月28日　星期三　晴　微风　书房/婴儿房
> 下午4:37，美乐蒂去了另一个墓地。
>
> 5月29日　星期四　大雨　书房/婴儿房
> 下午4:15，美乐蒂前往墓园，她昨天不是才去过吗？她又在那里做什么？
>
> 6月14日　星期日　雾蒙蒙　书房/婴儿房
> 下午2:35，杰克在美乐蒂放学回家路上找她麻烦，举着她的书包不让她够到。他对她说了一些话，她不停地摇头，想夺回书包。最终他把书包往排水沟扔去，她一把抓住书包跑回了家。

美乐蒂和我在学校一起上过课。我最讨厌的是戏剧课，简直一毫秒我都不能忍受。教授戏剧课的金老师总说，我们每个人的内心都有一位演员，她的工作就是引出这些演员，让全班同学来欣赏他们的表演,为他们欢呼。而这,恰好描述出我讨厌戏剧课的原因。

有一次,我们被要求假扮蝴蝶在教室里起舞,当她喊"照镜子"时,我们必须转身面向离自己最近的人,想象我们之间有一块玻璃,我们要像照镜子一样模仿彼此的动作。

"来,孩子们,让我们看看大家扮的美丽蝴蝶吧!"她一边说,一边颤抖着双手,手镯叮当作响。"准备好扇动我们的小翅膀了吗?好,来,三……二……一……飞起来!"

金老师站在教室中央,拍着手,我们笨拙地围着她。过了一会儿,女孩们也开始投入其中,她们踮起脚,双手在身体两侧上下挥舞;男孩们就不那么热情了,每次"飞"过老师时都会在她背后做鬼脸。班上大多数同学做的动作幅度很小,尽量不引起别人的注意,包括我。过了几分钟,金老师再次大喊:

"太棒了!来,现在准备好安静地做镜像动作哟,三……二……一……照镜子!"

我们都停下来,默默转向离我们最近的人,我面对的是美乐蒂·伯德,她看起来和我一样别扭。汤姆在角落里喷着鼻息,对面是西蒙·杜克,西蒙满脸通红,笑得浑身颤抖。

"集中精力,汤姆·艾伦!西蒙·杜克!现在,观察你的同伴,慢慢地模仿他们的动作。哪一组先开始,注意不要碰到彼此,想象你们之间隔着一块玻璃!"

我看着美乐蒂,挠了挠眉毛上的痘痘。美乐蒂也赶紧挠了挠眉毛,我笑了。

"我还没开始呢！"我低声说道。

"不许说话，马修。"金老师经过我们时说道，"不要出声。"

美乐蒂手掌朝外举起手，我把我的手放在离她几厘米的地方。她举起手，我照做，她把手伸到一边，我也照做。我能感觉到她皮肤散发的热气，但我并不介意。毕竟那时，我还对细菌并不是十分在意，还在执着于洗手的前阶段，并且想保守住这个秘密。她的另一只手举了起来，现在我们左右摇摆。她伸出舌头，我也向她伸出舌头。

"做得很好，美乐蒂！请大家记得，也可以做面部表情，全身都可以用来做动作！"金老师说。

美乐蒂皱起鼻子，我照着她做，然后她用下牙咬住上唇，翻了个白眼，我忍不住大笑起来，金老师发出新的指令。

"现在大家回到蝴蝶的状态，三……二……一……走！"

美乐蒂嘻嘻哈哈地很快融入了人群，我则伸出双臂跟在她身后。思绪被拉回来，我听到三号房门传来砰的一声响，我向外望去，看到美乐蒂穿着黑色牛仔裤、黑色T恤衫和长长的黑色开衫从里面出来，朝高街的方向走。我感到一阵兴奋，我就知道，她可能正要去给我买手套。杰克在教区长府邸的外面，他跑过马路去追她。她立刻耸起肩，缩成一团。杰克一边和她说着什么，一边挥舞手臂，逐渐消失在拐角处。

大概过了一个小时，一位女警察过来问了我一些问题，我都认真回答了，但她总是不停地问同样的问题：是否看到任何可疑的东西或听到任何异常的声音？在泰迪失踪前的几天里，是否注意到有人有什么反常？我说没有，她就出去了。没过多久，她又问，我就又重新描述了一遍我所看到的：泰迪在玩花瓣，詹金斯先生在跑步，仅此而已。我问他们是否问过杰克。

"你为什么这么问？"女警察说道。我认出来了，她是泰迪刚刚失踪时门前那辆银色汽车里的警察之一，是"由于事件太重要而没来得及穿制服"的警察之一。

"亲爱的马修，你是杰克的朋友，对吗？我猜他只是想知道你是否和巷子里的每个人都问过话。"

妈妈没再去沙龙，她忙着在厨房整理橱柜，想帮忙寻找搜索；爸爸也请了假，整个上午他都和搜救队在一起。

"杰克不是我的朋友。"我低声说道。

女警察靠在我们厨房的桌子上。

"是的，我们已经和附近的每个人谈过了，但如果还有什么我们不了解却应该知道的，请你务必告诉我们，马修。"

"他真的是很令人讨厌，别的我不知道。"我说。

"马修！你怎么能这么说呢？你们曾经是多么好的朋友啊。"妈妈转向女警察，认为她应该解释一下。"杰克在小学的时候就检查出身体不太好——他很容易过敏，过敏原很复杂，例如坚果、鱼、洗发水、羊毛，凡是这些我们能想到的东西，他都会过敏。他身上总是长满皮疹，还有哮喘。这对他妈妈苏来说简直是很重的打击。在学校里他也受到些欺负，你知道的，小孩子总会很调皮。当然，马修是不会欺负别人的……但我想，你也知道的，随着年龄的增长，这些孩子会越来越喜欢找别人的麻烦。他的哥哥里奥也没帮帮他，情况大概就是这样。"

女警察站起来，显然对她来说这些都不重要，她还有更重要的事情要做。

"警官，泰迪的妈妈怎么样？她应付得来吗？我是不是应该过去看看有什么可以帮忙的？"

女警察把椅子拖到桌子旁边，椅腿和地面的摩擦声十分刺耳。

"她看起来很痛苦，和女儿搬到了附近的一家酒店，我们的联络官随时会和她说进展。"她转身面向我："马修，我们可能还需要回来和你谈谈，好吗？"

我耸耸肩，目前我是想不出还有什么可以补充的。

回到书房，我盼望着看到美乐蒂关于我需要手套的回复，但不如所愿，反而是：

> 收件人：马修·科尔宾
> 发件人：杰克·毕晓普
> **主题：警告！**
> 既然这样？我只是想提醒你离住在对面的那个疯女孩远一点儿，她对于死亡有一种特别的兴趣。你能明白我在说什么吗？还有，你们之间的"合作调查"是怎么回事？你和她这样的笨蛋一起能发现什么线索？！
>
> 杰克

我从浴室拿了一些纸巾,迅速包裹住每根手指,然后开始回信。

> 收件人:杰克·毕晓普
> 发件人:马修·科尔宾
> **主题:警告!**
> 美乐蒂只是不太一样,仅此而已,你确定你了解的就是对的吗?
>
> 马修

我点击"发送",站起来看看外面发生了什么。女警察正回到车里,妈妈正走向一号房,可能是去告诉佩妮,梅丽莎·道森为什么去住酒店了。她按下门铃,佩妮走了出来,关上身后的门。她们抱着胳膊站在马路上聊天,妈妈时不时地转过身来看一下十一号房。

坎彭警官——在泰迪失踪当天,曾敲过我们的门,问了我一些问题——现在正站在查尔斯先生家的前门。

> 收件人:马修·科尔宾
> 发件人:杰克·毕晓普
> **主题:警告!**
> 好吧,我现在郑重告诉你,美乐蒂是个坏女孩,你都见过多少次她去墓地了?你确定知道她是去那里做什么

> 吗?你不知道!因为你根本不出门,不是吗?
>
> 杰克

我不再往下看了,外面有事情发生。

"警官!警官!"

美乐蒂的妈妈克劳迪娅正跑过马路,她的长裙随风飘扬,身后拖着那只腊肠犬。

"打扰一下!我发现了一些东西!我的小狗在我的花园里发现了一些东西!是吧,弗兰基?真是一个好孩子。"

坎彭警官闻声朝她走去,克劳迪娅在门口等着,手里举着一样东西,看起来很脏,很破,几乎被撕成了两半,但我还是一眼就认出来了。

她手里拿的"新线索"正是泰迪的蓝色小毯子,他的那条安抚毯。

第十六章

墓园

收件人：马修·科尔宾

发件人：美乐蒂·伯德

主题：手套

我有几副手套，我下午1：00就会到教堂墓地。

美乐蒂

电脑上的时钟显示现在已经是下午一点零六分，我得加快速度。我只需要去拿到手套，然后直接回家就行——这听起来并不难。我在书房里来回走动，双手紧握在身体两侧，心跳加速，像是手术之前被麻醉的感觉。我强迫自己站稳，深呼吸。我闭上眼睛，但感觉地板在移动，头晕目眩，我干脆睁开眼睛。如果我现在不走，美乐蒂可能会来这里看看我出什么事了，而且妈妈会去迎接她，那么妈妈就会看到盒子了。在罗兹医生办公室发生了那样的事，爸爸还差点儿因此哭了，我想，妈妈再也不会原谅我了。不行，我不能坐以待毙，如果现在不作为，那妈妈就再也无法原谅我了。我深吸了一口气,然后下定决心一般跑下楼。

我正坐在楼梯第一层的台阶换上几乎崭新的白色运动鞋,妈妈和佩妮一起从厨房出来,两个人手里都端着茶杯。

"哦,你好,马修。"佩妮说,"能面对面见到你,而不是隔着窗户,真是太好了。"

妈妈尴尬地笑了,但佩妮只是不屑地盯着我。

"你在做什么,小马修?"妈妈问,"你要去什么地方吗?"

我站起来,隔着袖子用胳膊肘打开门。

"是的。"我尽可能回答得很随意。

妈妈和佩妮互相看了一眼,似乎都被我惊呆了。

"他刚说要出去?但西拉,他不会出去的,不是吗?"她们的交谈仿佛我不在场一样。

"好吧,我现在的确要出去了。"我无奈地说。出门前我最后做了一次深呼吸,终于踏出门,踏进外面炎热潮湿的空气中。

墓园里有一棵高大古老的七叶树,树干旁边有一个六边形的旧板凳。要知道,这么多年来我在墓园周围从未见过这个板凳,此时突然看到它,还真觉得有些奇怪。

树荫下的长椅上坐着一个身穿蓝色连衣裙的女孩,是美乐蒂!要知道,在这之前,除了黑色开衫,我没见过她穿彩色的衣服。

"嗨,美乐蒂。"我冲她打了声招呼,坐在她旁边,长椅的边缘上。

她什么也没说,把一张白色的小卡片塞进裙子的口袋里。她旁边有一个白色的塑料袋，我控制自己尽量不去看它。

"这里的一些墓碑太棒了。"我边对她说，边盯着一个灰色的石制十字架，十字架上挂着一个嵌有哭泣的女人的吊坠。说来神奇，我在这里并没有像在医院或咨询室那样感受到威胁。我本以为被坟墓包围会让我更焦虑，但或许是这片墓地太古老了……周围的细菌早就消失了。

我们安静地坐了一会儿，我看着几片干枯松脆的树叶沿着我们前面的小路飞快地飘落，温热的风像吹风机一样吹在我的脸上。

"谢谢你给我送手套。"

她点点头，把袋子放在我们中间，还没有人触碰，我忍住了抓起手套戴上的冲动。

"我知道这个问题很难讲明白，但真的很感激。"我紧张地笑笑。她扬起眉毛，我原本以为她会开始问我问题，但她没有。

"来吧，我带你看看我最喜欢的墓碑。"她说，"你不可以拒绝哟！"

她从长椅上跳下来，抓住我的手，但我本能地将双臂交叉在胸前，这让她看起来很受伤。

"我——我有点儿难处，我很害怕细菌，这也就是我需要手套的原因，对不起，不是针对你……好了，你现在知道我的秘密了。"

美乐蒂瞥向别处，几缕头发垂到了脸前。她把它们别到耳后，然后转身对我笑，但仍旧没有说话。我想，她可能是对我突然说了这么多感到震惊。而现在,既然我已经开始了,就没有回头路可走了。

"还有数字,嗯,实际上只是一个数字。如果我听到或看到那个不吉利的数字,我就会感到焦虑。虽然这种恐惧不像对细菌那么严重,但一直都有,而且越来越严重。如果我看到或听到那个数字,我必须在脑袋里把它加上七,这样它就会变成二十,然后我才会好一些。"

当我意识到自己在敞开心扉,滔滔不绝时,我停了下来。美乐蒂只是站在那里,睁大眼睛。终于,她说话了。

"你一定是下了很大的决心,才告诉我这些的。"她说。

"嗯,是的,可以这么说。"我回应道。

她的脸上露出灿烂的笑容。

"以前从来没有人告诉过我这样的事情,你知道,就是那种自己的秘密。"

我耸耸肩。

"我原本以为你是对指甲很介意。"

"啊?"

她对着袋子点点头。

"我以为这就是你一直戴着手套的原因,你害怕你的指甲之类的东西,害怕看到它们。"

我们都低头看着我的手。

就是那时,我开始笑,一开始只是咯咯笑,几乎是无声的咯咯笑,慢慢地我实在忍不住了,捂着肚子,笑得流眼泪。她一开始还忸怩地看着我,好像她的猜测会让我很生气,但很快,她和我一起笑,笑到肩膀都发颤。我们大笑一会儿就相互对视,然后又开始笑。

"指甲?"我一边说,一边努力喘口气。

"拜托,我又不知道,好吗?"她回答道,我们俩又狂笑不止,这久违的、放肆大笑的感觉真好。真的,真的,真的很好。我们终于安静下来,她揉了揉眼睛。

"那么,在外面的感觉怎么样?就像现在?"她微笑着问我。

我好不容易喘上气来,环顾四周。在教堂那边,我隐约看到天使卡勒姆白色翅膀的尖端。我一看到它,就后悔自己来到这里,想要立刻逃离。

"我身体里的每一个细胞都在告诉我要立刻回家,洗掉今天在外面沾染的所有细菌。"

我将双手抱在身前,来回摩挲,感觉到细菌和疾病在身上游走。

"这里没有细菌的,马修,放轻松。"美乐蒂安慰我说。

我胡乱地摇摇头。

"不是的,它们无处不在,我不能留在这里了——太难受了,对不起,我得走了。"

我隔着袖口部分的衬衫捏起塑料袋,起身离开,朝着老妮娜家和杰克家之间的小巷,美乐蒂一下子跃到我前面,我便向后走,往我家的方向。

"你可以回去洗手,这当然没问题!但首先,请跟我来看点东西,好吗?你回家时,可以洗你想洗的所有衣服,我保证——只要几分钟就行,你会想看的。"

她微笑着向我张开双臂,我犹豫了一下。

"就几分钟,小马修。老实说,看完所有的最多三分钟。就算细菌真的会感染你,那也不差这三分钟了,是不是?"她笑着说,但这次,我没有附和她笑。

"来吧,跟我来!"

她跑向墓地一角,那里有最古老的墓碑,她的头发在身后随风飘扬。

我站在明亮的阳光下艰难地抉择。

我大可以回家,享受清洗干净之后带来的身心愉悦;或者我也可以拖延几分钟,看看这个疯狂的女孩想向我展示什么。我想起罗兹医生对我问诊时说过的话,她说我需要直面恐惧并相信自己,如果我能摆脱对细菌的焦虑和对清洁的执念,我就会没事了。我把手伸进袋子里,撕开包装,戴上一副手套,这使我瞬间放松下来,缓解了我的焦虑。我朝左边看了一眼美乐蒂要去的地方,深吸一口气,然后跟了上去。

墓地的这一带杂草丛生,地面凹凸不平,棺材也都已经腐烂,地上的松土随时可以把人埋没。大多数的石头表面布满了石灰绿色的地衣,都快认不出来那是石头了。我看到美乐蒂站在一个倾斜角度很奇怪的十字架后面。

"哦,太好了,你来了!"她说着,看了我的手,没再说什么。

"我只是再次向你给我手套表达感谢。我感觉很不舒服,现在想回去了。我已经努力做了太多令我不适的事,现在只感觉头晕脑涨,我觉得我应该喝点水。"

美乐蒂双手叉腰站在那里,斑驳的阳光在她周围舞动,照亮了她头发上赤褐色的斑点。

"可是你都已经走到这里了!说实在的,这真的值得一看!过来,简单看一下,然后就走,好吗?"

她蹲在坟墓旁边,拔掉一些杂草。我只要再往前走五步,看看那是什么,然后冲回家,就能直接上楼去洗澡,一切就都好起来了。我可以打扫我的房间,等待热水器再次加温,如果我愿意,还能再洗一次澡。我慢慢地走向她,她转向我,脸上露出笑容。我的薄薄的鞋底踏入厚厚的土堆,我的脚感到很不自在,都快要扭曲了。我站在她所蹲着的坟墓的另一边,双手戴着手套夹在腋下。

"快看。"她低声说道,"你见过这么美丽的东西吗?"

坟墓一端矗立着一块长方形的墓碑,上面刻着文字,显然已经褪色了。但在墓碑前面一块巨大的灰色石板上,有一条雕刻精美的美人鱼,大概有美乐蒂身体的一半那么大,并且细节处理得很出色。

"这难道不神奇吗?"美乐蒂说着,扫掉了美人鱼尾巴上的一些泥土和树叶。我跪下来仔细观察。

"哇,这是人雕刻出来的吗?"

"是的,当然是人雕刻的……"

她指着墓碑。

"……一八八四年。"

美人鱼的脸朝下,肩膀微微耸起,额头靠着右侧的臂弯,头发如海浪般倾泻而下,盖在她赤裸的后背上;她的尾巴向上弯曲,在末端支撑起一片扇形,扇形中间略有缺口,就是真正鱼儿尾巴的样子。美人鱼的鳞片在阳光下闪闪发光,好像是刚从海里上来,只是在这里休息一会儿。我弯下腰仔仔细细地看,几乎可以想象到她的背部随着呼吸起伏。我试图看清她脸上的表情,但她的脸深埋在一侧,永远都不会被看到。

"她睡着了吗?"

美乐蒂又拔掉了一些杂草。

"我不这么认为,我觉得她在哭。她是一条正在哀悼的美人鱼。"

我研究了下美人鱼的发丝,有那么一瞬间我很想触碰她的卷发,但我没有。

"为什么是美人鱼?这里埋着谁?"

我不想靠近,所以我眯着眼睛看向墓碑,听美乐蒂读出来:

"伊丽莎白·汉娜·里夫斯,她于一八八四年十月二十九日去世,享年二十八岁。但这里没有提及任何关于她生前的事情,我去查看过教会的记录,想看看是否能找到更多的信息,但一无所获。也许是她有一次出海,以为自己看到了美人鱼,但没有人相信她;或者她只是单纯喜欢它们。谁知道呢?但不管她曾经是谁，总归是留下了这座美丽的坟墓。"

我看着美乐蒂拨弄旁边的常春藤，我想，也许我一直以来都误会她了。在医院里，她不断地同我聊天，可能只是因为她那时有些紧张。现在这个平静的、放松的美乐蒂其实很好相处。她没有问任何问题就给我买了手套，她什么都知道，几乎是知道了我的所有，但仍然喜欢和我一起玩。不过，也许知道我对卡勒姆做过什么之后，会让她改变主意。

"爸爸搬出去之前，我就开始在放学后来这里，不想面对家里的一切争吵，就是那时候我发现了美人鱼。"

她站起来，把胳膊抱在胸前。

"当我心情不好的时候，我就会想起美人鱼，她日复一日地偷偷地睡在这里，它成功转移了我对日常杂七杂八生活的注意力。"

她弯下腰，又擦去美人鱼尾巴上的泥土。

"不过，这是一座令人悲伤的坟墓。这里几乎所有的墓碑上都有不止一个名字——丈夫、孩子、父母，他们似乎都能讲出一个故事，尤其是年长的那些人。但伊丽莎白·里夫斯却独自一人在这里，她只有美人鱼为伴。"

我理解她的感受。但一想到墙纸狮子、干净安全的房间，我就再次焦虑起来。我的胸口起起伏伏、呼吸加快，就连美人鱼也没办法再分散我的注意力了。

"美乐蒂，我现在真的需要回家了，这个墓碑很漂亮，谢谢你带我来看。"

我转过身，小心翼翼地穿过密密高高的草丛，回到人行道上。

"我知道你一直在窗边看着我。"美乐蒂追上我说，"我也知道你一直都想知道我来这里做什么，你觉得我很奇怪吗？"

我摇摇头。

"那就好。"

我们默默地走了一段路，然后我看到她把手伸进口袋，拿出我之前看到的那张白色小卡片，举起来给我看，我停下来抬头看去：卡片的一角有一朵淡奶油色的百合，它的茎是深绿色的。我仰着头，眼睛花了好一会儿才适应了刺眼的阳光，看清了卡片上淡蓝色的文字：

在爱里回忆。

下面是一张用黑色墨水手写的字条：

永存于吾心：C

是一张纪念卡。

"你从哪儿弄到这个的？"

她把卡片放回口袋里。

"是教堂那边，在一个活到九十八岁的人的坟墓旁。也太棒了吧？能活到那么大年纪。"

她笑着说，但我没有回应她。

"我不明白你为什么要这个卡片？你口袋里怎么会有别人的纪念卡？"

"我在收集它们。"

我停下来和她面对面，她的笑容消失了。

"啊？你在干吗？"

她抱起双臂："我在墓地来来回回走，看到它们就捡起来，放进我的收集册里，我带走这些是为了——"

"你收集这些？什么东西，就像贴纸？就像儿童的贴纸册一样？"

"不，根本不是那样的。如果我当时没有拿走它们的话——"

"你捡到多少了？我的意思是，你居然带走了它们？把它们带离人们的坟墓？这些都是人家的私人物品，你不应该拿走，这是盗窃！"

她看起来很害怕。"不，你不明白——"

"不明白什么？你竟然拿走了不属于你的别人的私人物品？"

美乐蒂用手擦了擦脸，眼里泛着泪光。

"不是你说的那样，我没有偷！如果我不捡走它们，它们就会被扔掉。你在生什么气？"

我想起了几个月前写过的卡勒姆忌日的卡片，确切地说，那不是一张卡片，只是一张纸条。我潦草地写了一些东西，大概意思是自己对他感到很抱歉，实际上并没有要他死。我在放学前去了他的坟墓，把纸条塞在他墓地旁边天使的脚趾下面。

美乐蒂站在那里,抱紧自己,流着眼泪,我没法向她开口。

"我要回家了。"我说完就跑向小巷,留下她在我身后哭泣。我需要逃离,离开她和墓地,这整件事情就是一个大错误。她买的手套也不太对劲——没有妈妈买的那么厚,所以细菌可能早已渗进去了。

当我经过教区长府邸的后花园时,老妮娜正站在梯子上,试图够下卡在苹果树上的东西——树枝上一簇扭曲着的白色织物,她正在用扫帚戳它。只见她皱着眉头,咬着下唇,全神贯注,完全没有注意到我飞奔回家的途中与她擦肩而过。

第十七章

教区长府邸

杰克骑着自行车在小巷尽头等我。

"你们两个在干什么?你知道一些事情,对吗?"他双臂抱在胸前问道。我把塑料袋放到身后。

"不知道。"

"你是不是认为你能找到泰迪?你透过窗户看到了一些东西,不是吗?"

他靠在车把上向前倾身,慢慢向我靠近。

"你看到了一些东西,但你没有告诉任何人。"

"我没有!走开,你挡我路了,杰克。"

他完全堵住了小巷,我绕不过去。

"那个美乐蒂没有任何用处,如果你需要一个合作伙伴,我可以做一些事情,看看我能找到什么。"

他耸耸肩,好像他不在乎采用什么方式,只想加入进来。但我实在不敢相信他居然要求参与其中,他这是在做什么?

"你?"我一边说着,一边紧贴着他家的墙向前慢慢挪动,试图挪过去。我回答他:"谢谢,但不用了。"

他吸了吸鼻子,扬起下巴,当我试图挤过他时,他向前推起自行车,把我的腿挤到墙上。

"杰克!你到底想做什么?"

我试图挣脱,但他更用力地向前推自行车。

"你不是觉得自己很厉害吗?来,说说吧,你都知道些什么,怪人科尔宾?"

他靠得如此之近,近到我可以看清他眼睛周围皮肤的纹理。

"你算什么。"

他再次将自行车掉头顶住我的腿,然后推开,沿着马路走远。

当我回到家时,佩妮已经离开了,妈妈正在客厅里和爸爸低声说话。

"这是一个好的开始,不是吗,布莱恩?他是自愿出去的。他已经有多久没有这么做了?"

我坐在最底下一层的楼梯上,踢掉鞋子,感到腿在抽痛,全身每一个部位都布满了细菌。如果我不立即洗澡,我就会生病。如果我生病了,妈妈就也会生病,然后是爸爸,再然后是……无论接下来发生什么,都将是我的错,都是因为我没有及时洗澡。妈妈走出来看我。

"给他一些空间,西拉!你现在不想把他吓回房间吧?"爸爸冲妈妈大声喊道,就好像我听不见一样。

"我当然给他空间！我只是很高兴见到他这样，不是吗？来，马修，你的郊游怎么样呀？去了什么好地方？你那袋子里装的是什么？"

我张不开嘴。

如果我开口说话，细菌就会爬进我的嘴里。爸爸也过来了，找我有一搭没一搭地聊天。

"来场台球比赛怎么样，嗯，马修？你出去的时候我把猫毛都梳理好了，它现在是一只崭新的干净的小猫了。"

奈杰尔从厨房跑过来，仿佛想要加入我们的聊天，它大声喵喵叫，蹭着妈妈的腿。

"哦，快看，小马修！奈杰尔也很高兴见到你这样，是吗，奈杰尔·威格尔？"

她像抱婴儿那样把它抱起来，猫咪闭着眼睛，发出响亮的咕噜声，然后向后仰头，示意妈妈挠它的下巴。就这样，全家人为迎接我的改变——变回原来那个马修——举行了欢迎仪式。

我突然想起我还戴着手套，于是我赶紧跑上楼，爸爸在我身后大喊：

"马修？你还戴着那该死的手套？"

我打开淋浴，将旋钮调到最热的位置，等待水变热。

妈妈轻轻地敲了敲门。

"你还好吗，马修？一切都顺利吗？"

"我很好，妈妈。"我喊道，尽量让自己听起来是愉悦的。

空气一片寂静，但我知道她还在门口，听着水流的声音。

"我永远都会在你身边,亲爱的。我们会一直陪着你的。"她的声音有点儿哽咽,继续说道,"你可以告诉我们任何事情,不要有什么顾虑,我们都会理解的,好吗?你对我们来说很重要。"

我看着镜子里的自己,泪水顺着我的脸颊、我的鼻子流下。

这一切都是因为我,妈妈,你心爱的孩子曾因我而死。

我悄悄清了清嗓子。

"我知道的,妈妈,过会儿我们再聊,好吗?"

空气更加安静了,我听到她的脚步声回到了楼下。我们彼此都知道,过会儿我们是不会聊的。我走进淋浴间,用肥皂擦拭皮肤。淋浴的水很烫,但比起皮肤的痛苦,杀死细菌更重要。如果水不够热,细菌就不会被彻底消灭。洗完澡后,我胸口的紧绷感稍稍缓和,我又刷了五次牙,以确保嘴里没有任何不干净的东西。我知道我会收到一封邮件,就回到书房,我依旧把手缩在袖子里,握着鼠标去点开邮件。

收件人:马修·科尔宾

发件人:美乐蒂·伯德

主题:我的错误

我想,你是真的无法理解他人。我们是同类,马修·科尔宾。你和我,我们都很孤单,是小众群体。在生活中,我们总和他人格格不入。至少在这一点上,我当真如此。

美乐蒂

我十分惊讶地坐回椅子上。"孤单的人？"她竟说我孤单？我并不感到孤单，而且我也没有和他人格格不入，我认为我完全融入了周围的人！我又读了两遍这条信息，然后重新戴上一副新的乳胶手套。

我还有第二封未读邮件，一定是在杰克在小巷里挡住我的路之前就已经发给我的。

> 收件人：马修·科尔宾
>
> 发件人：杰克·毕晓普
>
> **主题：女巫老妮娜**
>
> 你们两个在干些什么呢？我看见你正往墓地走。这是怎么回事？是和老妮娜有什么关系吗？她是一个女巫，你知道的。可能她那房子里全是尸体！还记得万圣节吗？
>
> 杰克

他在邮件下面插入了一张老太太的照片，她的脸扭曲了，猩红的眼睛朝两个不同的方向看着。

我知道他说的那次万圣节，那是我最后一次玩"不给糖就捣蛋"的游戏，要说起来，也是三年前的事了……

那是我们第一次被允许自己去玩，但家长们再三叮嘱，只能敲这条路上的房门，包括我们自己的房门；再就是，不要打扰教区长府邸的老妮娜……家长们还会在家里时刻看着外面的我们。

总而言之，这并不是一个特别令人兴奋的万圣节。

敲我们自己家的房门似乎毫无意义，因为妈妈们都知道打扮成这样的就是我们，没有神秘可言。但为了得到糖果，我们依然愿意去做。我们从杰克家开始敲，苏阿姨打开门，我们大喊："不给糖就捣蛋！"她发出一声刺耳的尖叫。

"噢，我的天哪，看看你们两个！好吧，你好，可怕的外星人先生，你好，可怕的狼人先生！我想你们都要得到糖果，是吗？"

"对的，妈妈，不要做无用的抵抗了。"我们一边在糖盒子里翻找，一边回答。在我们去下一家之前，每个人都在这里抓了一大把糖果作为"战利品"。

汉娜和詹金斯先生的房子里一片漆黑，我想他们一定不在家，但杰克仍然坚持按了很多次门铃，直到我告诉他别再按了。

旁边就是我家，爸爸刚下班回来，为我们打开门，假装不知道我们是谁。

"这身衣服不错，孩子！"他对杰克说。杰克穿着一条绿色连体裤，身后有一条尾巴，尾巴上有衬垫，头上戴着白色橡胶的外星人面具，眼睛上有两条黑色缝隙。

"那这个怪物是谁？看来你需要一个更像样的发型！"他对我说。我穿着普通的衣服，手上戴着带爪子的毛绒手套，头戴狼人面具。我的脸上全是汗，努力憋住笑。

下一个是查尔斯先生家。他开门后看到我们，跌跌撞撞地向后退去。

"不给糖就捣蛋！"

"天哪，你们差点儿让我心脏病发作！"他一边说，一边把手扶在墙上，"已经是万圣节了吗？天哪，等一下……我不想让你们在我的花园里捣蛋。"

杰克跑去为我们寻找"战利品"时，我们同时咯咯地笑起来。其实查尔斯先生根本不需要担心我们会把他的花园怎么样，因为我们什么工具都没带。而且没有人会选择"捣蛋"而不是"给糖"，杰克成功带回两个苹果。

"是这样吗？"杰克问，我用胳膊肘子顶了他一下。

"小伙子，你很幸运，耳朵上不用戴搭配的发夹！"查尔斯先生对我们说完便关上了门，我们嬉笑着沿着小路跑向下一家。

接下来是佩妮和戈登的家，他家是这条街上装修最好的房子。窗户上挂着黑白的纸质蜘蛛花环，每个角都有闪闪发光的网；台阶上有三个雕刻精美的南瓜，闪着橙色的光。妈妈从佩妮的《惠灵顿家用解决方案》的目录册上买了一套南瓜雕刻套件，但和这些比起来一点儿也不像。我回头看了一眼我家，看到窗户里有妈妈的轮廓，她正看着我们。

"不给糖就捣蛋！"我们站在一号房门前，边按门铃边喊。

门打开了，站着一个穿着黑色长斗篷的无脸人，我们倒吸了一口气。

"呜呜呜嗷嗷嗷呜呜呜啊啊啊……"它一边叫，一边挥舞着手臂向外走，我们被吓得连连后退。

"戈登？戈登！"佩妮在厨房里喊道，"快过来帮我处理一下这些!"

戈登没理她,掀起裹尸布,通红的脸上是邪恶的笑。

"哇,看看这里都是谁啊?一个可怕的狼人和一个外星人!"

他弯下身子想仔细看看,但佩妮过来用胳膊肘挡住了他的视线。她穿着一件黑白点的连衣裙,蓬松的头发上斜戴着一顶银色的女巫小帽。她端着一个蝙蝠形状的大托盘,里面装满了南瓜饼干、太妃糖苹果和装饰有微型墓碑的松饼,香气扑鼻。

"哇,这些都是你做的吗,佩妮?"我问道,一开口就暴露了自己。

"当然,马修。现在,你们每人只能拿一块哟,我要确保每个来敲门的人都能得到。"

我抓起一个太妃糖苹果放进包里,杰克继续盯着大托盘。

"你有那种包装好的糖吗?"

佩妮站直了身子。

"我没有哟,小朋友,如果你想要任何加工过的'垃圾食品',我建议你敲其他房子的门。"

门砰的一声被关上,我们吓了一跳。

杰克缓缓离开,他的"外星人尾巴"拖在身后。也许他可以用更好的措辞去表达他的想法,毕竟我知道他没有恶意。他只是因为过敏,所以不能随便吃东西。如果是那种包装好的糖,他妈妈就可以通过标签来看成分,判断他是否能吃了。我们一起走到三号房门前的台阶上,是美乐蒂开的门。她穿着一身黑色的猫咪装,脸颊上画着黑色的小胡须,两只三角形的耳朵从头发里伸出来。

"喵呜——"她大叫着张开双臂朝我们猛扑过来。

"啧啧,美乐蒂。"杰克边说边向她摇晃着他的"战利品"袋子。

美乐蒂不屑地哼了一声,躲到门后,拿出一个橙色的桶,里面装满了包装鲜艳的糖果。

看到我拿起一些糖,她又叫了一声:"喵呜。"她的鼻尖被涂成黑色,每当我看她时,她就朝我扭动鼻子。

杰克抓了两大把糖。

"咪嗷喵!"她叫了第三声,然后拎起水桶,发出咕噜声,还假装舔爪子并清洁耳朵,像极了真的猫。

"美乐蒂,你好奇怪。"杰克说。美乐蒂冲他咧着嘴巴"嘶——嘶——",然后关上了门。

"好吧,这简直是浪费时间。"杰克看着包里说道,"我几乎什么都没得到!"

我们转身慢慢走回他家,但杰克在隔壁门口停了下来。

"妈妈们说过不要打扰老妮娜,走吧。"我说,但杰克跑上小路,站在教区长府邸的门口,举起沉重的门环,敲了三下。

"杰克!"我喊道,"你在干什么?"

我看了一眼我家,已经看不见窗户边妈妈的轮廓了,大人们可能看到我们往家走,就不再继续看着了。教区长府邸的黑色大门缓缓打开,我跑到他身边。

"不给糖就捣蛋。"杰克轻声说道。老太太打量着他,脸上看不出表情。

"我说，不给糖就捣蛋！"他继续压着声音边说边使劲摇晃自己装糖果的袋子。

老妮娜似乎明白了，点了点头，然后走进屋里，留下半开着的门。杰克看着我，竖起代表胜利的大拇指，而我则张大了嘴站在那里盯着看。他明显放松下来，在台阶上跳起舞，来回扭着身体朝房子走去，门突然被风吹得大肆敞开。

"你们可以进来。"她说，然后又回到屋里，把门完全敞开。

我们互相看着对方，杰克走进了又大又黑的走廊，摘下了他的外星人面具。我跟在他后面，过了一会儿，眼睛才适应黑暗的环境。我原以为会看到蜘蛛网和掉落的墙纸。实际上，尽管这里又旧又黑，但很干净整洁。老妮娜消失在走廊尽头，我们慢慢跟过去。穿过客厅的门，我向里面看了一眼：小煤气炉旁边有一张带靠背的椅子，窗台上有一盏橙色的灯，发出温暖的光。杰克用胳膊肘戳了一下我的肋骨，我跳起来。

"看！你觉得那是谁？"

墙上挂着许许多多的镶框照片，是同一个男孩不同年龄段的照片。一张照片中，他还没有长牙，坐在旋转木马上开心地笑着；另一张照片中，他看起来和我差不多大了，盯着一只停在手背上的蝴蝶。还有好多：他第一天上学举着足球奖杯、他戴着圣诞老人的帽子做鬼脸以及他在运动会上夺得金牌。我摘下狼人面具，研究起离我最近的照片：他站在海滩上，双臂交叉抱在裸露的胸前，脚边是绵延无尽的沙滩；可能那天风很大，他的沙色头发被吹得四处竖起；他鼻子上有很多雀斑，眼睛半闭着，对着镜头咧嘴傻笑。

"你觉得他是谁？"杰克一边研究照片一边问，"是她儿子吗？但是没有他长大后的照片，是发生了什么事情？"

我们互相看着对方，当我们听到老妮娜在厨房里咔嗒咔嗒地走来走去时，我看到杰克的喉咙在颤抖着上下滚动。

"你们两个，进来吧！"

我们沿着大厅继续前行，停在厨房门口。老妮娜蹲在角落里，面前是一个黑色的烤箱，周遭满是蒸汽。她戴着灰色的烤箱手套，弯下腰，拿出一大盘蛋糕，放在桌垫上。

"哎呀，你过来了！"她边说着边摘下手套，把头转向一侧，盯着杰克。

"你知道吗，我觉得你的尺码刚刚好，嗯，确实刚刚好。"

她朝我们走来，杰克抓住了我的手臂，脸色惨白，盯着老妮娜，然后看着她身后打开的烤箱。

"小马修，我们必须赶快离开这里！"他咬紧牙关压低声音说。她离我们越来越近，杰克突然转身就跑。

老妮娜停在我面前。

"他要去哪儿？"

我愣在原地，其实心里想跑，但我担心任何突然的动作都会让她想要抓住我。她靠我很近，当她抿嘴唇时，我甚至可以看到她下巴上的汗毛。她伸出瘦骨嶙峋的手，走向我旁边的厨房门，从门后的挂钩上取下一样东西，摇了摇并举起来。

"哦不,这对你来说可能不合适。你朋友的尺码刚好,他却急匆匆地跑掉了,真是太可惜了。"

那是一件男孩外套:一件漂亮的蓝色及膝海军领外套,前面有闪亮的黑色纽扣。她紧紧地攥着外套,用拇指来回摩挲。有那么一会儿,我感觉她忘记了我还站在那里。然后她叹了口气,把它挂回门后的挂钩上。

"不管它了,你想吃蛋糕吗?"她问道。

太阳渐渐落山,我能看到小巷里家家户户的电视屏幕都闪烁着同样的新闻报道,也能从楼下的电视里听到相同的消息。

"……失踪的孩子泰迪·道森……"

我悄悄地蹲下来,听着报道。

"今天,泰迪的母亲梅丽莎·道森做出这样令人悲痛的请求……"

我坐在楼梯中部的台阶上,从那里我还可以看到电视的大屏幕:一张长长的白色桌子后面坐着一排人,梅丽莎·道森在中间,穿着一身漂亮的绿色连衣裙,把乌黑的头发整齐地绑在脑后,看起来像一名专业的新闻发言员。她又在凭着记忆讲述着什么,依次看向坐在她面前的每一位记者,就像她真的在一次会议上发言一样。

"周一下午,我可爱的小泰迪在我父亲的花园里失踪了,我急切地盼望任何可能知道他在哪里的人致电警方,任何线索,哪怕是很小的细节,都可以帮助我们找到他。所以,无论如何,只要您知道什么线索,请致电警方。"

她停顿了一下,喝了一口水,然后低头看着面前的一些纸条,开始读起来,声音有些颤抖。

"如果有人带走了泰迪,拜托,请将他带回来,可以把他放到任何一个能保证他安全的地方——医院、教堂,或者其他可以找到他的地方……"

她的声音沙哑,身子也垮了下来。

"他是一个非常快乐、可爱的男孩,求求老天,拜托,能有人把他带回来……他还那么小……"

说完,她用手捂住嘴巴,再也无法控制自己的表情,她崩溃了,刚才那个"专业女性"全然不见。她身边的警察讲述了我以前听过至少有一百万次的细节。

"泰迪穿着拉拉裤、一件正面印有冰激凌图案的T恤衫,就像这里的这件……"

妈妈把头靠在爸爸的肩膀上,爸爸把她搂在怀里,他们坐在沙发上,拥抱在一起。

我回到楼上的卫生间洗手,我筋疲力尽,大脑一片混乱。我努力专注于将肥皂正确涂抹,但仍感觉不太对劲——感觉不干净。我冲干净双手,然后重新开始。但洗完之后还是感觉不干净。于是我再一次重复刚才的动作,就这样循环,根本无法停下来,洗了二十七次。我听到楼下关电视的声音,我要在爸爸妈妈看到我之前赶紧上床睡觉。

第十八章

血迹之谜

第二天,妈妈起来第一件事就是告诉我,在克劳迪娅·伯德拿给警察的蓝色毯子的纤维里发现了泰迪的生物痕迹。

克劳迪娅告诉警方,她刚刚出去遛弗兰基时,它一直朝着她车底下嗅来嗅去。起初她以为这是一块旧抹布,但当她把它从车轮下扯出来时,她才意识到那是什么。她模糊记得泰迪失踪的那天下午,她开车碾过路上的什么东西,现在看来,那肯定是他的毯子。估计是在轮子里来回搅动,最终被卡在了她的车子底下。我又检查了一下我的笔记本,她的话不无道理。

> 7月28日 星期一 书房/婴儿房 炎热
> 下午2:39,克劳迪娅下车时向查尔斯先生挥手致意。

"马修,这并不是好消息,他母亲真的很可怜。"妈妈说。她用纸巾擦了擦眼角,接着用它擤鼻涕,然后把它捏在手里，好像在捏一个柔软的解压球。我正要去洗手，可她现在还挡在我的门口。

"警察搜查教区长府邸了吗？"我问道。"你是说老妮娜？拜托，马修，她是连一只小昆虫都不舍得伤害的。为什么要搜查她家呢？而且她住在城里那家豪华酒店，你知道吗？那里有很大的浴缸和免费的睡衣。"

"谁？老妮娜吗？"

她瞪了我一眼："不，不是老妮娜！是梅丽莎·道森！"妈妈经常这样聊天——从一个话题跳到另一个话题。我认为这是因为她在沙龙里需要同时关注很多人的对话。

"这难道不奇怪吗？正常人肯定会认为，这种时候，她会希望家人能时刻在她身边，或者至少保持密切联络，好随时等待泰迪的出现。佩妮昨天说，梅丽莎可能是埋怨查尔斯先生没有好好照顾泰迪，这才不愿和他接近。"

我想知道这是否与她经常出差不得已总是住酒店有关，酒店可能对她来说才更像家一些。

我现在急需洗手，我感到一种致命的细菌正从我的手腕向上蔓延到肘部，再到肩膀、脖子，然后是嘴巴。一旦它们进入嘴里……嗯，就差不多是那样。这种情况一旦发生，那就真的无法挽回了。

我听到爸爸正在楼下的温室里忙着，妈妈也没有要走开的迹象，她继续靠向我。我赶紧后退一步，心脏狂跳，似乎能听见房间角落里的墙纸狮子低沉的咆哮。

"这会儿爸爸不在咱们旁边哟。"

我呼吸急促，几乎气喘吁吁。

"你还好吗，马修？你真应该出门晒晒太阳。"

听到远处响起西班牙舞曲，我们试图找出声音的源头。爸爸吼叫着跑上楼，妈妈皱起了眉头。

"西拉！你的手机！"

妈妈一下子精神起来。

"那可能是佩妮，我马上来。"

洗完手回到房间，我透过窗户看着爸爸。温室的草地上堆满了旧油漆罐，他拿着一个旧滚筒刷和一个脏兮兮的黑色塑料托盘跌跌撞撞地走出棚子。他从一堆东西里抓起一个罐头，走进屋里。

我想起来了——装饰家里使自己保持忙碌是爸爸在无助时自我排遣的方式。卡勒姆去世时，他请了两周假，把厨房、休息室、走廊和卧室全都重新粉刷了一遍。妈妈的排遣方式则是整理阁楼。她会一连在那里待好几个小时。我在楼梯底下仰头盯着那里看，有几次她在那里，没有开灯，也没有发出任何声音。我想她早已经整理完了，只是想在黑暗中自己安静地坐一会儿。

隔壁的一台割草机着火了，查尔斯先生把草地上泰迪和凯茜的所有玩具都清理掉了，像处理垃圾一样把它们堆到棚子旁边。他站在院子边，将橙色的机器往外推出差不多一个胳膊的距离，身后留下一条浅绿色的痕迹。当他转身往家里走时，他笑着举起一只脏兮兮的手臂，向我挥手。

7月30日　星期三　卧室　炎热、多云

上午9:35，查尔斯先生正在花园修剪草坪，看起来还很高兴，这正常吗？

查尔斯先生小心翼翼地沿着池塘边缘修剪草坪，割草机嗡嗡作响。他上下擦拭刀片，尽力避免碰坏其他植物。他又推着机器走了一圈，所到之处留下两条被割过的痕迹。接着他重新回到院子，眼看要走到头了，才熟练地关掉割草机。他把双臂伸到身后，抬头看着我，脸上仍然挂着奇怪的笑容。他举起一根手指，好像在说，第二个小朋友要再等一下。然后，他跑向厨房，让割草机在关机状态下不得不发出刺耳的爆裂声。我的胃有点儿翻腾，感觉有些不对劲。他站在阳光下，两只手各拿着一只透明的、有气泡的玻璃杯，看起来像装着柠檬水，我的心脏开始狂跳。他走向我们花园之间的栅栏，举起一只手，阳光照得玻璃杯闪闪发光。他以为我要伸手拿走吗？我盯着他，耸了耸肩，并不知道该怎么办。他把其中一只玻璃杯放在院子里的桌子上，示意我和他一起；另一只手高举着那杯柠檬水，仿佛这是一个给我准备的、可笑的、愚蠢的奖杯：

"把'勇敢踏出卧室奖'颁给……"

查尔斯先生笑得发颤，我摇摇头，从窗边退开。然后我看到他垂下头，面部扭曲成阴险的咆哮状，嘀咕了些什么。我以前从未见过他这样的表情，恐怖而令人厌恶，我赶紧拉上窗帘。

"你看到了吗，墙纸狮子？你看到他的脸了吗？"我抬头看了一眼墙纸狮子。他的眼睛盯着我的窗户，我立刻就知道我做错了什么——我把窗帘拉得太快，缝隙里的细菌早已逃出来到处蔓延，如果此刻我无动于衷，那么不久之后整个房间就需要被彻底消毒。我闭上眼睛，试图忽略这些细菌，但我能听到它们脏兮兮的脚在墙壁和天花板乱跑的声音，以及时不时传来的急促的呼吸声。我坐起来，揉了揉眼睛，深吸一口气，伸手去拿我的清洁用品。

收件箱里有两封邮件，都是我曾经最好的朋友汤姆发来的。

> 收件人：受邀参与派对的人员
> 发件人：托马斯·艾伦
> **主题：邀请函**
> 地点：我家
> 活动：烧烤派对！！！
> 时间：8月9日 星期六 下午3：00
> 理由：庆祝美好夏日！
> 请速给汤姆回复！
> （哦对了，记得带一个朋友）
>
> 汤姆

邮件底部有一排随机出现的黄色表情符号。我点开了他的另一封邮件。

> 收件人：马修·科尔宾
>
> 发件人：托马斯·艾伦
>
> **主题：邀请函**
>
> 嘿，伙计！最近怎么样？好久没见你了！我听说你隔壁的小孩失踪了。这真是太可怕了！我希望人们能快些找到他！
>
> 现在放暑假了，我很开心，这真是太棒了！
>
> 希望你能来一起烧烤！！虽然我知道这有点儿唐突和奇怪，但如果你想出去玩或者怎样，一定要联系我哟！！！
>
> 汤姆

我退缩了。由于某种原因，他现在仿佛不用感叹号就不会说话。在"唐突"这个词旁边，他又插入了一个强挤出来的笑脸，看起来像是在用力完成某件事而咬紧牙关的表情。很明显，是我太久没去学校了，已经不知道流行什么，而我最好的朋友也被大环境毒害了。

> 收件人：托马斯·艾伦
>
> 发件人：马修·科尔宾
>
> **主题：邀请函**
>
> 嗨，汤姆，
>
> 感谢邀请——这听起来很棒！
>
> 马修

（我特意在自己的话后面加了一个感叹号，是想迎合他的聊天方式。）

> 但很抱歉，我可能去不了，自从泰迪失踪，我身边发生的事情都太疯狂了。这里到处都是警察，街对面还有一位女士突然发现了泰迪的毯子，今天早上他们又检查出那上面有他的血迹。

我停下来，突然冒出一个想法。我向窗外望去，看到坎彭警官站在隔壁的房门外面。他的脚晃来晃去，就像在荡隐形的秋千。我来不及穿鞋子，跑下楼，打开门。对于赤脚的我来说，外面的台阶实在是太脏了，所以我只是用指尖捏住门框，探出身子。

"坎彭警官！"

坎彭警官捂着嘴打哈欠，茫然地盯着街对面。

"嘿！坎彭警官！"

他环顾四周，皱起了眉头。

"我要告诉你一件事，是关于泰迪的！"

坎彭警官冲到我们家花园和查尔斯先生家花园之间的栅栏处。

"是什么？你看到了一个人，是吗？我就知道……"

当我以一个尴尬的角度向门外扭来扭去时，手指被划伤了。

"不是，我没有，但这是关于血迹的。他们不是在毯子上发现了血迹吗？那应该是泰迪在摘玫瑰花瓣时划伤了自己，我才想起来——忘记当时为什么没把这事记在笔记本上了。"

警察不停地在往身后看，确保房子周围没有人。

"你是怎么知道这些的？"

"因为我一直在看着他，他当时正在摘花瓣，胳膊被一根刺划破了，他用毯子擦了擦，明白了吗？他们发现的血迹并不意味着他受伤了。"

我说完，坎彭警官盯着我看。

"在他手臂的什么地方？"

我险些从门框上摔下来。

"在他右胳膊的前臂上，我说完了，我得走了。"

我回到屋里，关上门，知道不久后警察就会再次敲门，并变换花样问同样的问题。爸爸在温室里用滚筒刷在窗台下刷漆，台球桌上铺着一块旧的、脏兮兮的米色桌布。

"发生什么事了，马修？"他问我。

我走到温室门口，停在白色、闪亮的瓷砖前，觉得上面藏着无数个细菌，不知道奈杰尔去哪儿了。

"我想起一件事，就告诉了隔壁的警察。泰迪在前花园时划破了手臂，这可能就是毯子上有血迹的原因。"

"警察怎么说？"

我只是耸耸肩，爸爸则哼了一声。我知道他因为我经常看窗外而感到羞耻。他更希望我玩电子游戏或者干点别的事，干点所谓正常的事。

"儿子，把那把刷子递给我好吗？我需要刷一下侧边。"

在温室的角落里，几张报纸上放着一把细细的黑色刷子，就在我伸手可及的范围内。我没有踩到瓷砖，伸直身体，用拇指和食指捏起刷子。我是不可能穿过奈杰尔呕吐过的地面的，但爸爸没有任何走向我的意思，所以我继续拿着刷子。

"快点，马修，把刷子给我，我没有那么多时间。"

爸爸和我盯着彼此，他一只手拿着滚筒刷，我手里拿着刷子，以尴尬的姿势站在那里，仿佛都在等是谁先迈出一步。正当我考虑把刷子扔给爸爸然后跑走时，门铃响了。

"我能接住的！"

我跑走时，刷子掉在地板上。坎彭警官和那个穿着西装的男人一起站在台阶上，就是当梅丽莎·道森倒下时，试图去安慰她的那个人。

"马修·科尔宾？我们可以进去聊聊吗？"

爸爸妈妈走过来，我退后一步，让他们进来。

"科尔宾先生和夫人，你们的儿子说他还记得一些泰迪失踪那天的其他事情，我们只要再问他几个问题就可以了。"

我们默默走向厨房。

"大家喝茶吗？"妈妈问道，尽管没有人答应，但她还是从柜子里拿出一些杯子，把水壶装满了水。穿西装的男人介绍自己是警官布拉德利，说着把名片递给爸爸。他问我更多的是我以前听过的问题：你怎么能从窗户看到这么多？你为什么向外看？你知道这个男孩是独自一人在那玩吗？然后他转而问血迹：到底有多少血?你真的看到它滴到毯子上了吗?你看到泰迪用毯子擦血吗?如果他受伤流血了,他为什么不喊外公呢?

"我不知道,他只是看了一下伤口,然后继续做他自己的事。他本就是一个很坚强的孩子。"

警官抬起头,一脸困惑。

"你为什么这么说呢?"

我越说越停不下来。

"嗯,当他被推进池塘时,他似乎都没哭。"

我闭上眼睛,布拉德利警官看向坎彭警官,坎彭警官耸了耸肩。

"什么池塘?谁把他推进池塘里的?"

爸爸妈妈不再摆弄茶具,每个人都盯着我看。水壶里的水开始沸腾,发出隆隆声,到达沸点之后,咔嗒一声自动断了电。

"他们来这里的第二天,凯茜把泰迪推进了查尔斯先生的池塘里。他是头先进去的,凯茜就站在岸上看着他。"

警官揉了揉脸,挠了挠胡茬。

"这也是你从窗口看到的吗?"

我点点头,妈妈开口了。

"不过,警官先生,这应该是另一个窗户,应该在他的卧室,卧室在后面,可以俯瞰花园。是吗,马修?"我点点头,心里感到不安。厨房橱柜的缝隙里渗出阴森潮湿的雾气,我被呛着了,轻轻咳嗽了一声。

"好的,我们需要注意一下这一点。然后呢,就是当你站在卧室里看着一个小孩差点儿被淹死的时候？"

厨房里一片寂静，我咬着嘴唇，眼里充满了泪水。我张了张嘴想说什么，爸爸却插了进来。

"听着，警官先生，我想你应该知道我的儿子，马修。他身体不好，几乎足不出户。你可能觉得他有点儿奇怪，但你知道吗，假设一个学校里有三千多名学生，那么大概会有二十人出现这种情况。"

布拉德利警官被说服了，举起双手"投降"，我冲爸爸笑起来。

"我只是想了解这个孩子是怎么就被推进池塘了，他的监护人为什么没有好好照看他。还有，科尔宾先生，我并没有责怪您的儿子。"

"我并不只是站在那里。"我沙哑着声音，"我跑到房子前面，大声喊查尔斯先生，可他正在街对面与佩妮和戈登聊天，当他赶到池塘的时候，凯茜才把泰迪拉上来。"

布拉德利警官想要说话，但我的声音盖过了他的。

"查尔斯先生没有亲自告诉你这件事，这难道不奇怪吗？所有人都在帮他找外孙，而他却在花园里修剪草坪，你不觉得这很不对劲吗？"

我的声音越来越大，大到我几乎在冲他大喊大叫。这感觉很好，更棒的是，爸爸还对我眨了眨眼睛。

布拉德利警官瞪了一眼坎彭警官。

"你没有让他先别管草坪了吗？"

坎彭警官一脸震惊。

"我——我不知道他是……我是听到了割草机的声音,但我以为这是隔了好几扇门之外的,我……"

警察们开始分析是谁、什么时间、在哪里,坎彭警官对着无线对讲机大声发出指令。妈妈又打开了水壶,和爸爸在角落里低声交谈。

"我觉得她看起来很邪恶,你看到她的眼睛了吗,布莱恩?还有那个奇怪的瓷娃娃?呃,这让我感到毛骨悚然。"

"拜托,西拉,现在你还不能断定她与泰迪失踪案件有什么联系。"

我跑到楼上的浴室,一遍又一遍地洗手。在我用热水洗完最后一遍的时候,听到警察离开时关门的声响。站在楼梯最高的一级台阶上,我可以看到厨房里的腾腾热气穿过地板慢慢地翻滚上来。

第十九章

佩妮·沙利文

阳光洒进我的房间,在地毯上留下闪烁的条纹。我感觉一切都不对劲;一切都需要清洁。每支铅笔、每本书、每个椅子腿、每个灯泡、每面墙——所有的一切。我要从屋顶开始,一路向下到踢脚板,然后再处理小物件,我戴上手套开始工作。

反正床上用品会全部换掉,我干脆站在上面,用浸有抗菌喷雾的布擦拭墙壁。墙纸狮子有一只耳朵——我以前从未注意到。但耳朵确实在那里,从它乱蓬蓬的鬃毛中探出头来:一个金色的小三角形。

"美乐蒂认为我很孤独。"我对它说,"你敢信吗?她正在收集已故人们的纪念卡,这是怎样的心理啊?虽然她给我买了手套,但是……她这个做法是绝对不对的,不是吗?"

墙纸狮子的脸和眼睛被擦得闪闪发亮,它看起来在微笑,享受着属于它的沐浴。

我停下手里的动作盯着它。

"小狮子,你说如果她知道了怎么办?如果她看到我写的纪念卡并意识到卡勒姆的死与我有关怎么办?"

墙纸狮子继续微笑着,我能想象出它甩动鬃毛,细小的水滴从毛发上甩得到处都是。

外面传来人们的说话声,可以看到是佩妮和查尔斯先生站在院子里交谈,她正拿着杯子喝水。我从床上下来,放下清洁用品,拿起笔记本:

> 佩妮·沙利文在隔壁,她正在和查尔斯先生说话,并时不时地轻拍他的手臂。

当查尔斯先生说到要去他妹妹那里住几天时,他家里的电话响了,他慵懒地走回屋里。佩妮看着他走进房子,然后她沿着草坪走到查尔斯先生扔在棚子旁边的玩具堆前,摇了摇头,看了看那堆东西,拿起一个红色的水桶,把它倒在草地上:泰迪那儿辆又大又沉的塑料玩具车哗啦掉了出来。她伸手拿起一台小型橙色推土机,仔细观察,然后在手臂上来回滚动。

"她在干什么?"我疑惑不解,往窗边靠了靠。

她把推土机玩具翻过来,用拇指转动每个轮子,查尔斯先生回来了。

"是谁打来的?什么事?"佩妮问道。

查尔斯先生双手抱头。

"是我的女儿……她想和我断绝关系……她认为一切都是我

的错……"

他边说边止不住地哭,佩妮搂住他,和他转身慢慢走进房子。她试图用一只手同时握住杯子和橙色的玩具车,结果杯子掉到了草地上。

查尔斯先生哽咽着:"他真的是一个很可爱的男孩。"佩妮轻轻拍着他的背,"我想他永远都不受到任何伤害,他真的是我最爱、最爱的男孩。"佩妮把头靠在查尔斯先生的肩膀上停留了一会儿,安慰他:"我知道,我当然知道。"她轻声说着,"他是一个特别可爱、有趣的小朋友。"

我没再看笔记本,而是抬起了头,佩妮正颤抖地盯着我,我冲她勉强挤出一个微笑。

自从卡勒姆死后,佩妮·沙利文就开始讨厌我。

我没有见过我的外祖父母——他们在我出生前就去世了——而妈妈总是会把佩妮视为她的母亲。我记得小的时候,她经常在我身边,告诉妈妈该做什么、该买什么。她是《惠灵顿家用解决方案》的目录册上所包含品牌的当地代理商,这些品牌宣扬"用各种你离不开的物品来彻底改造你的家!"妈妈很喜欢那本目录册,每个月她都会翻阅它,对我们从未使用过的一些新奇玩意惊叹不已。

爸爸不喜欢佩妮。他认为她太专横了,而且我认为他不喜欢妈妈如此重视她的建议。有一次圣诞节,妈妈问她应该买什么类型的树。

"一定要买假的,西拉。如果你买了真的,八月你就要用吸尘器处理掉源源不断掉落的针叶。下个月《惠灵顿家用解决方案》的目录册中将会介绍一款可爱的、合成的北欧云杉,那太适合用来装点你们家来迎接圣诞夜了。"

而那一年,爸爸是想要一棵真正的树来改变一下的,但妈妈永远不会拒绝佩妮的建议。

"她经验丰富,布莱恩,那个女人清楚自己在说什么。"

"经验丰富?她只不过是个爱管闲事的老太婆,而且还总认为自己是对的,从来不听别人说什么,难怪她的两个孩子都受不了她了……"

但妈妈不这么认为,有一次她慌慌张张地赶去医院看卡勒姆时,她是直接给佩妮打电话让她来照顾我的。她来到我家门口,穿着我从未见过的休闲装——一件明亮、蓬松的彩色毛衣和一条牛仔裤,背着一个装满游戏材料的大包。戈登一如既往地跟在她身后,腋下夹着一份报纸。整个下午和晚上,她都在用一张纸和一支铅笔教我玩双人猜单词、点格棋和海战棋。我们还玩了她的孩子以前玩的一些旧棋盘游戏,比如棋盘传统游戏和中国跳棋。戈登坐在爸爸的扶手椅上做填字游戏,听到佩妮时不时地吆喝我玩得多好的时候,才抬起头来。

"戈登,他学东西真快!不像杰瑞米,他总是掌握不了棋盘游戏的窍门,不是吗?"

戈登只是咕哝了一声,低头捻了捻纸片。

我会不停地问弟弟来没来,我对此很关注也很兴奋,并不明白为什么这么久他还没回来。佩妮回答我:

"他回来是需要时间的,马修,需要时间的呀。"

当我们玩游戏时,我的手一直在抠右眉毛上方的一个小痘痘,佩妮看到后很生气。

"抠,抠,抠,还抠!马修,还不停下来。你要知道,如果你继续抠它,会留下一个丑陋的疤……"

她把豌豆点缀在吐司上,做好晚餐,我们一起坐在餐厅,等待弟弟的消息。在那之前,我从来没有见过有人可以吃得这么精细。我记得那天我比平时坐得更直,而且以"极为正确的方式"使用餐具。

"佩妮?你觉得他会像我一样有金色头发还是会有棕色头发?"

"我也不知道,马修,先吃晚饭吧。"

抠,抠,抠,我的手又去抠眉毛上方的痘痘。

"他可能根本没有头发!佩妮,你的孩子有头发吗?你家是男孩还是女孩?"

抠,抠,抠,我的手还在抠眉毛上方的痘痘。

"我有一个儿子叫杰瑞米,有一个女儿,安娜。当然了,他们都有头发。好了,现在就别再捣鼓那里了,我的好孩子。"

我又用叉子叉起三次豌豆,才放下餐具。戈登起身,把他的盘子放进水槽,然后一言不发地走到休息室,打开电视。

"你的孩子在哪里,佩妮?他们住在这附近吗?"

抠，抠，抠，我的手又去抠眉毛上方的痘痘。

"不是，他们不住在附近。出于一些无法言喻的原因，他们都决定移居国外了：杰瑞米住在巴西，安娜住在新西兰。"

我呆呆地看着她。

"哇，新西兰离我们有一百万英里[1]呢，他们还会回来看你吗？"

她摇摇头。

"哦，那么，佩妮，无……无……法……言喻是什么意思呢？"

"就是意思无法被解释清楚或理解。"

她看着我茫然的脸。

"意思就是他们都犯了一个愚蠢的错误，他们本应该留在这里的。如果他们不那么固执并且能听我的话，他们俩的生活将会更加幸福。好了，继续吃饭吧。"

她的脸涨得通红，嘴唇紧紧地抿着。我默默地又吃了几口，然后又抠起痘痘。

"佩妮，杰瑞米和安娜是不太喜欢你吗？"

砰！佩妮猛地把手重重地敲在桌子上。

"马修，我说过，别再去抠那个该死的痘痘，不要逼我揍你！"

我的橙汁被受到重击的桌子震了出来，溅到杯子边缘，溅到

---

1. 1英里约等于1609米。

了我的晚餐上。佩妮拿起刀叉，继续吃东西，好像什么也没发生过一样。

我眼睛涩涩的，告诉她我已经吃饱了，然后回到了自己的房间。

我听到爸爸的车回到楼下，尽管外面一片漆黑，我还是爬下楼梯，安静地坐在黑暗里。佩妮打开门，爸爸从行李箱里拿出两个旅行袋——妈妈的旅行包和婴儿的医疗包，包里的白色小衣服还没穿过。妈妈无神地径直走向佩妮的怀抱，没有留神脚下，走过玄关时，她的双腿好像突然没有了力气，一下子软了下去，就像掉进了流沙，慢慢地、直直地、深深地陷了下去。佩妮跪在她旁边的地板上，抱着她，抚摸她的头发，轻轻摇着她，任凭妈妈哭泣。

"会好的，让一切都过去吧……会好起来的……我一直在，佩妮一家都会一直在你身边……"

我回到楼上，走进浴室，锁上门，开始洗手。我知道是我应该为此负责，如果我洗掉了所有细菌，那其他人就不会受到伤害。从现在开始，我必须像个大孩子一样控制这些，这就是我需要做的。

从那之后，我就有了强迫症——一定要保持绝对的清洁。一开始还能瞒住，毕竟已经很久了，我都可以轻松地偷偷溜进洗手间，一遍又一遍地洗手，也没有人注意到。但随着汉娜和詹金斯夫妇宣布他们打算要小宝宝，却未能如愿后，事情就变得复杂起来。

好在我察觉到并没有人停下手中的事来弄清楚我在做什么，但如果真的有人想，这实在是再简单不过了。

我之所以执着于清洁是因为卡勒姆的死，况且，他还是因我而死。

第二十章

目击事件

"布莱恩,那种能滚动播放新闻的功能是什么来着?转播?"爸爸边布置边抬起头来看了一眼新闻。

"叫滚动播出,西拉,滚动播出,不叫转播。"

妈妈把我们俩叫到客厅,说佩妮发了短信,新闻上有关于泰迪的最新消息。我在地毯上来回走动,想要放松一下。由于不断地洗手,我的指关节裂开了,还流了血,这把我吓坏了。所以我不得不一遍又一遍地清理血渍,但血流得更厉害了,我拿着胶布缠了好几圈,在毯子上团团转。

"别再来回转了,马修,我看得头晕。"

我们都盯着电视,爸爸不停地嘟囔,说要不要快点。

"佩妮做事总是不太妥帖,你确定她说的是对的吗?"

妈妈摆弄着手机,试图再次找到短信。

"看——在播了!"我叫住他们。

目前只能看回放了,妈妈放下电话,抓起遥控器,调高音量,爸爸大声读出滚动的白色字幕。

"爆炸性新闻。昨日,警方正在调查失踪幼儿泰迪·道森与哈威奇港的一男一女登上渡轮事件,荷兰警方与英国警方正在联合追踪。"

报道结束,爸爸调回原来的频道,继续刷油漆。

"看到了?"他说,"我告诉过你,他们会找到他的,他一定会被播报出来——我打赌他很快就会回家。"

妈妈关掉电视,去了厨房。我跟在后面,走到瓷砖的分界处停了下来。

"那很好,不是吗?也许我们可以举办一个小型欢迎会?我看看佩妮怎么说,她会很乐意组织这个活动。"

妈妈往洗碗机里装东西,门铃响了。

"马修,帮妈妈去开门好吗?"

我走到大厅,认出了磨砂玻璃门后面的人影轮廓:她穿着黑色衣服,搭配着粉色人字拖。她又按了一次门铃,我没有理会,直接跑上楼。

"马修?你怎么不开门?"妈妈开门时冲我喊道。

我在房间里走来走去,思考是否应该跑到浴室并把自己锁在里面,这时有人来到我房间,我抱着胳膊站到窗边。

"嗨,马修。"

美乐蒂的眼睛看起来有些浮肿,她眼睛下面有浓重的黑眼圈;头发向后扎成马尾辫,怀里抱着一本很大的棕色册子。我有种强烈的预感,这本册子会对我意义非凡。

"我想我们需要谈谈,我知道你会觉得我总去墓地的这个行为像个疯子,但我真的不是,明白吗?泰迪失踪后,发生了很多疯狂的事情,我想,如果你真正了解我一下,而不是只知道你认为的我,我们会成为很好的朋友。"

她的脸颊泛起红晕。这些话显然是精心准备过、排练好的。她扫视着我的房间,不放过任何一处,等待我的回答。角落里传来一声低沉的、几乎听不见的咆哮声,我抬头瞥见墙纸狮子,盯着它看。

美乐蒂被窗外的什么事情吸引住了,朝窗边走去。

"查尔斯先生正在花园里给花儿浇水吗?"

我向外望去,看到那位老人正在用软管慢慢浇他的花坛。

"你的外孙都失踪了,你怎么还在做这些事呢?"美乐蒂嘀咕道。

我们看着他贴着花园一侧挪着步子,她把头靠在墙上,我向后退了一步。

"美乐蒂,我想你可以走了。我还有事要做,而且很多,并且我真的不喜欢自己房间里有除了我自己之外的其他人,你能理解吗?尤其是在我告诉你那件事之后。"

她继续盯着查尔斯先生。

"你知道吗,如果你拿水管朝某个方向喷水,并且赶上太阳恰巧在合适的位置,就能看到彩虹。"

我看着阳光在水流上闪闪发光,但并没有看出任何颜色,更别提彩虹了。

"在爸爸还和我们住在一起的时候,他给我看过一次。他说:

'如果你观察得足够仔细，你几乎可以在任何事物中发现美丽的东西。'但我不这么认为，你觉得呢？"

她转身面向我，我手上的伤口痛得很厉害，厉害到我想和妈妈要止痛药。

"美乐蒂，我求你了，从我房间出去吧。"

她依然没有动，反而一本正经地摇了摇头。

"不，我不走，这不会花很长时间，而且非常重要。"

她踢掉人字拖，坐在我的羽绒被上把腿自然盘起。

我感到胃里在翻腾。

"你——你没听到我说话吗？我请你出去，如果你长了疣，你不觉得应该穿好袜子再接触别人的东西吗？"

我走到窗边，又走到门边，再走到窗边，又回到门边。她的视线跟随着我，头来回晃动，就像在看网球比赛一样。

"我不会待太久的。"说完，她把收集册放在腿上，深吸一口气，"我想，如果我解释了我从墓地拿走这些纪念卡的原因，你就会理解我了。"

她把一缕碎发别在耳后，直直地看着我。当她说话时，我强迫自己站定在抽屉柜前，脑海中只许重复一句话：

"都可以洗干净……都可以洗干净……都可以洗干净……"

"教堂的人会将墓地上的纪念卡和礼物全部清理掉。逝者的亲戚们都明白这些，但他们都对此毫不在意，也并不想把纪念卡再拿回去，我把它们捡回来只是不想让它们被扔进垃圾箱。"

我皱起眉头。

"那很不错，我知道了，好了，现在你可以走了吗？"

她把下巴抵在胸前的收集册上，完全不理会我的诉求。

"你知道的，在爸爸离开之前，我常常偷偷溜出去，去墓地，以此躲开家里无休止的争吵。有一天，我看到地上有一张纪念卡，上面还有泥脚印，我捡起来，上面写着：'我最亲爱的玛丽，没有你，我感到虚无缥缈。爱你的杰克。'我把纪念卡带回家，用烘干机弄干并保存起来。那张纪念卡太令人心碎了，它就像一块垃圾一样被人无情地踩过，但它本不该被这样对待。那是我捡的第一张纪念卡，打那以后我就一直在捡。我无法忍受它们被丢掉，所以我会尽我所能将它们保存下来。"

她说完涨红了脸，深吸一口气，把收集册朝我递过来。

"你先看一下，好吗？"

她把那本棕色的册子在我面前晃来晃去，我把双手背在背后。

"呃，你能帮我打开它吗？"我问。

美乐蒂顿了一下，然后耸耸肩，把册子放到我的床上，翻开封面。我凑近了些，这本册子就像一个活页夹——里面有不同尺寸的卡袋，可以放明信片、古董烟卡等。但这里放的卡片上有鸽子、鲜花或者十字架。我从第一页开始研究起来。

> 安息吧，西里尔叔叔，我们会永远想念你。——爱您的苏拉和约翰
>
> 亲爱的睡个好觉。——克里斯汀

> 永远想念您，我最爱的人。——你的弗兰克
>
> 爸爸，我最伟大的英雄，等我们再次见面。——您的儿子，汤米

甚至还有一个孩子的笔迹：

> 爷爷，您洪亮的鼾声，时常把我们逗笑！我们希望您在天堂一切都好。——爱您的凯蒂、贝基和约书亚

美乐蒂慢慢地翻着册子，看着我的脸，观察我的反应。我哽住，不知道该说什么。我发现了一些我熟悉的笔迹。

"稍等，停一下。"我说。

在其中一页的顶角有一张卡片，上面有一只蓝色的小泰迪熊，旁边有一个白色的十字架，下面是蓝色墨迹：

> 我们的卡勒姆，小宝贝，我们没能看到你长大，但我们每天都在爱你。——妈妈、爸爸和马修哥哥

咸咸的泪水刺痛我的双眼。我知道妈妈经常前往他的墓地，但我并不知道她给他留了纪念卡。

"你从哪里捡到这个的？"我指着卡片说道。

"在天使雕像旁边，就是教堂前面的那个大的白色天使，怎

么了?"

"没什么。"

是我,都是我的错。关于他的死,我没什么能辩解的。显然她目前并不知道卡勒姆是我亲弟弟,册子里也没有我留下的道歉纸条,就算有,也可能已被教堂统一清理掉或早已丢失了。想到这里,看到美乐蒂再次把册子拿起来抱在怀里,我才稍微放松下来。

"所以,整件事情就是这样,你怎么看?"

我叹了口气。

"嗯,说实话还是有点儿奇怪。"

她皱起眉头,低头看我的手,站了起来。

"哦,我想起来,你还欠我买手套的钱呢。"

我们看着彼此,她笑了,成功跳转到另一个话题。

"我想,其实就算它们被扔掉了也没什么,"我回答她,"但你爸爸离开之后带走的所有东西,对你来说是很难接受的。"

她咬着上唇点点头。

"来,让我们忘记那些不愉快吧。"我说着,"我并不是赞同你的做法,但如果这样做没有干涉别人,那我的想法就不重要。"

她笑了。

"说得对。不管怎样,我们争论这个都是在浪费时间。你听说'目击事件'了吗?"

"听说了,但并不意味着那一定是他。"

美乐蒂点点头:"我也是这么想的,我们需要继续调查,小马修,你有什么新发现吗?"

我告诉她,在我离开墓园后,看到老妮娜想从树上取下一块白色的布料。

"且不论那是什么,能看出她非常渴望得到它。"

美乐蒂皱了皱眉。

"她窗户边的灯怎么了?"她问道,"已经不再亮了!你注意到了吗?你觉得这说明什么吗?"

我拱起肩膀,一下子来了精神,很高兴她也注意到那盏灯被关掉了。

"我目前也不知道,但一直在想这个问题。自从泰迪失踪后,灯就一直关着,这难道只是单纯的巧合?"

"好吧。"她边说边站起来准备离开,"我去看看能不能发现她的树上有什么,你就去打探那盏灯的情况。你父母在这里住的时间比我妈妈要久,也许他们知道些什么。"

我点点头,她冲我笑了。

"放轻松,马修·科尔宾,也许会有点儿压力,但我认为我们会是一支伟大的队伍!"

说完,她给了我一个飞吻,跑出了门。

第二十一章

老妮娜的台灯

晚上十点二十三分,爸爸把头探进我的房间。我穿着睡裤和T恤衫四仰八叉地躺在床上。天气太热了,完全盖不住被子,就连被单都不行。

"渡轮上的不是泰迪。"爸爸悲伤地说。"那只是一个长得像他的小男孩,准备坐渡轮去荷兰看望他的祖父母。"

"嗯,这样也挺好的,不是吗?"我一边说着,一边用胳膊肘撑起身子,"如果是他的话,他现在就不知道在哪儿了!"

看起来爸爸心里也没谱儿。

"他仍然不知所终呢。不管怎样,先别想了,好好睡一觉,好吗?"他转身要走。

"爸爸,我能问你一件事吗?"

他走进我的房间。

"你了解老妮娜吗?为什么她窗边的台灯一直亮着?"

爸爸摸着下巴。

"啊,好吧,这实际上是一个令人悲伤的故事,很令人难过。"

他坐在我的桌子边,我躺下来,抬头看着墙纸狮子,认真听他说:

"很久以前,妮娜年轻的时候,她和她的牧师丈夫还有十一岁的儿子迈克尔一起去诺福克度假。"

我继续看着他。

"儿子?我从不知道她有一个儿子。"

爸爸点点头,我想,万圣节那天杰克和我在她走廊墙上的照片中看到的男孩应该就是这个"儿子"。

"自从迈克尔出生,他们每年都会去海岛度假,待上一周。有一次,在度假的第三天,迈克尔想去海里玩。你知道的,诺福克岛的海滩很平坦,退潮时海水会退得离岸边很远,甚至看不见,所以妮娜和牧师觉得儿子来回路途加上去玩的时间,应该会比较久。

到了中午,迈克尔也没有回来吃午饭,但他们并不担心。就像我说的,大海离他很远,他走到那里要很久,会在那里游上一会儿,然后再长途跋涉回来。他们当时觉得,孩子往回走的时候,肯定就会看到了,也没有多在意。

"过了一个又一个小时,海水开始隆隆作响,他们意识到不对劲,于是,向海岸警卫队求救。"

爸爸停了下来,盯着我的地毯。

"搜救船在海上彻夜搜寻,也没能找到迈克尔。他们在黑暗中开车回来,妮娜亮起窗边的那盏台灯,整宿未眠,等待搜救消息,但杳无音讯。直到第二天早上,她才发现忘了关灯,那盏台灯就这么亮了一夜。又到了晚上,妮娜看着那温暖的橙色灯光,就决定永远把它开着,她总觉得这盏灯会以某种方式为她的儿子指明回家的路。

我颤抖着,拉过被单盖在身上。

"他们一直都没有他的音讯吗?"

爸爸摇摇头。

"不知道。"

"她还在等?她之所以一直亮着灯,是希望她的儿子这么多年后还能回来吗?"

爸爸站起来。

"这么久以来我都在想这个问题,但目前看来,这对她来说可能只是一种心理上的安慰罢了。"

他揉了揉头发,打了个哈欠。

"好了,小朋友,现在已经很晚了,你该睡觉了。"

他走出我的房间,准备关门。

"爸爸,今晚我想开着房门睡觉。"

"当然可以。"他边说着,边把门推开了一点。

我翻过身,闭上眼睛,但脑海里不断浮现老妮娜家走廊上照片中脸上有雀斑的那个男孩,我想象着他用湿漉漉的脚沿着海边轻轻走着,想象着他穿着湿透的泳裤站在那扇陈旧的黑色门前,海水滴在他身后走过的路上。他站在台阶上用沉重的门环叩门,在门口等待,身上的水珠落到地面上,在他脚边积成小水洼。这时,老妮娜会打开门,用双臂搂住他,高兴地尖叫,把他带回屋里,用毛巾和温暖的毯子把他擦干。

"对不起,妈妈,我离开太久了。"

他的妈妈会用双手捂起脸,激动地看着她面前这个夺目的少年。

"你终于回来了!"她号啕大哭,"你终于回到我身边了。"

这一切都是因为她一直亮着温暖的橙色灯光,指引他回家。

第二十二章

敲响十一号房门

我很早就醒了，心里已经有了计划。我戴上新手套，打开床头柜底层的抽屉，拿出一架黑色双筒望远镜，这是我在四年前的圣诞节收到的，一直放在这里，还没人碰过它。这对我来说再好不过——它们完全无菌。

我走进书房，跪在窗台前，把胳膊肘撑到窗台上，将镜头冲向外面，调整参数，渐渐地，聚焦在教区长府邸。我环顾四周：窗边那盏台灯依旧关着，台阶上老妮娜每天上午十点要浇水的那盆花儿也蔫了，其中一枝无力地耷在一边，仿佛在为寻找水源做最后的努力。老妮娜为什么不再给花儿浇水？关掉了台灯是因为她不再需要它了吗？她找到替代迈克尔的人了吗？我把镜头转到她卧室窗户的一个小三角形空间，静静地等待着。

爸爸去洗澡了。妈妈在下楼，她经过我时没有注意到我。我听到她和奈杰尔说话，奈杰尔正在大声喵喵地叫着吃早餐。二十分钟过去，爸爸洗完澡出来，也没有注意到我，就下楼了。

我就保持着这样的姿势坐了四十六分钟。整整四十六分钟啊,我的手臂完全麻木了。我觉得我可以不用一直守在这儿,只要把望远镜留在这儿就可以。我一边想着,一边把手里的望远镜调好角度固定住。我用力眨了几下干涩的眼睛,忽然看到有什么东西沿着窗台顶部的窗帘一闪而过。我立刻摆弄架在鼻梁一侧的小轮子,放大视野,但眼前模糊了;我把它转到另一个方向,才清晰起来。视线里的东西再次向一侧一闪而过,然后又闪回来,速度极快,这绝不是一位老妇人能做到的。我的手在颤抖,深吸一口气,把镜头对准窗帘上的一个小缝,希望能再次看到它。但是镜头里仅剩一只虚弱苍白的手,缓缓拉上了厚重的窗帘。我扫视了房子的其余部分,没有其他东西可看。我坐回去,心脏仍在胸腔里狂跳。

"我找到他了。"我叫喊着,"我终于知道是谁抓走了他!"

我跑进浴室,脱下手套,用大量热水和肥皂洗手,完全顾不上疼痛。我的呼吸变得急促,但这一次是因为兴奋,而不是焦虑。我的脸火辣辣的,我照了照镜子,看到自己咧着嘴。我暗自笑笑,戴上一副新手套,然后迅速穿好衣服跑下楼,没有给自己时间去思考到底要做什么,而是快步向前走到外面,来到查尔斯先生的家。

我用胳膊肘敲打前门,站在玫瑰丛旁边的小路上,我双腿开始发抖,毕竟之前泰迪一直在这里玩花瓣。查尔斯先生来开门,依旧穿着早晨那身衣服。

"查尔斯先生!你需要找人去教区长府邸看看,泰迪在那里!"我激动地说,掩饰不住地兴奋。

他没有笑。

"抱歉,马修,我没听懂你在说什么。"他边说着边走出来,稍稍关上身后的门,环顾四周,尽管目前只有我在他面前。

"是老妮娜!她抓走了泰迪!"

他交叉双臂抱在胸前。

"此刻你为什么会这样想?"

"我看到那间卧室里有东西。"

我指着一扇窗户,现在被树挡住的那扇,查尔斯先生顺着我的手指看向教区长府邸。

"啊?你看见什么了?"

"我,我看到有什么东西从玻璃窗上闪过,一个体形很小、行动敏捷的东西。"

我笑了,但查尔斯先生却皱起了眉头。

"那是泰迪吗?你看到的是我的外孙?"

我耸起肩膀。

"我想是这样,我——我不知道……"

老人摸着下巴。

"她窗边的台灯已经关掉了。"我继续说道,"从泰迪失踪那天开始,才这样的。"

查尔斯先生现在直视着我,脸上表情茫然。

"所以呢?"

我坐立不安,试图保持安静。

丁零零——丁零零——

查尔斯先生家里的电话铃声响起，我试着不去数铃声的次数，但我无法控制自己。

"灯被关掉意味着她不再等待失踪的儿子回家，还有就是……她门前的树上还有一个看起来像小孩T恤衫的东西！"

电话已经响了五次了。

"一件小孩的T恤衫？"查尔斯先生来了兴趣。

铃声第七次响起，最多就数到这儿，我使劲摇了摇头，强迫自己停下来不要再计数。

"是的！或许是……我……我不知道。"

我突然意识到我至少应该等美乐蒂调查完她那部分再做出结论，查尔斯先生再次环顾四周，还是没有看我。

"所以她关掉了一盏台灯，并在树上放了一些东西……"

铃声第九次响起，我想要闭起眼睛。

"查尔斯先生，您的电话响了。"我打断道。

"你通过她的窗户看到了一些东西，但你不知道那是什么……"

"是的，但是它又小行动又快，而且她最近也没有浇花。"

他只是盯着我看，我们沉默下来，电话铃声显得格外响亮。铃声已经响了十一次，情况变得越来越危险了。

"好吧，不管怎样都不应当忘记照顾鲜花，而她忘记给花儿浇水，这些就能证明她是绑匪吗？"

"查尔斯先生，您不接电话吗？我——"

我说不出话来，数着还有两次铃声。

真的是这样。

电话响了十三声之后就停了。

我真的需要集中注意力。

"我很抱歉,马修,我很感谢你为寻找泰迪所做的努力,但我觉得这听起来不太可能,妮娜是我的老朋友了,她不可能这么做。"

"不吉利"数字带来的"坏影响"从查尔斯先生的前门下方渗出来,蔓延到我面前,想要掐住我的喉咙,我必须快点处理完眼前的事。

"她的台灯一直为她失踪的儿子而亮,但现在已经关掉了,那是因为她找到了替代品……她的花已经枯萎,是因为她没有时间浇水了……这一切都符合逻辑!"

查尔斯先生的嘴微微张开。

"那个坏老太婆还有一个地窖!"

"请注意你的措辞!"他严肃地说。

十三

十三,十三,十三,十三……

十三

这些数字在我的脑海中滚动,就像我和爸爸妈妈前几天看过的新闻报道。

……爆炸性新闻……十三,十三,十三,十三,十三,十三,十三,十三,十三,十三,十三,十三……

我试着在心里数数。

"您得把这些告诉警察！"

一,二,三,四,五,六,七。

糟了,完全不起作用,现在通过多数一些数字已经完全无法缓解"十三"带给我的影响,我仍旧无法集中注意力。

一,二,三,四,五,六,七。

我终于数到二十,但仍感觉自己被困在"十＋三"中,不祥的数字裹着迷雾向我袭来。

"小朋友,我不想扫你的兴,但你不觉得你应该更专注于自己的事情吗？"

他朝我弯下腰,头偏向一侧。我感到迷雾渗入了我的鼻孔,我咳嗽了一声,闭上眼睛,重新开始数数。

一,二,三,四……

"你能明白我的话吗？孩子,我不想表现得太苛刻,但是……"

一,二,三……

"……毕竟你大多数时间都待在家里……"

一,二,三,四,五……

"我不知道你的父母正在采取什么措施来帮助你……"

我睁开眼睛。

"先不要说了！我正在想问题！"

一,二,三,四,五,六,七。

老人站直了身子。

"你刚才是在叫我闭嘴吗？"

"不是的——我的意思是,好吧,其实是的……我只是需要排除干扰、集中精力,就这样。"

我快要哭出来了,开始后退,不断地数到七。

"我只是……我必须在脑子里想点儿什么……"

查尔斯先生放下胳膊,走回家里,然后喊道:

"别再费工夫了好不好,马修?"

回来的时候,妈妈已经在走廊里等我了。

"马修?你去哪儿了?"

我低着头。

"我……我刚刚告诉了查尔斯先生一些事情。"

她抱起双臂。

"告诉他什么?怎么了?"

爸爸走过来在妈妈身后,嘴里吃着一片吐司。我不知道该怎么说。

"我——我说我想老妮娜可能知道泰迪在哪里。"

"你说什么?"爸爸睁大眼睛问道,"到底怎么回事?"

"就是你说的她儿子的事!"我说。

妈妈对爸爸吐了吐舌头:"布莱恩,你不会……"

"就是她把泰迪藏在家里了,我发誓!"

我踢掉鞋子,跑上楼,摔上门。

墙纸狮子看起来对我很失望,或者是为我感到羞耻,反正都差不多。我不断打扫房间,一次一次地从一数到七,直到天亮,我筋疲力尽。

"我知道他们为什么不相信我,他们认为我没用,不会查到真相。"我站在窗边对墙纸狮子说道。

"但我不是他们想的那样,对吗?我并非一无是处,我是最后一个见到他的人!如果不是我,他们不会知道毯子上的血迹,就是这个线索使案件得以展开调查!"

墙纸狮子的眼睛凝视着前方,就连它也对我感到厌烦。我看着查尔斯先生小屋旁的一堆玩具,看起来它们已经要被当作垃圾扔掉了。我去书房想在笔记本上记下点什么,但外面有其他东西引起了我的注意。

7月31日　星期四　下午2:03
教区长府邸的门被打开,老妮娜拿着一个购物袋从里面走出来。

这很奇怪,她周四从不去购物。

她穿着一件淡蓝色衬衫和海军风短裙,先快速环顾四周,然后沿着街道迅速走远。

也许这是我向查尔斯先生和爸爸妈妈证明有些事情正在发生的机会,我快速打了一封邮件。

> 收件人：美乐蒂·伯德
>
> 发件人：马修·科尔宾
>
> **主题：赶快！！！**
> 老妮娜出门了，你能跟着她吗？
>
> 马修

时间一分一秒地过去，没有任何回应。如果美乐蒂不在家、没收到邮件怎么办？每过去一秒钟，老妮娜都离我更远一些，我还能等多久？

我在书房里踱来踱去。没有人会意识到这件事有多么奇怪：老妮娜每周唯一一次外出是在周五上午去购物，大概十点三十分出门，在一小时后的十一点三十分返回。我快速翻看了一下笔记本，再次确认。除了每天早上在台阶上给花儿浇水和周五外出购物之外，我从未见过她离开家。她到底有什么计划，我一定要搞明白。

第二十三章

"跟踪"老妮娜

我依旧没有给自己思考的机会——我只是对爸爸妈妈大喊着我要出去,然后就沿着马路飞奔。路尽头蓝白相间的警戒线已经被警察撤走了,封锁已经解除,小巷子又开放了。老妮娜是拎着购物袋从家里出来的,所以我只能假设她正去往城里。我向右转,想看看能否在远处发现她。

没过多久我就跑不动了,不得不走着继续追赶。除了身体感到不舒服之外,这炎热的天气简直令人窒息,汽车的喇叭声也震耳欲聋,我简直晕头转向。

我到达商店时,眼前全是泰迪的"脸":灯柱、公交候车亭、垃圾箱侧面以及每扇窗户,"失踪幼儿泰迪·道森"的报道随处可见。报道上用的正是电视记者在新闻中举起的那张照片——他穿着小西服,有一双漂亮水灵的大眼睛。

我像个老年人一样气喘吁吁地沿着大街走,心怦怦直跳,但感觉很好。我做到了!我出门了,而且我正在完成一件了不起的事,像是侦探调查案件。

我沿途仔细看着每一家商店的橱窗，看看是否能找到一个穿淡蓝色衬衫的人。我走到人行道旁，等待有人过来按下红绿灯按钮，毕竟我戴着手套的手还藏在口袋里。突然，我看到她拖着脚步弓着背走到路对面，把购物袋放在地上，按下红绿灯按钮。她的购物袋向前倾斜，有两团蓝色毛线球掉在人行道上，她赶紧抓起它们，塞回购物袋里，稀疏的白发被风吹得露出粉红色的头皮。变绿灯了，我低下头，迅速穿过马路，避免被她发现。我来到公交站，有几个人在等车，而我则在附近徘徊，好似与任何人都保持着距离，余光瞥见她走进一家报刊亭。

毛线球，蓝色毛线球。她是在为小男孩做衣服吗？或者她正计划编织一些东西来代替他的蓝色毯子！一位老人走到我身后，气呼呼地放下了购物袋，肯定是把我当作排队等车的人了，我赶紧向后退了一步，一边退出队列，一边不忘留意着路的另一侧。

我的喉咙很干，需要洗手，我需要立即洗手。但我内心深处有一个微小的声音告诉我，我可以做到。如果我不碰任何东西，并与它们保持一定距离，那么我就可以监视老妮娜，并获得她绑架泰迪所需的证据。然后我就可以冲刺回家，或者慢跑回去——是的，肯定是慢跑。我会立刻告诉警察，再直接去淋浴，一切就都会好起来了。

一辆公共汽车缓缓停靠在路边，队伍中的每个人都开始推挤。我转身要走，却径直撞到了身后的老人，被他的购物袋绊倒了。

"啊哦，慢点儿！急什么？"他说着，举起双手。当我向前倾倒时，脸颊碰到了他脏兮兮的棕色开衫，我闻到了薄荷、醋和剃须膏的味道，他的衣服纽扣旁边还有一个橙色的硬污渍，看起来像干了的鸡蛋液。我不得已掏出戴着手套的双手支撑住自己，但他没有注意到我的手套。

"你还好吗，孩子？你看到我像是见了鬼，我知道我老了，但我不是鬼，你明白吧！"

他笑的时候，唾沫横飞。

"我——我，我很抱歉。"我跨过他的购物袋，赶忙道歉，"真的很抱歉。"

事情的经过就是这样，我完全无法应对这种程度的暴露，我必须立即回家洗澡。

"听着，孩子，如果有什么事情能让你急得差点儿把一个老人撞倒，那它一定很重要。快去吧！"

他仰起头，再次大笑起来，一颗金色的牙在阳光下闪闪发光。我低下头，转身往家的方向走去。我感觉并不开心，我失败了。我脸上与老人的开衫碰到过的地方火辣辣的；我感到头晕目眩，心脏剧烈跳动，仿佛要冲破胸腔；我的耳膜也在颤，喉咙里有沙一样的感觉。但最重要的是，我真的真的需要洗手，需要干净的水——很多很多水——以及很多很多肥皂，新的、未开封的、无菌的肥皂。

我走到红绿灯处，开始过马路。老妮娜现在正从报刊亭走出来，一本杂志从她的购物袋里露出一截。她正朝着家的方向走，突然停在一家药店前，显然被什么吸引了。她放下购物袋，身体前倾,额头距玻璃很近,对着显示屏眨着眼睛。我一动不动地站着,努力装作在等人的样子。几秒钟后,她拿起购物袋,拂开额前稀疏的头发,继续前行。

我小跑向药店的橱窗,看到对称地呈"金字塔"形陈列着的几盒婴幼儿拉拉裤,它们的外包装已经在阳光下褪色。我抬起头,看着她的淡蓝色衬衫消失在拐角处。

第二十四章

《惠灵顿家用解决方案》

"你怎么又出门了!谁能想到?只会在玻璃鱼缸里的金鱼崽居然两次公开露面!"

杰克骑着自行车站在我家门前道路的最高处,笑得合不拢嘴,像一只狂躁的柴郡猫,我看到远处的老妮娜关上了她家的门。

"你刚刚叫我什么?"我捏着拳头向他迈出一步。他举起了双手。

"嚯!好吧,小怪人!当我没说咯。"

我试图绕开他,但他又骑回来,挡在我前面,就像他之前在巷子里那样。

"手套是怎么回事?"他问道。

"不关你的事。"我一边说,一边把手揣在口袋里。

杰克挠了挠脖子,留下一道道红色的抓痕,甚至挠破了皮,流出了血,他看了眼自己挠过脖子的指甲,我想趁机快点离开。

"那么,你认定是老妮娜做的吗?"

我停下来,转向他。

"什么?"

他看起来得意扬扬。

"我之前看到美乐蒂想进到老妮娜的花园,是和她树上的那个东西有关吗?"

我没说话。

他用手背擦了擦鼻子。

"无论如何,我不知道你为什么要这么麻烦。那个孩子显然已经死了,但凡你问一下我,就会发现你和美乐蒂是在浪费时间,做一些徒劳的事情。"

"杰克,你并不知道泰迪·道森发生了什么事。"

两名便衣警察在查尔斯先生家前面聊天,他们抬头看了我们一会儿,然后继续交谈。

"是,我的确不知道。"杰克说,"但你或许是知道的,不是吗?你是不是知道他在哪里,金鱼男孩?"

我的喉咙发紧。

"别这么叫我。"

杰克大笑起来。

"啊,拜托,每个人都这么叫你!是你隔壁的那个小孩,泰迪的姐姐,最先开始的。妈妈告诉我,她打电话给警察时,就是这样称呼你的,她说,'金鱼男孩可能知道他去了哪里'。"

我咽了下唾沫。

"所以,你到底从窗户里看到了什么?"

我用力挤了挤眼睛,不想让眼泪掉下来。

"别再说了。"

杰克又笑了,他高高地抬起头。

"你应该感到高兴——你出名了!"

他用新闻播音员的声音说道:

"金鱼男孩是最后一个见到活着的泰迪·道森的人,请问他做何感想?"

他把手比画成麦克风的形状,挥向我的嘴巴,我往旁边退了一步,感觉快要喘不过气了,我咬着牙齿一次又一次咽口水。

"他没有死!"我大声喊道,声音大到在街道上回荡,引起了警察们的注意,有一名警察伸长脖子看向我们。

"听着,我很抱歉打破你的幻想,但如果一个孩子失踪了,几天后还在他的毯子上发现了血迹,那么这件事大概率不会有太好的结局了,不是吗?生活已经很艰难了,放下吧。"

他把自行车倒回去,调整踏板,准备离开,我的腿在颤抖。

"他是因为胳膊被划破了,他的毯子上才有血迹的。"我说。

杰克回头。

"你怎么知道?"

"嗯,是你自己承认的,我是最后一个见到活着的他的人。他当时在查尔斯先生家的前花园玩耍,胳膊被玫瑰的刺划破,血沾到了毯子上。这样总算说明白了吧?"

他耸了耸肩。

"美乐蒂甚至没想把那东西从树上拿下来,她只是隔着栅栏盯着它。如果你愿意的话,我可以帮忙,你想继续调查吗?"

我大笑起来。

"你?帮忙?你只会考虑自己,什么时候想过帮助别人?"

他的脸色沉了下来,开始复盘。

"你还说我?你没资格这样说!当所有人都说我的湿疹有传染性时,当詹金斯先生一直骂我是失败者时,我都没有感受到你的一丁点儿友善!当没有人敢坐在我身边时,我更是没有看到你坐在我旁边。这些时候你在哪儿?我的朋友,你当时在哪儿?"

他嘲讽地称我为"朋友",眼底亮晶晶的,他用力眨了眨眼睛,似有若无的泪光一闪而过。

我张了张嘴想解释,他直接打断了我。

"你明白了吗,马修?把这些都忘了吧,反正我也不想有你这样的朋友。"

他说的是实话,这很伤人。他用脚背把踏板抬起来,骑车离开了。

十一号房门外的警察已经进屋,戈登抱着一个大盒子从一号房出来,穿过马路,朝我们家走去。这也是目前我所需要的,我只想回家。

我跟着他,直到他按响我家的门铃,我站在他身后,想钻一个空子溜进家门。我看到他抱着的盒子上贴有"惠灵顿家用解决方案"的标志,肯定是妈妈咨询佩妮后订购的一些东西。最新的目录册被他夹在一只胳膊下,并不稳当,掉在了我家门前的台阶上。

"小朋友，能帮我捡起来吗？"他没有打招呼就冲我说道。我盯着被风吹开的册子：一个晒黑脸的男人用一只手拿着一个银色的鸡尾酒调酒器，微笑着看向我，看起来像是地球上最幸福的人。

"马修，给我目录册？"

我弯下腰，用手指把它捏着捡起来，完全不在乎戈登会看到我的手套。这时，爸爸打开了门。

"啊，戈登，真好啊，谢谢你把它送过来。"他说着，拿起盒子靠在门框上。我走到另一侧试图绕过他们进去，但家门口现在完全被堵住了。

"小事情，布莱恩。完全不用在意。很抱歉，我来晚了。佩妮有点儿事情迟了，你知道的，是因为……"他用手掌擦了擦头顶，看向查尔斯先生的房子，点了点头。

"哦，如果她需要西拉帮忙，请尽管说。"

"谢谢你，布莱恩，如果你需要帮助才能让这件事运转起来，请务必告诉我。"他用手指敲击着纸板箱的顶部，向他表示诚意。

"我讨厌装修，但这不可避免。我不能再拖延了，无论如何，西拉是不会同意的！"

爸爸晃动着怀里的盒子，微微一笑。我在台阶上不知道该怎么站着，只想赶紧走进去立刻冲澡，把所有的细菌和疾病都洗掉。

"对不起。"我边说边猛冲过去，擦着戈登的手臂，撞到了爸爸怀里的盒子,我把目录册扔到楼梯上。

"马修,小心点!"爸爸差点儿被撞倒,踉跄着说,"抱歉,戈登。"

"没问题,无论如何,我还是先离开吧。你知道的……就是回到佩妮身边,在家里。"戈登说道,并朝他自己的房子点了点头。

"谢谢你,戈登。请记住,如果佩妮需要帮忙,请一定告诉我们,好吗?"

他用脚关上前门,把盒子搬到温室,我则踢掉了鞋子。

"马修,我需要和你谈谈你房间的事。"他正说着,我却已经冲上楼去洗澡了。

第二十五章

罗里·詹金斯先生

> 收件人：杰克·毕晓普
> 发件人：马修·科尔宾
> **主题：老妮娜的树**
> 嗨，杰克，你说得对，我们确实需要你的帮助。你能想办法把老妮娜家门前树上的那个东西取下来吗？
>
> 马修

过了十分钟，我收到杰克的回信。

> 收件人：马修·科尔宾
> 发件人：杰克·毕晓普
> **主题：老妮娜的树**
> 今晚天黑后我会去她的花园。
>
> 杰克

天色已晚，我坐在电脑前，头发还湿着。美乐蒂又发来一封邮件，对她因外出而错过我之前的邮件表示歉意，并解释那天她完全看不到树上有什么。我开始打字回复她。

> 收件人：美乐蒂·伯德
> 发件人：马修·科尔宾
> **主题：快！**
> 没事的。今晚，杰克会去弄下来老妮娜树上的东西。我知道，我当然知道，是杰克·毕晓普，但我认为至少在这件事情上，他和我们在同一阵营，可以帮到我们。而且我有个新的发现，嘿，你猜怎么着？我今天跟踪老妮娜了！她从不在周四外出而今天却出去了。她买了毛线球，对着药店橱窗里的幼儿拉拉裤看了很久，但是没有买，这是不是有点儿奇怪？！
>
> 马修

点击"发送"后，我就愣住了。我所谓的证据现在看起来完全是荒谬的，而美乐蒂立刻回复了我。

> 收件人：马修·科尔宾
> 发件人：美乐蒂·伯德
> **主题：紧急！**
> 杰克·毕晓普？你疯了！
>
> 美乐蒂

> 收件人：美乐蒂·伯德
>
> 发件人：马修·科尔宾
>
> **主题：紧急！**
>
> 我知道，但我们还是给他一个机会，好吗？我感到对他有些亏欠的。
>
> 马修

我关掉电脑，上床睡觉。

当我终于睡着时，我梦见了泰迪……

我再次站在窗边，看着他摘花瓣，当他伸手去摘一朵花时，向前绊了一跤，径直跌进了玫瑰丛中。树枝蜿蜒地缠绕着他小小的身体，像蜘蛛用网缠住苍蝇那样紧紧地包裹着他。短短几秒钟，灌木丛把他整个吞没了，泰迪也消失了。

邻居们都跑过来，像是在玩捉迷藏时一样大声喊叫。

"泰迪！你在哪里？"查尔斯先生大喊。

"出来吧，出来吧，你到底在哪里？！"老妮娜哭叫着。

我跑到马路上，对他们大声喊道。

"是玫瑰丛！玫瑰丛抓住了他。都听我说！你们必须检查一下玫瑰丛！"

美乐蒂也在场，还有佩妮和戈登、杰克、大肚子的汉娜、詹金斯先生和老妮娜。我急得跑来跑去，他们却大笑。

"快，回到你的鱼缸里，小马修！"美乐蒂边说边笑得不行，都要笑出眼泪了，"你会死在这里的！"

凌晨三点二十二分，我猛地惊醒，浑身是汗。我继续躺了一会儿，然后想重回梦乡。但每次闭上眼睛，我都会看到泰迪被树枝缠住。我干脆下床，蹑手蹑脚地来到书房。

查尔斯先生的前花园空无一人，我只能辨认出几朵柔和的花朵在黑暗中摇曳；玫瑰丛中并没有金发小男孩，泰迪不在那儿。

我转身准备回去睡觉，但紧接着我在教区长府邸的阴影里发现了一个人影。起初我以为这可能是杰克在"执行任务"，但这个身影实在是太高大了，他缓慢地走向三号房门，我意识到那是詹金斯先生。大晚上的他在做什么呢？他穿着睡裤和T恤衫，显然下床没多久，头发也乱糟糟地竖着，左手上闪出微弱的橙色光芒。我简直不敢相信詹金斯先生，这位健身狂、万事通、坏老师，竟然在偷偷吸烟！

他在附近走来走去，眼睛一直盯着查尔斯先生的房子。当他到达佩妮和戈登家时，他把还在燃烧的香烟扔到地上，然后穿过马路。他站在十一号房门旁，环顾四周的玫瑰丛和树篱，看得津津有味。他在做什么？他转身回家，走出了我的视野，几秒钟后，我听到他家的前门轻轻地关上了。我回到床上，拿出笔记本：

泰迪失踪案：最新嫌疑人名单

1. 老妮娜
2. 查尔斯先生

3. 凯茜

4. 詹金斯先生？

杰克先是发来了邮件。

> **收件人**：美乐蒂·伯德；马修·科尔宾
>
> **发件人**：杰克·毕晓普
>
> **主题：卡在树上的白色神秘物体**
>
> 是一块茶巾！
>
> 干得漂亮，我们简直就是夏洛克和华生。
>
> 杰克

几分钟后，美乐蒂回复道。

> **收件人**：杰克·毕晓普；马修·科尔宾
>
> **发件人**：美乐蒂·伯德
>
> **主题：管好自己的事！！！**
>
> 听着，杰克·毕晓普，我从来没有让你加入我们，如果你提供不出有价值的信息，拜托，我劝你还是回去继续为自己活下去寻找可悲的借口吧，行吗？
>
> 美乐蒂

> 收件人：马修·科尔宾
>
> 发件人：杰克·毕晓普
>
> **主题：美乐蒂**
>
> 天哪，她完全开不起玩笑，不是吗？
>
> 杰克

我不想参与其中，直接关掉电脑，回到自己的房间。

大半个上午我都在打扫，但还是感觉不太对劲。我把门后面擦了四次，也没有放过床腿、抽屉柜的腿和床头柜的腿。对这些地方进行深度清理意味着细菌沿着家具腿向上传播和蔓延的概率会降低。

爸爸正在外面的草坪上堆放油漆罐、刷子和防尘布，妈妈则抱着一大堆湿衣服从温室里出来，汉娜和詹金斯先生在他们的花园里。

"嗨，我亲爱的汉娜，感觉如何？压力不要太大，那对你和孩子都不太好。"

汉娜和妈妈一起站在栅栏旁，扶着她圆滚滚的肚子。她现在总是这样走路，仿佛她只能这么行动。我避开目光，不去看她那大肚子，转过头看着爸爸从棚子里拿出一个可活动梯子，把它撑在草地上，靠稳。詹金斯先生过来和他搭话。他身穿荧光黄色跑步背心和黑色短裤，头顶架着一副墨镜，看起来像一只黄蜂。他对爸爸说了些什么，爸爸转过身来，抬头看着我的窗户，然后摇了摇头。

"他们在谈论我,墙纸狮子。"我说,"尽管发生了这么多事,他们仍然有时间谈论我。"

詹金斯先生顺着爸爸的目光看向我。

詹金斯先生是我认为学校里最差劲的老师,有一段时间我找理由逃了他的很多课。(我不舒服,我腿上的肌肉拉伤了,我胸部感染了,等等,都成为过我的借口)但他不会轻易被愚弄,没多久他就看穿了我的谎言。

"你是嫌麻烦不想动弹吧,这是你自己的问题,不是吗,科尔宾?"当我告诉他我有偏头痛并且不能去游泳时,他这么说的,"任何不锻炼的借口都是站不住脚的。为了想出这些,你可真闲啊,的确是如我所说!现在闭嘴,换上泳衣,进入泳池。"

那时我还没有现在这么焦虑,所以我还能照他的话继续做下去,但我尽可能慢地从包里拿出毛巾和泳裤,我当然不着急。

我以为更衣室里只有我一个人,但后来我听到一个男孩在一排挂着的校服后面疯狂翻找什么东西。

"到底在哪里?假条!你一定就在这里,我知道!"

是杰克·毕晓普。

"你还好吗,杰克?"

他抬起头看着我,眼睛红红的,全是泪水。

"我把假条弄丢了,我不能游泳的,我妈妈写了一张假条,但我现在找不到了。"

他深吸了一口气,然后像一只慌乱的动物,又在背包的口袋里翻来翻去。

"不能给你妈妈打个电话吗?"

杰克哼了一声。

"是啊,没错。我和詹金斯先生这样说过了,他却觉得这很搞笑。我可是杰克·毕晓普,我能有什么事?"

他转过身,拿出破旧的课本和沾满墨水的铅笔盒,堆在长凳上。

詹金斯先生从泳池里出来,向杰克扔了一条紫色的泳裤,直接砸中了他的脸。

"先穿上这个,再去借一条毛巾。"

他看到我站在那里。

"你怎么还没换好衣服,科尔宾?快点儿!"他像机关枪扫射一样快速拍着手。

"你们都是失败者!尤其是你,毕晓普,你是干什么的?"

"一个失败者,先生。"杰克很快说道。显然他以前有过这样与詹金斯先生争执不下的经历,显然他懒得去反抗。

"对人类来说,这是多么可悲的借口,说的就是你。但是现在,你快点吧!"

我飞快地跑向我的包。泳池里回荡着同学们的叫喊声,听起来阴森森的,仿佛是受折磨后的哭号。我透过悬挂在那儿的校服看到杰克在擦眼睛。

"如果你愿意的话,我可以帮你翻翻你的书包。"我说。

我其实并不清楚如果他真的同意,我会去做什么,因为我是不可能碰杰克的书包的。

"问题是,有人偷了它!可能是别人在报复我。好吧,这次他们赢了,但凡被我抓到,他们就死定了!"

他开始换衣服,把衬衫拉过头,没有解开纽扣,直接扯下袖子。他转过身去时,我看到他背上全是湿疹。我以前从未患过湿疹,但我看得出来,一旦他的皮肤接触到泳池里充满氯的水,就会疼得发疯。

我不知道是否有人真的拿走了杰克的假条。或许他说的是对的,是有人为了报复他拿走了。但那天,更衣室里只有一个恶人,并且肯定不是杰克·毕晓普。

詹金斯先生一边对爸爸妈妈胡言乱语,一边把手放在两家花园之间的矮栅栏上。汉娜挽着丈夫的手臂,抬头看着他,阳光照在她洁白的牙齿上,格外亮眼。妈妈把手挡在眼睛前面遮住阳光,和爸爸一起点头,赞同詹金斯先生的话。但他们根本不知道真正的他和表现出来的完美形象有多么不同:欺负学生,偷偷抽烟。他还能做什么?泰迪失踪的那天,他从泰迪身边跑过。难道他趁我不注意的时候回头了?他到底有没有看到泰迪蹲在玫瑰丛边?

这会儿是汉娜在讲话。我的体育老师在胡言乱语后把墨镜拉回到眼睛上戴好,脸上露出了狂妄的笑容。他转头看向我的窗户,我强烈怀疑他正在盯着我,看我的反应。他的笑容逐渐扭曲成鬼脸,我知道我的猜测是完全正确的。

第二十六章

恶魔之猫

我回到书房的窗边继续观察：梅丽莎·道森的车停在查尔斯先生的房子外面；坎彭警官站在台阶上，用手背捂住嘴，想要掩饰哈欠；还有一辆车停在稍远一点儿的地方，我想那肯定是布拉德利警官的。

我试图坐在电脑前，但完全没办法静下心来，便干脆回到自己房间，但奈杰尔坐在我的房门外。它闭着眼睛大声地咕噜，前后轻轻摇晃着脑袋。

"让开点儿，奈杰尔。"我一边说，一边想从它身边找个缝隙穿过去进入房间。它睁开眼睛，看着我在它面前扭来扭去。"走开，你这只倒人胃口的猫！"我向前伸手，推开门，打算从它头上跃过去，但我一开门，它就溜进去了，慢悠悠地穿过地毯，跳到我的床上，一般抓挠，又趴在那里，抓我的被套。

我站在它面前。

"奈杰尔！下来！快下来！你这个浑身是跳蚤的恶魔！"

墙纸狮子对我咆哮，我没有理睬。我环视房间，寻找可以用来挪开奈杰尔的东西,但事发突然,我实在是没有任何准备。它在床上懒洋洋地转了三圈,然后蜷缩成一个毛茸茸的球,闭上了眼睛。我简直要哭出来了,那天早上我做的所有清洁工作都被毁了。

"奈杰尔,我恨你!我恨你!"我向它吐口水。

那只猫抽动了一只耳朵,但身子没有动,我用膝盖把床垫往前推了推,它也只是顺着床垫移动的方向摇晃了一下。我看向窗外,在思考是否要去找妈妈或者爸爸帮忙,但詹金斯先生和汉娜仍然在那里,如果当着他们的面去找爸爸妈妈就太尴尬了。

我跑进书房。

> 收件人:美乐蒂·伯德
> 发件人:马修·科尔宾
> **主题:令人发指的猫!**
> 美乐蒂,我需要你的帮助!你能过来一下吗?就现在。
>
> 马修

我在街上来回踱步,察看是否有美乐蒂的身影,然后我回到房间:奈杰尔在我的床上像一根毛茸茸的长香肠一样伸展着身体。我握紧了拳头,却无能为力。我再次走回书房,还是没有收到任何邮件。

"快点,美乐蒂!快回复我啊!"

我看向外面的三号房，心里一横，只能这样做了！我跑下楼，换上运动鞋，跑过巷子。

如果你站在美乐蒂家门前的台阶上（也就是三号房那里），你就看不到佩妮和戈登家（也就是一号房）的门牌号，所以现在，它们无法组成"十三"这个数字，不吉利的影响便被化解了一部分。我戴上了新的手套，按响她家的门铃。是美乐蒂开的门，当她看到是我时，瞪大了眼睛。我深吸一口气，向她诉说令我棘手的难题。

"我需要你的帮助，奈杰尔跑到了我床上！你能过来把它弄下来吗？"

我停下来，几乎喘不过气。

她靠在门框上，波浪般的黑色长发卷曲着垂在肩上，穿着我在墓园遇见她时的蓝色裙子。

"什么？"她问道。我戴着手套的手在身体两侧摆弄，我对她倒不必隐瞒这点。

"你能帮我一下吗？你能过来把猫从我床上抱下来吗？"

我知道我此刻一定惶恐不安。美乐蒂低头看着我的脚，我试图让它们停下来，不要再紧张地来回动。她把头发别在耳后。

"马修，你是说你害怕你的猫吗？"

她注视着我，我的脸瞬间从脸颊红到了脖子根。

"不是的！"我说得有点儿太大声了，"我只是，我不能碰它。你对动物很友善，不是吗？就像你对待弗兰基……"我看着她身后，确保那只小腊肠犬不会突然出现并冲向我，那样是我完全不能忍受的。我想回到我的房间和墙纸狮子交谈，它会懂我的，它知道床上养只猫对我来说有多难搞。

"不行，我要和妈妈出去，你还是问问你的父母吧。"

我摇摇头。

"不行，他们正和詹金斯先生还有汉娜在花园里聊天，我不能当着詹金斯和汉娜的面问，求你了，美乐蒂。"

咸咸的眼泪刺痛我的眼睛，我脑袋里全都是奈杰尔爪子上的细菌，它们正在侵扰我房间的每一个角落。

"美乐蒂，我们现在就要出发咯！哦？你好，马修。"客厅里，克劳迪娅站在她身后，冲我打招呼，"听说你一直在调查这个事件，是吗？"

我看向美乐蒂，但她盯着地面。

"呃，我只是在窗边不小心看到一些，仅此而已。"我回答道。

"我知道了，快点儿吧，美乐蒂，穿上鞋子。"她说完就去了厨房里。她一走，美乐蒂就把门拉了一下，开始和我低声说话。

"马修，妈妈看到了我们的电子邮件！她要我去警察局，告诉他们我们了解到的老妮娜的一些情况：你在她家里看到过的一些东西，以及在街上看到她买拉拉裤的事。"

"什么？但是，她只是看，并没有买。"

"我知道！我和她说过了，但她说我们必须很确定才行。"

美乐蒂看了看手表。

"对不起，马修，我得赶快走了。"

我心跳加速，头晕目眩。玻璃门被关上，我通过它看到一个穿着蓝色长袖衬衫、牛仔裤,并且戴着白色乳胶手套的棕色头发男孩,他快要哭出来了,我不忍心再看玻璃里的自己,转身走回巷子里。

我经过那棵七叶树、六边形长凳,和那片杂草丛生的地方:美人鱼依旧把头枕在手臂上睡觉。我沿着和美乐蒂一起走过的尘土飞扬的小路继续前行,发现自己来到了教堂附近的墓地前,我原本并不想来这里。我的右边,是一个赤脚站在底座上的、洁白到刺眼的天使雕像。那是卡勒姆的天使,它双手轻轻地合拢,做出祈祷的样子,嘴角带笑,在它奶油色的脚下,我读到了这样的铭文:

> 卡勒姆·詹姆斯·科尔宾
> 一个被深爱的儿子和弟弟
> 在我们怀里的那一刻将被永远铭记
>
> 2010 年 3 月 23 日

我站在那里,看着天使背后巨大的翅膀,泪水滑过我的脸颊。天使闭着眼睛,头爱怜地歪向一侧。我盯着它的脚,它两只脚的顶部各有一个小小的窝,表明这个天使本身还是个孩子。就在几个月前,我还把纪念纸条塞在这里。

"我并不是想让卡勒姆死。"我低声说道,"我希望他现在能出现在这里,我会是他最好的哥哥,我发誓。"

我看着雕像祈祷,用袖子擦了擦脸上的泪痕,然后转身回家了。

第二十七章

墙纸狮子的眼睛

当我回到家,一走进门厅,就意识到出了大问题。一股浓烈的潮湿的味道直冲我的鼻子,我听到远处爸爸的旧收音机里小声播放着流行乐,妈妈从厨房里出来,奈杰尔蹭着她的腿。

"马修,你去哪儿了?你爸爸想和你谈谈你的房间……"

不等她把话说完,我就跑开了。

我没有脱鞋就跑上楼,被眼前的景象惊住了:我的床垫垂直靠在一堵墙上,床单被卷成一团,放在白色床头柜旁边,闹钟和台灯也还放在床头柜上;笔记本、钢笔、装手套的小盒子以及藏在床底下的一些剩余的清洁用品都在浴室旁边的地板上。收音机的声音和爸爸吹口哨的声音从我紧闭的卧室门里传来,夹杂着咕噜、嘶嘶的声音。

"爸爸?"我试探地叫他,缓缓地打开了门。我的房间完全变了样子:床架被移到正中央,地毯、书桌和书柜上都盖上了防尘布。戈登早些时候送来的《惠灵顿家用解决方案》的纸板箱是空的,放在门旁边。湿漉漉的壁纸散发出的恶臭味道引得我一阵反胃。

"你在干什么?"

爸爸正站在可活动梯子上,左手拿着一个蒸汽式墙纸熨斗[1],并没有听到我走进来。我僵在门口,看着他把卷曲的壁纸重新按回墙上,壁纸和墙间的空气泡泡被从边缘挤出。

"啊,马修,你来了!我想我应该为你把这里修整一下!这些墙纸很好,明天我会把它取下来然后涂上几层油漆,就完成了。"

他把熨斗掀开,另一只手把墙纸刮干净。泛黄的丝线湿漉漉地掉落在地板上;他又把熨斗贴回墙面,熨斗又像沸腾的水壶一样冒着气泡。

"快停下!别这样,爸爸。"我恳求道,但我说得太小声了。

"妈妈会在书房为你准备好床铺,你可以先在那里睡几晚。"他在熨斗的噪声和收音机的声音中大声说道,"你不会想睡在这么乱的地方吧?"

在他身后,我可以看到墙纸狮子蜷缩在它的小角落里。爸爸脊背上的汗水从他的T恤衫里渗出来,在他的后背留下一条黑色的痕迹。

"但——但是我不想让你来做所谓的装饰,你是怎么想的要这么做?这是我的房间啊!"

我想知道是否可以直接把他推下台阶,从而结束这一切。他

---

1. 蒸汽式墙纸熨斗可去除粘了很长时间的壁纸。

又刮掉了一块墙纸，老旧的墙纸像卷曲的软黄油一样剥落下来。

"别傻了，马修。"他没有看我一眼就说道，"这些都是需要做的，到时候就会又漂亮又干净，你会喜欢的！"

他还在刮。

墙纸一点点脱落，他身后的熨斗距离墙纸狮子的鬃毛只有几厘米了！蒸汽凝成的水珠在墙纸上闪着光，像是泪水从它下垂的眼睛里流出，滑过它又扁又宽的鼻子。它一直陪在我的身边，日日夜夜。要是没有它，我该怎么办？！我跑向梯子，爸爸正把方形的熨斗放在墙纸狮子的脸上。

"不要！求你了！把这熨斗拿走！拿走！"

爸爸皱起眉头看着我，手上还是一动不动，等待熨斗的热量慢慢渗透到墙纸的油漆层中。当他再次转身面向墙壁，松开手，一团蒸汽逸出，墙纸狮子就消失了，化作一卷湿漉漉的纸条掉下来，落在我旁边的废纸堆里。我把它捡起来，拼命地想把它展开，但它在我手中散开了。

"马修，你在做什么？你怎么了？"

我号啕大哭。

"你不知道自己做了什么！你永远不会了解！你杀了它，爸爸，你杀了它！"

我手里拿着湿漉漉的墙纸"尸体"，跑出房间，把自己反锁在浴室里。我小心翼翼地把纸放在地板上，试图把碎片拼凑在一起。我边哭边轻轻地操作着，以免造成进一步的伤害。我已经看不清墙纸狮子的轮廓：它的鬃毛、扁平的鼻子、圆拱形的前额。

这一切现在看起来就像是一团黏糊糊的碎屑。

砰砰砰！是爸爸在砸浴室的门！

"马修！这是怎么回事？快出来，别再较劲了。"

我把墙纸翻来翻去，试图找出哪一边朝上，结果手里又掉了一块。

砰砰砰！爸爸还在砸浴室的门！

"我以为你会高兴的！你不是喜欢干净的东西吗？你清醒一点儿！"

砰砰砰！他不放弃砸浴室的门！

我终于又看到了它，但很模糊。那是它的眼睛！那双注视了我很久的、奇怪的眼睛。

"马修！你在听我说话吗？"

"我听到了，爸爸！你可以让我自己上会儿厕所吗？拜托，还是说连这要求都太过分了？"

我准备好迎接他更多的"轰炸"，但爸爸只是哼了一声，我听到卧室的门砰地关上。我轻轻地撕下狮子眼睛的部分，把其余的扔进马桶，用胳膊肘子摁下冲水按钮。我小心翼翼地把那一小团纸放在窗台的角落里，希望它能风干，恢复原来的样子。

"对不起。"我一边洗手一边哽咽着，"我真的，非常抱歉。"

我洗了三十七次手，整整三十七次，是我有史以来一次性洗得最多的次数。爸爸时不时地回来敲门，但我告诉他我胃不舒服，让他走开。我听到妈妈和爸爸在楼梯平台上低声说话，然后是他们把我的床垫搬进书房的声音。我还听到通风橱的门被打开,应该是妈妈去拿了干净的床单。

  墙纸狮子在窗台上被晾干,它的眼睛卷曲、变脆,但好在看起来仍然像我熟悉的那只古老、泛黄的眼睛。我拾起这比我拇指指甲大不了多少的碎片,小心地放进口袋里。

第二十八章

警官拜访老妮娜

当我从浴室出来时,妈妈正跪在书房为我铺床,她看起来好像刚刚哭过。

"我们只是在做我们认为你会开心的事,亲爱的,你能明白吗?没有人想让你不舒服。"

我什么也没说,她转身把床单铺好。我走到楼梯平台去拿了一副新手套,爸爸还在我的房间里敲打着。我回到书房,妈妈站了起来。

"我和你爸爸聊过,他说得对。马修,我们应当对你严厉一些,帮助你克服这个困难。我不会再给你送饭去房间,我们会像一个正常的家庭一样围坐在桌子旁吃饭,就从今晚开始。"

她说话时没有看我。

"周一你会再次见到罗兹医生,这对我们来说都将是一个新起点。对你而言,可以从脱掉手套开始。"

当她说"手套"这个词时,猛地转头看了我一眼,但仍然没有直视我的方向,立刻走下了楼。

我为戈登挑选的最新的《惠灵顿家用解决方案》的目录册摊开在桌子上朝上的一页是介绍炖锅的广告。我戴着手套，合上目录。封面上有个醒目的标题：想要最顶级的隔菌措施吗？请看第七页！我假装随意翻阅，直到看到清洁的相关栏目。前两页单独介绍了一种新型蒸汽拖把，它能消除各种表面污垢，妈妈几个月前就买过它，但我从未见她用过，可能是与榨汁机、面条机和面包机一起被放在阁楼上了。我继续往下翻：光滑的书页变得越来越皱巴巴的，页面上消毒剂和抗菌湿巾的瓶子被划下了深深的锯齿状线条。很显然，是有人在纸张划破的地方使劲划过，一定是妈妈被冲昏了头，把愤怒发泄到这本目录册上了。我羞愤地合上它，并把它使劲地摔向桌子。巨大的羞耻感渗入我的血管，淹没我的身体。

下午五点二十四分，爸爸大声说道：

"快！教区长府邸出事了！"

我从地板上的床垫上立刻弹起来，跑到窗边。警官一定是很重视美乐蒂和克劳迪娅提供的线索，我看了看三号房门，克劳迪娅的车还没有回来。

"就是这样了，墙纸狮子，一定就是这样了！他们会找到他的！"我对口袋里仅存的墙纸狮子的眼睛说道。

布拉德利警官和一位便衣女警察站在老妮娜家门口的台阶上，好像在问她一些问题。她把头探到门边，尽可能地关着那扇黑色的大门。女警察靠过去，专注地听着，时不时地点头。只见老妮娜十分缓慢地打开门，退到一边，让两位警察进去，再把门关上。我听见爸爸妈妈在楼下嘀咕,我猜他们一定也在看着。

我等待着。

五分钟过去了。我们都认为现在那扇门随时都有可能打开,脏兮兮的泰迪开心地跑到女警察的怀里,后面是被布拉德利警官带走的戴着手铐的老妮娜。但门仍然关着,窗帘后面映出的橙色灯光附近出现了一个影子,是一只手臂闪过窗户。不知道是谁,似乎在摆弄那盏台灯。

二十分钟过去了,我仍然在等,但什么也没有。我听到楼下水壶的声音,显然是爸爸妈妈对此失去了兴趣。下午六点二十二分,我正考虑去洗手,教区长府邸的门开了。

"走吧,快点儿,泰迪,你在哪里?"

首先出来的是布拉德利警官,紧随其后的是那位女警察。他们都微笑着,我期盼着只是受惊但没有大碍的泰迪会出现,但令人惊讶的是,他们出来时并没有带着泰迪。我试图在他们的腿周围寻找,但那个失踪的男孩确实不在那儿。也许是他们要请求援助?在其他类似的情况下也是这样吗?

他们都停在她家门前的台阶上,转身面向站在门口的老妮娜。我没有看到手铐,她似乎也没有被他们带走。她的身体偏向一侧,怀里抱着一个东西。我眯起眼睛,想看看那是什么,但布拉德利警官的头挡住了我的视线,女警察微微动了动,向老太太伸出了手。布拉德利警官向后稍稍退了一步,我能清楚地看到老妮娜怀里的东西了:没有小孩,自然也没有泰迪。她并没有抓他来代替她失踪的儿子——她只是给自己找了一个小伙伴,想秘密养着它，以免被人抓走。那是一只小猫，一只可爱的小虎斑猫。布拉德利警官摸了摸下巴，就走开了。

　　布拉德利警官抬头看了我一眼，我不自在地咽了下唾沫。只见他们两人坐上一辆黑色汽车，缓缓驶出了停车场。我回头看了一眼教区长府邸，发现老妮娜窗边的那盏台灯又亮了。

第二十九章

鸡胸肉色的墙漆

"你说不去是什么意思?"

爸爸一边说着,一边用叉子把烤鸡朝我这边移了一下。

"来吧,儿子,说出来,我和你妈妈很想知道你为什么突然改变主意。"

他把鸡肉铲进嘴里,啪嗒一声,把叉子放到托盘上,坐下来等着我回答。

这是几个月以来我第一次与他们一起用餐,到目前为止,过程还算顺利。妈妈特地为我准备了无菌的微波炉餐,有烤鸡、沙拉和土豆,尽管这只是我迈出的一小步,但我对此非常满意。温室的门敞开着,奈杰尔趴在台球桌上睡觉。真不错,它这次没有挡到我的路。在餐桌上,我先是简单地聊了聊猫:

"依我看,奈杰尔一直趴在那儿,是还活着吧?"我边说边朝温室伸了伸脑袋。

爸爸傻笑着,脸上难掩兴奋和激动,一家人终于能围坐在桌子旁一起吃饭了,这是我有强迫症这段时间以来很大的改变。另外,和我一样,他也并不是很喜欢奈杰尔。

"这调皮的猫,毛都掉到我桌子上了。"

"别管它了,布莱恩。至少奈杰尔还有点儿其他用处,不是吗?"

我们都看着那团熟睡的、毛茸茸的小球,在傍晚的阳光下泛着黄色的光。

"你还欠我场台球比赛,记得吗,小马修?你知道的,一个人玩可没啥乐趣。"

我没有直视他,只是专注于晚餐,耸耸肩,不置可否。

"你给我的房间刷新的漆了吗?"我问道。我语气平和,毫无感情。妈妈舀了一大块蛋黄酱到盘子里,为防止滴到桌面上,她特意把勺子颠了三下。

"你会喜欢的,小马修。"她笑着说,"它叫作'鸡胸肉色',是带有一点点赭色的奶油色。"

爸爸看着我,我们都微笑着抬起眼睛。

"那些油漆工是在笑呢!他们整天坐在一起喝茶,同时为基本上是白色的东西想出一百个可笑的名字。"

爸爸轻声地笑。

"我认为我们可以想出比'鸡胸肉'更好的名字,不是吗,马修?"

我微笑着,深吸一口气,然后继续说道。

"'脏洗碗水色'怎么样?"

爸爸咧嘴一笑,他的目光飞向台球桌。

"我想到一个好的,'奶油米色'。"

当妈妈嘟囔着并假装生气时,我笑了。

"那……稍等,要不……'假牙色'。"

爸爸放下叉子。

"妙啊!等一下等一下,又想到一个,'疲惫的眼白色'?"

"妈妈,我喜欢这个颜色在我的墙上。"

我们都笑得吃不下饭,妈妈的脸上挂着灿烂的笑容。

"正经一点儿,你们两个,那些油漆很贵。当它们有这样奇特的名字时,就代表品质很好。"

爸爸扬起眉毛,向妈妈点点头,我们俩又哈哈大笑起来。

"等一下,等一下。"我一边说,一边在座位上激动地扭动着,"那'脏脏拉拉裤色'呢?"

空气瞬间安静下来。爸爸终于有点儿开心了,但我毁掉了这份开心,连同这顿饭全部的幸福时刻。因为我想到的油漆颜色提醒了我们每个人"泰迪失踪还未被找回"这件事。餐桌旁的氛围陷入寂静,我们都拿起叉子,戳着食物。我看向对面的空座,那本来会是我弟弟的位置。

"你们知道吗?梅丽莎和凯茜回来和查尔斯先生住在一起了。我想她最终意识到了自己有多么需要她的父亲。"

我点点头,我注意到她的车回来了,但停在路边较远的地方,为了有足够的空间供警察进出。

"亲爱的,你的意大利面怎么样了?还要再等二十秒吗?"

肉酱冒着的热气扑到我脸上,我一边用叉子摁着向它吹气,一边朝妈妈露出最灿烂的笑容。

"真不错,妈妈,谢谢。"

她也冲我露出了灿烂的笑容。

在大家都沉默了几分钟后,我想现在可能是转移他们对泰迪注意力的好时机,并借此展示我"小万事通"的风采。我告诉他们我不会再次去见罗兹医生,永远不会。我是真的做不到,身边已经发生了太多糟糕的事情:我的小弟弟去世了,泰迪失踪了,听到了老妮娜儿子的遭遇。然后我想,她便会和我谈论卡勒姆。所谓心理咨询师们都是这么做的:和你谈论那些你不愿回忆的过去的事情。或许她能真正发现我到底做过什么,而我对此却无法应对。

我甚至愚蠢地以为今天在餐桌吃饭会是一个美好的时刻。

"哦,马修,为什么?你都没有给自己个机会试一下!"

"你不会懂的,妈妈,这对我来说太难了,我做不到。"

我用叉子把意大利面卷起来推到棕色塑料托盘上。

"等一下,稍等,所以,你告诉我你不会去见这里最好的心理咨询师……是因为你做不到?"

妈妈把手搭上爸爸的胳膊。

"布莱恩,不要吼他。"

他转身面向妈妈,说话时甚至有小鸡肉块从他嘴里掉了出来。

"他都还没有开始,西拉!他需要的是什么?难道是笑脸贴纸吗?拜托,这当然很难!如果容易的话,我就亲自治愈他了！"

他把椅子往后一推，冲出厨房，穿过温室，走进花园。妈妈站起来，把食物拨到爸爸的盘子里，她几乎都没怎么吃。

"看看你做了什么！"她说，"很多事情我没有反对你，马修，真的已经太多了！"

看起来晚餐已经结束了。

"给你买那些愚蠢的手套，像仆人一样把食物送到你房间，在你不想去任何地方时为你找借口。你至少主动配合一下这些'帮助'。就算不为你自己，也当是为了我们。"

她将我盘子里的意大利面扔进垃圾箱。她背对着厨房柜台，仿佛这场谈话让她筋疲力尽。

"马修，你正在毁了这个家，我们受不了了。"

她走到花园，伸开双臂走向站在红花菜豆旁边的爸爸，两个人紧紧拥在一起。

我的口袋里揣着墙纸狮子的眼睛，但突然间，我感到非常非常孤独。

第三十章

一号房的秘密

电脑咔嗒、嗡嗡地响着,伴随着闪烁的小红灯。我默念着闪光的次数,数到十就停下来,把目光移开。不是因为我担心数到不吉利的"十三",而是单纯因为我不想数了。我身体里那只黑色的小甲虫又回来了,啃咬着我的内脏,用对卡勒姆的愧疚惩罚着我。

显示器后面放着《惠灵顿家用解决方案》的目录册,它之所以在那里,是因为我发现妈妈曾在目录册的"清洁产品"那栏用力划出痕迹来表达自己的愤怒,然后我伤心地把它一把推到了那儿。好吧,我一会儿就会把它拿开。

我坐下来等待电脑显示主页面,然后登录邮箱。

> 收件人:马修·科尔宾
>
> 发件人:美乐蒂·伯德
>
> **主题:我们现在该怎么办?**
>
> 老妮娜已经被排除嫌疑了,现在呢?
>
> 美乐蒂

我没有回复她。

有一辆车开进了巷子,我伸了个懒腰朝窗外看:今晚巷子周围没有警察,佩妮是在一号房门前从蓝色的菲亚特上下来的。这有点儿奇怪,因为通常是戈登开车。我坐回去,回想起来,我已经有一段时间没有同时看到佩妮和戈登了,他们原先总是形影不离。这中间都过了多久?我起身走到楼梯平台,从床头柜上抓起笔记本,回到书房再次坐下,开始翻阅。

……看起来他们正在组织一个搜救队,戈登、苏和克劳迪娅都会参加……

……上午11:27,戈登上车离开……

……佩妮·沙利文就在隔壁与查尔斯先生交谈并且时不时地拍拍他的胳膊……

……戈登在我家放下了一个大盒子,它看起来像是爸爸妈妈从佩妮那愚蠢的目录册里订购的……

我继续回忆泰迪失踪的那个晚上,然后我停下来,心脏狂跳。

……我简直不敢相信妈妈竟然同意让那个令人毛骨悚然的小孩凯茜今晚留宿在我们家。我在睡梦中被她惊醒过一次,那时才凌晨2:18。"金鱼男孩,泰迪是被一位年长的女士带走了。"她惊喊道。那么现在问题来了，泰迪会在老妮娜那儿吗？

但妮娜并不是这条街上唯一的老太太。我伸手去拿《惠灵顿家用解决方案》的目录册，发现页面上布满了钢笔的划痕。这些线条从一侧延伸到另一侧，疯狂又随意地划过产品的介绍文字和照片，十分潦草。但现在，当我再看它时，并不那么生气了。其中有些划痕的线条是旋涡状和环形的，有些则是一圈又一圈的卷曲状。虽然划痕很乱，但不具有威胁性，看起来不像是妈妈会做的。事实上，这看起来甚至不像是一个成年人会做的事情，更像是一个孩子的涂鸦。

我站起来。一号房的窗帘被拉上，厅里的灯亮起来。我的呼吸变得急促，花了一点儿时间才慢慢平稳下来。

> 收件人：美乐蒂·伯德
>
> 发件人：马修·科尔宾
>
> **主题：一号房**
>
> 佩妮和戈登的行为可疑……
>
> 马修

我停下来，删除了这封邮件草稿。这一次，在完全确认之前，我什么都不想说。

我走到楼梯平台上，能听到爸爸还在我的房间里刮擦墙壁的声音。

我走下楼，妈妈正在温室里熨衣服。她抬起头，眼周有浓重的黑眼圈。

"你还好吗，马修？"

我停在门口。

"妈妈，你最近和佩妮说过话吗？"

"佩妮吗？没有，今天是没有的。我知道所有关于泰迪的事情都会让戈登非常痛苦，她说警官一搜查，他血压就会高。加之为他的心脏考虑，凡事都必须更加小心，所以他们会先离开这里一段时间。"

妈妈放下熨斗。

"怎么了，马修？你脸色不太好。"

"什么时候？他们什么时候走？"

妈妈耸耸肩。

"我不知道，她没有说。但我想应该会很快，她还说至少要离开个几周。"

她走到水槽前，给熨斗加满水。我走到前门，缓缓深呼吸了几次。我考虑得越多，就越举步维艰，所以我必须在焦虑到达峰值之前赶快行动，我头晕眼花，跟跄着穿上鞋子。

"我出去一下，很快就会回来。"我对妈妈说，在她开口之前跑出去关上了门。

看着一号房，怕一会儿的行动弄坏了墙纸狮子的眼睛，我把它从口袋里拿出来握在手里。为了安全起见，我尽量屏住呼吸，穿过马路朝佩妮和戈登家走去。

他们的电视很大声地开着，能看到窗帘后面的屏幕在闪烁。

我试图寻找泰迪的踪迹，检查了他们的车：座位一尘不染，后视镜上悬挂着一个棕榈树形状的绿色空气清新剂，车门的隔层里有一张当地的地图，挡位前面有一罐薄荷糖和一块蓝色的布，可能是用来擦拭挡风玻璃的。我又检查了后座：只有地上放着一盒纸巾，没有任何可疑的地方。我绕到另一侧，想看清驾驶位车门上的储物袋：顶部伸出一个塑料手柄，可能是刮冰器，还有一些旧报纸。这侧的座位下面有一个亮橙色的东西引起了我的注意，但看不太清楚是什么，我又走到引擎盖前，靠在挡风玻璃上，双手环住眼睛。

那是一个小型的橙色推土机玩具，是佩妮从查尔斯先生花园里的玩具堆里捡起的塑料推土机玩具。

我听到两声紧促的喇叭声，猛地弹起来。

"不好！"

车前灯开始闪烁，喇叭不断鸣响——是我不小心弄响了汽车警报器。我愣了一下，赶忙跑向路边，一号房的门被打开。

"是你吗，马修？你在干什么？"

佩妮摸索出车钥匙，按了一下，警报停止了。

"对不起，我，我只是……不小心撞到了……

我立刻转身打算离开。

"但是你究竟想做什么呢？你来这里肯定不是为了触发我们的汽车警报器吧？"

我向她走了几步，用这个间隙揣摩她的状态。她把前门拉上一点儿，抱起双臂，守在门口，就像我不想让任何人进入我房间时所做的那样；她依旧很时尚，穿了淡粉色的衬衫和天蓝色的裙子，头发和平时一样整齐地别在脑后，看起来很平静，没有任何紧张的样子——除了厌弃地看着站在她车子面前的我。

"嗯，到底是什么？你想要什么，马修？"

"我，呃，妈妈说您要走了。"

她对我眨了眨眼。

"我想知道您不在的时候是否需要做点儿什么，比如，需要帮您给植物浇水吗？或是拉上窗帘？帮您分发目录册？类似这些。"

说这些的时候，我的脸很烫，我自己都不相信这些话。

戈登露出一半脸出现在门口，当他看到我时，眼睛都瞪大了。

"这是怎么回事？"他低声说道。

她几乎是把他推搡进去的，我隐约能听到她在门后低声说话。

"没关系的，戈登，马修正要走。"

她再次出现，整理了下前额的头发。

"谢谢你，马修，你的提议真是太好了，但不用了，我们都安顿好了。"说完，她走进去，关上了门。

我回到家直接去了厨房，发现冰箱上的一块躺椅形状的磁贴下面有布拉德利警官的名片。我听见妈妈在楼上洗澡，而爸爸正在把他的粉刷工具放回棚子里。

我盯着警官的名片，然后又看了看放在一边的电话，想着我能对他说些什么。

因为她拿了一个推土机玩具就能推测是佩妮和戈登抓走了泰迪？

加上自从泰迪失踪后我就没有见过他们在一起了？

戈登看起来不是很轻松？

他们正在计划一个长假？

这就又像我怀疑老妮娜那次了，我并没有确凿的证据。

不管怎样，电话的听筒看起来不是很卫生，还被细菌感染过。那电话看起来就像是随时都可以轻易消灭我的"凶器"，所以我还是任其保持原来的样子，终究没有拨出这个电话。

第三十一章

金鱼崽

我弄丢了墙纸狮子的眼睛。

我记不清具体的细节,但应该是我在检查佩妮和戈登家的车时把它弄丢的,就在我慌乱之中关掉汽车警报器的时候。我向窗外望去,想要看看它丢在了哪里,但昏暗中几乎看不到任何细小的东西,我是真的把它弄丢了。

我躺在书房地板的床垫上断断续续睡了一觉,迷迷糊糊做了个梦:有人站在我身后,轻拍我的背,我转身想看清楚是谁,但他们立即消失了。当我醒来时,天已经黑了,床垫上的弹簧硌着我的左肩。我继续躺了一会儿,感觉尖锐的弹簧尖都快戳到我的骨头了,我这才翻了个身。我盯着电脑桌,屏幕旁的时钟显示凌晨四点五十五分。从现在起,鸟儿会开始歌唱,黎明将要到来。

我希望今天能回到自己的房间,可以按照自己喜欢的方式来摆放我的东西。然而,墙纸狮子再也不会回来了,但我真的很需要找到那只仅存的眼睛。

我听到外面有大门关上的声音。巷子里有人起得很早,也许是苏要去超市上早班，不过也不至于这么早吧?

我闭上眼睛，试图回想那只眼睛可能在的地方。我白天一定要去马路上看看，再把人行道和前门台阶的周围找一找。

我听到一阵哭声，是外面有一个孩子在哭。

我睁开眼睛，再次看了眼时钟，是凌晨四点五十六分，我用胳膊肘把头支在枕头上，竖起耳朵听。

一片寂静。

我肯定是幻听了。我再次躺下，把床单从身上扯开。这里比我的房间热得多，贴近地面的空气实在令人发闷，就算隔着地毯也不太管用。

我闭上眼睛，那个声音又出现了：一个孩子的哭声。我坐起来听，这一次它有所持续。

我爬下床，打开窗帘，朝下看向查尔斯先生的花园。

"哦……我的……老天爷……"

站在玫瑰丛边的小路上，正在用手揉脸的，是许久不见的泰迪。他轻轻抽泣，用胳膊擦了擦脸，抬头看到我，便停下了动作。

"金鱼崽。"

我看着他，不敢置信。我是在做梦吗？

"金鱼崽！"

他胖乎乎的小手臂指向我的窗户，眼下，他正穿着白色的拉拉裤和印有卡通蛋卷冰激凌的 T 恤衫，脚上没穿鞋子。他伸出手，朝我弯弯手指，像是在招呼一只小宠物。

"金鱼崽,过来点儿?"

我跑向楼梯平台。

"妈妈!爸爸!快!是泰迪!"

我跑下楼梯,直冲出门,站到马路上。我赤脚走向花园的栅栏,混凝土地面硌得我皱起眉头。泰迪穿过草坪朝我走来,看到我时欣喜若狂,上蹿下跳。我盯着他,有一瞬间我不确定他是不是鬼。天渐渐亮了,一只鸟儿开始大声鸣叫。

"泰迪?"

他看起来很好,是真的真的很好:只是有些疲惫,眼睛红红的,头发看起来需要好好清洗一下。除此之外,他似乎毫发无损。他停下来,弯腰揪起一把草,想要递给我吃。我朝他走去,好像是被他那只胖乎乎的小手催眠了一般。走廊里的灯亮了,是爸爸妈妈过来了。

"泰迪。"我问他,"你去哪儿了?是谁把你带走了?你没事吧?泰迪,你到底去哪儿了?"

他对我的问题不感兴趣,一心只想喂我吃草。

"快吃,金鱼崽,你快吃!"

我迅速扫了一眼隔壁,他们还都没起床,屋内一片漆黑,汽车也都在家停着。在泰迪身后,我可以看到查尔斯先生家大门紧闭。我后退了一步,面向巷子,深吸一大口气,用尽全身力气对着面前的房子喊道:

"泰!迪!回!来!了!"

第三十二章

回家

　　如果妈妈认为梅丽莎·道森从美国回来时紧紧拥抱了凯茜，那么她应该也看到了梅丽莎是如何拥抱泰迪的。她当时抱得特别用力，仿佛要将泰迪融入自己的身体、自己的血液。听到我的喊叫，她是第一个跑出来的，跌跌撞撞地跑向她的儿子，一把抱住了他，把头埋进他的颈窝，抽泣起来。泰迪越过他妈妈的肩膀看着我，皱了皱眉，这下可没办法喂我吃草了。看到大家陆续走出来，我便回了家。爸爸和妈妈挤出了门，两人你推我搡，争着想要看看发生了什么事。

　　"怎么了？泰迪回来了？在哪儿？他怎么回来的？"

　　查尔斯先生出来了，后面跟着睡眼惺忪的凯茜。她看了泰迪一眼，泪流满面，抱着外公的腿大哭。

　　我上了楼，在书房里观察着一切。美乐蒂和她妈妈也过来了，看到梅丽莎和她怀里的泰迪，她们也笑着拥抱在一起，弗兰基趴在她们脚边兴奋地狂吠。一辆巡逻车过来了，肯定是有人报了警。两名警察从车上下来，拿着对讲机急切地交谈着。教区长府邸的门也打开了,老妮娜走下台阶,手里拿着一条蓝色的针织小毯子,和泰迪失踪那天他手里拿着的毯子很像。和我怀疑的一样,她其实是在织这样一条毯子。她穿着拖鞋走向十一号房,高高地抬起头,专注地看着梅丽莎。泰迪的妈妈接过毯子,道了声"谢谢",然后疯狂地吻着儿子的头和脸。只有一间房子依旧一片漆黑,没有亮灯——是佩妮和戈登的家。

我躺在床垫上,盯着天花板,听着外面众人兴奋的声音,大家纷纷问着问题。

"泰迪,你去哪儿了?"

"泰迪,告诉我们吧!"

"抓走你的人是男是女?"

"快告诉我们吧,亲爱的!"

"泰迪,谁把你从我们身边带走了?"

泰迪没有说话,我想象着他用手指向佩妮和戈登的房子,但随后他的回答只有一句:

"是金鱼崽!"

第三十三章

寻找墙纸狮子的眼睛

"拜托,听我说,并不是我抓走了泰迪·道森!他只是喜欢扯着我,因为他姐姐曾管我叫金鱼,而且每当我站在窗边往外看,他们常常会注意到我并指向我,仅此而已!"

布拉德利警官眯起眼睛。

"我明白。"他说,"只是每次我们问泰迪去了哪里以及是谁带走了他,他都只会给我们这个答案。"他停顿了一会儿,低头看着笔记本,然后又看着我。

"金鱼崽。"

我呻吟了一声,坐了回去。

"你就是他所说的'金鱼崽'吧,马修?你告诉他那是你的名字了吗?"

"才不是!我为什么要这样称呼自己?我根本就没跟这孩子说过话!"

妈妈把手放在我的肩膀上,我缩了一下。

"冷静点儿,马修,你没有被指控任何事情。"

"但是，如果真像你说的那样，那他们为什么问我这些问题，妈妈？"我看着坐在厨房里的警察，"你为什么在这儿？你为什么不出去搜查其他房子呢？"

爸爸站在水壶旁边，到目前为止他什么也没说。布拉德利警官再次低头看着他的笔记本。

"我们只搜查我们认为有必要搜查的住户，况且目前，你的邻居们都没有嫌疑。再者，之前你为什么告诉查尔斯先生你认为是教区长府邸的妮娜·芬内尔夫人抓走了他呢？"

我感到有细菌在皮肤上爬行，刺痛得很，我需要洗手。

"马修？"妈妈问道。

"克劳迪娅·伯德女士和她的女儿美乐蒂也在车站告诉过我们这个情况，伯德女士还表示你是在指控妮娜·芬内尔，是这样吗？"

"马修！他在说什么？"妈妈继续问道，"我告诉过你老妮娜和这件事没有任何关系。"

"但……但是你怎么能确定呢，妈妈？"

妈妈看得出来我快要哭了，她把注意力转向警察。

"警官先生，泰迪怎么样？他受伤了吗？"

他摇摇头。

"他还好，已经被送往医院接受检查，初步迹象表明他的身体状况很好，没有受伤。他的衣服将被送去进行法医鉴定，这有望帮助我们更多地了解他曾去过哪里。"

当他提到司医鉴定时，他的目光集中在我的手上，我的乳胶手套上——不会留下任何指纹的手套。我把手从桌子上挪下来，放在腿上。

"警官先生，我是嫌疑人吗？我百分之九十的时间待在家里，怎么能在没人知道的情况下绑架并藏匿一个小孩呢？尤其是还要瞒过和我住在同一屋檐下的爸爸妈妈？"

布拉德利警官看着我妈妈，试图找出她参与此事的任何线索，然后又迅速看了我爸爸一眼。

"你是最后一个见到泰迪的人，马修，现在你又是第一个看到他回来的人，这两次你都没有看到他身边有其他人吗？"

"没有！"

"还有他失踪时你见到他的那次，当时他跟你打招呼了吗？你什么时候往窗外看的？"

我的嘴巴张开又合上，动作真的像金鱼一样，我实在不知道该说什么。

"警官先生，泰迪多大了？"爸爸终于加入了我们的对话，我感激地给了他一个浅浅的微笑。

听到这个问题，布拉德利警官看起来有点儿吃惊。

"嗯，他是个小孩子，他……"他又查阅了一下笔记，回答道，"十五个月了。"

"警官先生，您有孩子吗？"

"我有个儿子，科尔宾先生，他三岁了。"

爸爸笑了。

"啊，那真是太可爱了，这么说他刚学会说话的时间并不长，不是吗？"

"我，呃，是的……刚学会不久。"

爸爸抱起双臂。

"虽然我不是专家，但最起码我认为十五个月大的孩子通常不会有太多词汇量，你觉得呢，西拉？"

我转过头，用眼神恳求妈妈支持他，她大声说道：

"对！马修那么大的时候，根本不会说话！我认为他说的第一句话是'屁屁'，而这一情况一直持续到他至少十八个月大，而且只有在他弄脏拉拉裤的时候才会这样说。我非常渴望他能说出'妈妈'，以至于我对此感到很不安，我说得没错吧，布莱恩？"

这会儿，我又真希望妈妈别再说了。

布拉德利警官看上去彻底听累了。

"好的好的，听我说科尔宾先生和夫人，我来这里只是想弄明白为什么小泰迪会和你们的儿子扯上关系，仅此而已。"

他将手掌平放在厨房的桌子上。

"现在，马修，在我走之前想再问一个问题，然后就不打扰你了。"

我点了点头。

"我希望你在回答之前认真考虑一下，好吗？"他向我倾身问道，"马修，你知道是谁带走了泰迪·道森吗？"

当我思考我的答案时，涨红了脸，用眼角的余光看到爸爸正在咬指甲。我有足够的证据来指控佩妮和戈登吗？不，我只有零散的信息。在我说任何话之前,需要做更多调查。

"不。"我回答,"我不知道。"

新闻的头版是"泰迪·道森被找回且安然无恙",但现阶段仍没有关于他可能去过哪里的任何线索。直到午饭时间,它已经成为热度第四的事件了。到了下午三点,也没有关于这方面更新的报道。像是一艘在地中海搁浅的渡轮,泰迪失踪事件已经成为旧闻。

我粗略瞥了一眼新装修的房间,令人惊讶的是,它看起来非常好。新刷的油漆已经干了,今天爸爸就会把我的家具搬回去。墙壁很光滑,看来妈妈之前说的是对的——鸡胸肉色的确是一种温馨的奶油色。窗帘也已经被洗过,窗户也被擦干净,整个房间看起来很明亮,一切都很好,比我预期的要好。但只有一件事:我看了一眼墙纸狮子曾经看向我的地方,如今光秃秃的,什么也没有。

我回到楼梯的平台,从床头柜里拿出双筒望远镜,跪在书房的地毯上,将胳膊肘架在窗台上,盯着一号房。

美乐蒂从家里出来,穿着粉色人字拖穿过马路,朝墓地走去。我想,她又是去收集纪念卡了。

我用双筒望远镜扫视佩妮和戈登家门前的车道,镜头沿着人行道慢慢地移动,这时,我眼前出现了一个自行车轮。我抬起头,看到是杰克在附近骑车转圈。他一直骑到一号房门前,撞上马路牙子,又经过查尔斯先生家外面,再重新出发。我继续观察,一些石头和树叶引起了我的注意,但我很快意识到它们不是重点,就继续看向别的地方。

几分钟后,我坐了回去。杰克正沿"之"字形骑过我家门前马路最宽的路段,在我家外面左冲冲,右冲冲。当他经过停在查尔斯先生家旁边的布拉德利警官的银色汽车时,扬起一阵灰尘。忽然,好像有什么东西在微风中飘扬,我立即努力拉近镜头,将它放大。它缓缓落下,"躺"在马路上,一阵微风将它吹起,又飘向了佩妮和戈登家。我找到了!我找到了墙纸狮子眼睛的那块壁纸!我笑了,把望远镜咔嗒一声扔到窗台上。

我必须快点儿下去捡起来,否则我会再次失去它。我跑出家门,经过警车,穿过马路朝一号门走去。

"马修!你在干什么?"杰克在我旁边大喊。

"没什么,杰克。"我站在马路尽头回答道。他停下自行车盯着我看。

"看起来可不像是没什么。"他说。

戈登从他家的一侧出现,身后拖着一个黑色垃圾箱。

"嗨,马修,你好。终于等到了小泰迪的好消息,可真是太好了,不是吗?"他说着,可我并没有抬头。

"没错,没错,太好了。"

我怎么也找不到它。

"一切都顺利吗?"

戈登朝我走来,把带轮子的垃圾箱留在车行道中央,我抬头看了他一眼。

"我——我丢了东西。我是昨天丢的,我以为我刚看到了,但现在又找不到了,被风吹走了。"

戈登环顾四周的地面。

"哦,亲爱的,让我看看是否能帮上忙。我们到底在找什么?"

他温和的脸上挂着微笑,热心的帮忙让我轻松了不少。就在几小时前,我还以为他可能与泰迪的失踪有关,我现在简直不敢相信那时的自己。

"是一张淡黄色的纸,有这么大。"我一边说,一边用戴手套的手为他比画——我用两手的食指和拇指围了一个差不多大小的圈。戈登正盯着我的手时,杰克喊道。

"在这里!"

我看向杰克所指的地方,就在佩妮和戈登家前门的台阶旁边,墙纸狮子的眼睛在风中飘扬,看起来像是在绕圈跳舞。

"就是它!"

杰克哐啷一声丢下自行车,跑到马路上来找我。

眼看那张壁纸飘向前门,我们同时冲过去够它时,杰克笑了。最终,是我先跑到那儿拿到了。当我抓住它时,注意到眼前的窗户玻璃上有什么东西。我直起身子,盯着玻璃,体内的血管因寒冷而收缩。我看着杰克,他看了看我,我朝我所看到的方向歪了歪头,他皱起眉头,靠近了一步,然后张大了嘴,转过身来看着我。

戈登笑容满面地加入了我们。

"让我们来看看，到底是什么东西如此重要！"

我盯着他。

"怎么了，马修？你不会又弄丢了吧？"

我用拇指和食指紧紧夹住墙纸狮子的眼睛。

"没有，没有，我拿着呢。虽然这其实不是什么贵重的东西，甚至只是一张愚蠢的纸，但我觉得我会需要它的。"

杰克盯着戈登时，戈登的嘴仍然张着。戈登看着我们俩，对我们的表情感到困惑。我慢慢地走开，杰克去扶他的自行车。

"好吧，如果你一直在跑来跑去试图抓住它，那它一定很重要。"戈登皱着眉头不明所以地说。

我又退了两步。布拉德利警官正从查尔斯先生的房子里出来，朝他的车走去。

"没什么，谢谢您，谢谢您帮我……"

戈登摇了摇头，然后突然伸出手抓住了我的肩膀。当他用浅灰色的眼睛看着我时，我愣住了。

"你确定你没事吗，马修？"

他回头盯着自己的房子，试图弄清楚是什么让我们俩做出了这样的反应。我试图摆脱他，但他用力地抓住了我。

"我得走了，能让我走吗，戈登先生？"

他摇摇头。

"你到底在做什么，马修？你就是个爱管闲事的人，对吧？没事总盯着窗外，想把与你无关的事情一探究竟，你觉得这样显得自己很聪明吗？"

杰克骑着自行车来到我身边。

"你没听见他说话吗？他说，放开他，让他走！"

戈登甚至没有看他，只是盯着我。我听到警车在我们身后发动，我扬起眉毛，过了短暂的几秒，杰克忽然明白了，立刻跑到警车前，敲打着玻璃。

砰，砰，砰！

戈登继续试探我。

"你究竟怎么了，马修？你想向大家证明什么？你想证明自己是一个正常的孩子，过着正常的生活吗？"

他苦笑了起来。

"如果我是你的话，那我现在就会放弃的，孩子，我会继续在窗户后面躲好。因为你根本不知道这里发生了什么，生活是怎样的。"

他终于把手从我的胳膊上拿开。

"不是的，戈登，你错了。"我盯着他说道。

"我全都知道。"

我绕过杰克，一路跑回家。他仍在和布拉德利警官说话，他的脸涨得通红，急切地指着戈登和佩妮的房子。到家之后，我没有脱鞋就直奔书房，站在窗边看着外面的街道：杰克现在正骑着自行车往家的方向去，布拉德利警官坐在发动着的车里，戈登已经回家了，带轮子的垃圾箱也被放置在车行道的尽头，准备明天收垃圾用。

"拜托了，布拉德利警官。去看看吧，求您了。"我轻声恳求。

警官把安全带拉到大腿处,又停了下来。熄了火,缓缓下车。他环顾街道,然后看着我,恼怒地叹了口气。稍作调整后,他假装漫不经心地走向佩妮和戈登的家。他在马路上站了一会儿,审视着房子前和车周围,然后走到窗边,用手抵在额头和玻璃中间朝里看。

"拜托,拜托……您一定要去看看!求您了!"我再一次恳求。

他先是看了看较大的玻璃窗,然后走到前门附近,弯下腰研究起一个小角落。起身后,他在那儿一动不动地站了一会儿,突然从腰带上抓起对讲机,急切地大声讲话。

我坐下来,长长地舒了一口气,看着掌心里失而复得的墙纸狮子的眼睛,发自内心地笑了,此刻,我如释重负。

他看到了。

我看到了,杰克也看到了,现在布拉德利警官也看到了。

它就在那里——在玻璃侧板的角落里。除非你通过特定的角度并且还要太阳刚好处于合适的位置,否则几乎看不见。

那是一个黏糊糊的手印,是一个孩子的手印。

第三十四章

逮捕

切斯纳特巷子里的居民们陆续走出家门,围观一号房的状况。马路尽头有两名警察维持治安,防止公众靠得太近。美乐蒂和她妈妈站在台阶上,紧紧搂着对方。

"我还是不敢相信。"妈妈喃喃道,"是佩妮和戈登?竟然是佩妮和戈登?"

爸爸用手臂搂住妈妈的肩膀,有那么一瞬间,我想去握住她的手,但我没有。

乌云向我们逼近,碧蓝的天空变成了奇怪的紫色,从近处看,就像是盖了一条又大又黑的毯子,终于不再那么热了。

苏站在前门旁,挽着杰克的手臂。他看起来并不高兴,但也不抗拒。我们对上目光,相视一笑。

七号房的门打开了,汉娜像往常一样轻揉着肚子,和詹金斯先生一前一后走出来,他们停在门口,詹金斯先生在汉娜身后用双臂环着她。

"你在这儿还好吗,马修?"妈妈转向我问道。我点了点头。

查尔斯先生站在我们左侧，身旁是他的玫瑰丛，花朵大都卷曲或凋谢了。凯茜在他旁边，紧握着他的手，眼睛盯着对面的房子。梅丽莎·道森站在门口，泰迪坐在她的臂弯里。美乐蒂穿过马路向我跑来。

"我们怎么能没发现呢，小马修？泰迪居然一直都在我们身边？"

她的头发别在耳后，距离我大概只有二十厘米，我朝左边迈了一小步，以免不小心碰到她。

"看！"她喊道。

一号房的门被打开，戈登出来了，穿着淡蓝色衬衫和米色裤子，戴着手铐，发现我们都在看他，便用手捂住脸。警察把他带到一辆正在等候的汽车旁边，把他押到后座。

汽车缓缓开走，我朝隔壁看去，看到梅丽莎和泰迪已经回家了。

"他看起来毫无异样。"妈妈说，"在做了那么多让别人痛苦的事后，怎么还能如此平静？跟什么都没发生一样？"

爸爸没有说话，只是摩挲着她的手臂。

没过多久，佩妮出来了，她看起来依旧十分精致。一名女警察领着她沿小路走下去，佩妮将她戴着手铐的双手放在一边，仿佛那只是一个装饰品。她没有朝我们的方向看，但当她正要上车时，查尔斯先生对她喊道：

"为什么，佩妮？"他哽咽着说，"你为什么要这样对我们？"

她越过车顶看着他，然后慢慢地掠过我们所有人的脸。

"我像一个合格的母亲一样照顾了他。"她认真地说道，然后将目光定在握着查尔斯先生手的小女孩身上。

"不是吗，凯茜？"

警察走后，我们都松了一口气。

"她什么意思？那小姑娘知道什么吗？"妈妈说。

爸爸耸耸肩："她刚刚被逮捕，她什么都能说得出来。"

"我还是无法相信，佩妮能做那种事！"

爸爸冷哼一声："多年来我一直在告诉你她是一个自认为无所不知的人，西拉，显然她有极强的优越感。"

他们进了屋，只留下我和美乐蒂。空中的闪电像相机的闪光灯一样打在我们的身上，我低声数着。

"一，二，三，四，五，六，七，八，九，十……"

远处传来低沉的轰隆声。

"只剩十英里了！"一直在听我数数的美乐蒂说道。

"实际上只有两英里。"我说，"你要将秒除以五才行，爸爸曾经是这么告诉我的。"

美乐蒂看起来十分震惊。

"风暴比我们想象的要近得多，是吗？"

雷声再次隆隆响起，美乐蒂尖叫起来。

"一会儿见，小马修！"她说完就跑回了三号门，她妈妈笑着伸出手臂，把她抱进了屋里。几滴雨开始落下，在人行道上晕开黑色的印记。雨水敲打在冒着热气的混凝土上，我环顾着空荡荡的巷子，老妮娜家的灯在黑暗中显得比以往任何时候都亮，她家的门缓缓打开。

她站在那里,她的小猫依偎在她的肩膀上,头埋在颈窝里。她冲我勾起手指,示意我过去。我把手插在口袋里,用胳膊肘推开她家的大门,慢慢走到那扇黑色的前门处。她的脸颊上有一层淡粉色的腮红,眼睛是富有生机的绿色。小猫在她怀里蠕动,她在它的头顶上飞快地吻了一下,继而扫视着街道,向我迈了一步。

"我知道你可能不会……"她开口说道,又停下来清了清嗓子,然后再次开口,"我知道你可能不会太在意我这样的老太太,但我还是要说。"

她微笑时,脸变得明亮起来。

"你一直都从上面的窗户看着我。"

又是一道闪电和隆隆的雷声,让我的心颤抖起来。

"我——我很抱歉。"我说道,但她挥挥手让我停下来。

"不不不,你不用担心这个。每天能看到不同的人在过着自己的生活,这很有趣,不是吗?为什么会这样说?因为我有时感到有点儿孤独,也会去观察别人。生活并不是事事如意,对吧,马修?"

她停了下来,泪水浸湿了我的双眼,她的脸在我的视线里变得模糊,我甚至都没听到她叫我的名字。

"你也知道,我自己也经历过艰难的时期。我可以告诉你,我的生活绝不像玫瑰那样美好。"她微微一笑,但眼神里充满悲伤。望着那盏闪烁着橙色光芒的灯,她停顿了一下,喘了几口气。我浑身湿透，头发贴在脸上，现在只想回家。我动了动脚，她迅速转过身来面向我，我看到她眼睛周围的细小皱纹被泪水浸湿。然后，她缓缓伸出手，握住我的胳膊，紧紧地握在手里。我想抽回胳膊，但她的目光坚定地看着我，我愣住了。

"听我说，马修，听听我要告诉你的话，事情就会开始变得更有意义。"

我等她开口。她皱起眉头，手握得更紧。

"不要只是等待风暴结束，而要学着走出去，在雨中跳舞。"

她继续盯着我。

"你明白吗？"她说。

我想了一会儿，浑身发抖，只能点头。她微笑着放下我的胳膊，走回屋里，然后关上身后的门。我转过身，朝家的方向走去。

第三十五章

凯茜

8月1日 星期五 下午5:41 卧室 凉爽多云
在查尔斯先生家花园玩耍的儿童：2
墙纸狮子：0
目前被关押的邻居：2

我又回到家里的餐桌旁，和爸爸妈妈待在一起。妈妈刚才已经出去了好几个小时，从坎彭警官和一些邻居那里得到了不少消息，正迫不及待地告诉我们。

"显然，当时佩妮看到泰迪独自一人在查尔斯先生的前花园里玩耍，所以她过去看他是否还好……"

"那个女人总是多管闲事。"爸爸一边说，一边把番茄酱挤到他的盘子里，"我一直搞不明白你为什么对她这么友好，西拉。"

妈妈没有理会他。

"她透过窗户看到查尔斯先生在扶手椅上睡着了，凯茜在地上玩她的瓷娃娃。"

"凯茜当时就在附近吗？"爸爸问道。

"稍等，稍等，布莱恩！"妈妈在座位上扭动着说道，"就是要说这个事情！佩妮决定带他回家照顾他，所以才抱起了泰迪，在带他回家之前还向她挥过手！她向凯茜挥手了！"

爸爸放下叉子。

"什么？你的意思是说这孩子一直都知道泰迪在哪里？"

我默默地吃着意大利面。

"我不知道，布莱恩。凯茜否认了这一点，佩妮很绝望！但她一定会说出什么来摆脱困境吧？"

妈妈拿起叉子又放下，心烦意乱，不想吃东西。

"佩妮告诉警方，她只是想照顾他一段时间，以便查尔斯先生能够休息一下，她并不是故意要留他这么久的。"

"不，不，不。"爸爸反驳道，"我完全不信。那个女人因为想要证明自己是位很优秀的母亲，于是去干涉自己孩子的生活，结果却把孩子'赶'走了。不，真实的情况应该是她看到了泰迪，心里肯定在想：'我可以更好地照顾他。'但她毫不关心其他人，只是自顾自地带着他，事情就是这样。"

爸爸吃了一大口土豆泥。

妈妈继续说道：

"但他们并没有意识到事情的严重性，警用直升机就在屋顶轰隆作响。结果佩妮非但没有承认，反而说服戈登让泰迪多待一阵儿。她告诉警察，查尔斯先生很没用。"

妈妈转向我问道："你知道泰迪是什么时候被推进池塘的吗？

佩妮说查尔斯先生正忙着跟她聊天,都没注意到自己的外孙正处于危险之中。她说如果不是你敲玻璃,泰迪就会被淹死。"

听了这话,吃着饭的我们都安静了一会儿。

"那个戈登,他一直都是受欺负的那个人。"爸爸想了想后说道,"他从来没有反抗过她。"

妈妈去拿了一杯水。

"好吧,他最终还是站起来反抗她了,她开始计划带孩子出国,戈登这才忍不住了。趁她还在睡觉,他把泰迪放回了前花园。就是你进来的地方,亲爱的。"

妈妈坐下来,给了我一个灿烂的笑脸。

"苏·毕晓普下周会举行烧烤派对,把它当成一个小型的庆祝活动,邀请了整个巷子的人。这真的很棒,不是吗?你会来的吧,小马修?美乐蒂和杰克也会去。"

我耸耸肩,又摇摇头,于是我们继续吃饭。

所以说,凯茜坚决否认那天见过佩妮·沙利文。我想知道查尔斯先生、凯茜的妈妈或者警察是否会相信她,我也想知道是否有人会相信她。

不过,我是肯定不会相信她的。

第三十六章

治疗

"你觉得罗兹医生结婚了吗？"

我根本不在乎她结没结婚，此刻的我只感到皮肤上有东西在爬来爬去，让人难受得很，我的膝盖止不住地上下颤抖，只希望妈妈能立刻掉头回家。

"我想，她有一个女儿。"我回答道。

"她有吗？那她多大了？"

我没想到罗兹医生是进出妈妈美容院里的那种人，因此也没有对她的什么八卦感兴趣。我凝视着车窗外，眼前经过一个牵着小孩的女人，那个小孩满头金发。

"你听说了梅丽莎和孩子们今天早上要去机场的事吗？"

我点点头。早上六点二十二分，我被三次敲击墙面的声音吵醒。

咚，咚，咚。

两分钟后，我听到汽车引擎的启动声，是梅丽莎正带着凯茜和泰迪·道森一起准备回纽约，她不会再让孩子们离开自己的视线。她还打算在美国雇一名保姆,好让两个孩子在她忙于工作时也有人陪伴。

我们把车开到高街尽头,我感觉自己快要吐了。我看着妈妈,她把手指放在嘴唇上面看向我,离我很近,都快能给我一个吻了。

"坚强点儿,马修。"她说,"你可以做到的,好吗?"

我在那儿坐了会儿,在想一个不下车的理由,而且是还要她能直接掉头带我回家的那种。车旁有一个垃圾箱,在一侧贴着一张寻找失踪儿童的海报,泰迪似乎在眨着那双明亮的眼睛看着我:

"快点儿找到我呀,金鱼崽。"

罗兹医生微笑着欢迎我,我坐在棕色皮沙发上,看了一眼墙上的时钟。

"欢迎你,马修,你做得很好,我知道这对你来说并不容易。"

她微笑着冲我点头,我突然感觉自己就像是受邀参加脱口秀节目的嘉宾。

"那么,我们开始,好吗?"罗兹医生静了会儿并戴上眼镜,然后我们就进入正题。

首先,她想让我解释下当我接触到我认为肮脏的东西时的感受,我觉得这很愚蠢,便没回答。但过了一会儿,很明显她不笑了,变得严肃起来,我这才告诉她,大多数时候我会感觉到自己的心脏快要爆炸了。

我们还讨论了最令我焦虑的五种恐惧,她画了一个柱状图,我必须根据它们带给我的感觉给这些恐惧打分:

5. 不戴手套触摸公共场合的门把手 / 扶手——焦虑等级:7
4. 不戴手套触摸垃圾箱——焦虑等级:8
3. 不戴手套触摸奈杰尔——焦虑等级:9
2. 不戴手套触摸他人——焦虑等级:9
1. 亲吻另一个人——焦虑等级:10

我没有提到我与"十 + 三"的问题,也没有提到我口袋里藏着一小块狮子眼睛形状的墙纸,那是我认为能给我带来好运的东西。

我们谈了很长时间,又谈到引发我的焦虑的原因,然后她放下笔记本,摘掉眼镜。

"根据你告诉我的情况,我认为你对细菌的恐惧源于你担心自己可能会将疾病传染给其他人,所以让你痛苦的不是你担心自己生病,而是你担心别人因你而生病,是这样吗?"

她的那种"奇幻的魔法思维"又出现了。她是怎么知道这些事的?她的头偏向一侧,像是盯住了猎物。

"你愿意和我说说这件事吗?"

我清了清嗓子,温热的泪水涌进眼里,我赶紧眨了眨眼,把泪水憋了回去。

"如果——如果我不打扫……不一直打扫,我就会生病,而我周围的人就可能因我而丢掉性命。"

罗兹医生点点头。

"我明白了,那么你有什么证据来支撑这个结论呢?"

我揉了揉眉毛上方的伤疤,摸到深深的凹痕,这就是我支撑这个结论需要的证据,也是我最不愿回忆起的那件事。我缩着肩膀,罗兹医生冲我眨了眨眼睛——一次、两次、三次,我说不出话,想干脆在这份沉默里憋死。与爸爸妈妈不同的是,她不会因为我不说话就放过我。

"妈妈的孩子死了。"我声音颤抖地说,"是因为我。"

我知道此时的我随时都会哭出来,但我仍试图控制自己。

"我明白了。"罗兹医生把下巴抵在拳头上,"继续。"

我深吸了一口气。

"在我七岁的时候,我在半夜醒来,感觉很不舒服,躺着也不敢动弹,因为我真的不想吐出来,您能明白那种感觉吗?"

罗兹医生点点头。

我在床上僵了几分钟,听着肚子咕噜咕噜叫,希望能熬过这种反胃的感觉,但事实并非如此,实在忍不住了,我大声呼喊妈妈。那时她正怀着孕,行动并不是很方便,但依然来到了我房间的门廊。

"怎么了,马修?"她睡眼惺忪地问。她的白色长睡袍系在肚子上,就像固定了的气球,她把双手放在上面。

"我感觉不太舒服。"我说着,尽量一动不动。

她打开我房间的灯,坐在我的床上。随着床垫上下晃动,我的胃里开始翻腾。她宽大的手捂住了我的额头,让我瑟瑟发抖。

"你发烧了,亲爱的。我去给你拿点儿东西,先等一等,让我清醒一下。"

她的眼睛半闭着,坐在我的床边,看起来并没像她所说的那样'清醒一下',而是快要睡着了。我等了几秒钟,看着她的脑袋轻轻向前点头,她的眼睛也越来越沉重。我忍着恶心使劲吞咽了一次、两次,但我实在忍不住了,翻了个身,吐到了床边,就像我在船上晕船一样。我的地毯、羽绒被、床头柜以及妈妈的右胳膊和右腿上都溅满了呕吐物。

"哦,马修!布莱恩!布莱恩!!"

我知道她并不是真的生我气,只是因怀孕而疲惫不堪,还因在半夜被吵了起来。爸爸穿着短裤就过来了,头发也竖着。

"哦,马修!呃,看看这些……过来吧,我们给你清理一下。"

爸爸把我的床单拽了下来,而我去了洗手间。因为发烧,我一直在发抖,在洗手间里呕吐。

第二天早上醒来的时候,我感觉更糟了:全身刺痛,每一寸皮肤都是如此,从眼睑到指尖。我走进浴室,看到镜子里的自己时,我吓了一跳,忍不住叫出声来,又赶忙捂住了嘴:我的脸上布满了鲜红的斑点——这简直让我喘不上气。我对着镜子掀起衬衫,盯着自己的胸部,眼前的这些小斑点就像是要从我的皮肤中喷涌而出。我尖叫着大喊妈妈,但这次是爸爸先到了我身边,他先是满脸惊慌,但当他看清我胸部的状况时,他笑了。

"你起水痘了!仅此而已,只是水痘,小马修。"

妈妈出现在他身后。

"结果还是起了!我还以为你会逃过一劫呢。"她微笑着站在那里说道。爸爸皱着眉头看她,看向她怀孕的肚子,妈妈却对他摆了摆手:"不会有事的。"

"没关系,布莱恩,我以前起过水痘,会有抗体的。好了,我去穿衣服。"

想到还有一周小宝宝就要出生了,我不禁让人感叹母亲真是太伟大了。她像一个合格的护理人员那样照顾着我:当我发烧时,她会在我的额头上放湿毛巾;当我恢复食欲时,她会给我做任何我想要的食物;当我因那些红色斑点痒得发疯时,她会给我在这些斑点上擦粉红色的乳液。但几天过后,事情并未朝着好的方向发展。那天,我正躺在楼下的沙发上看漫画,无意中听到她在厨房里打电话。她试图压低声音,但听起来很惊慌。

"有血,布莱恩,我很害怕……是的,是的,我叫了一辆出租车正在来的路上……我知道,我知道,但我真的很担心……佩妮和戈登会过来看看。"

她声音沙哑,我能听到她在走廊里小声哭泣。但她走进客厅时,向我保证一切安好,想必那时候她一定已经镇定下来了,毕竟她脸上毫无泪水的痕迹。

佩妮和戈登到了,佩妮扶妈妈进了出租车后座。她把两个包放进后备厢,一个是给妈妈的,一个是给宝宝的,然后出租车开

293

走了。当佩妮关上门时,我咬住嘴唇,以免哭出来。妈妈在匆忙中忘记了和我说再见。

我擦掉脸上的泪水,抬头看着罗兹医生。

"他是因为我而死的,是因为我害妈妈生病了,才导致她肚子里的孩子死了。如果我当初能赶走那些细菌的话,卡勒姆就会活下来,现在他就能出现在这儿了。"

我用手捂住脸,抽泣起来。罗兹医生递给我一张又一张的纸巾,直到我平静下来。

"这不是你的错,马修。人们总是会遇到不好的事情,而且有时背后并没有任何原因。我可以肯定地告诉你,你弟弟的死与你生病或起水痘没有任何关系。"

我冲她点了点头。我明白她在说什么,但我大脑的很大一部分仍然不相信。就好像掌管这些记忆的那部分大脑有自己的线路,只会按它自己的意愿编造些什么来折磨我。

"你今天能告诉我这件事真是太好了。你跟爸爸妈妈说过这件事吗?"

我摇摇头。

"你为什么不考虑告诉他们呢,马修?这能帮助他们更好地了解你的感受。"

我什么也没说,只是点点头,又擦了擦眼睛。我太累了,恨不得立刻蜷缩在她柔软的沙发上睡觉。

她谈到，我克服恐惧的唯一方法就是直面恐惧，让自己陷入最不舒服的境地，我必须做与我的想法相反的事情。然后我会重新训练我的大脑，让我明白我害怕的事情其实并没有那么可怕。在接下来的几周里，她说我们会想出一些练习让我做一做，如果我踏踏实实地努力并且真真正正地投入，那么我很快就会看到结果。我告诉她这听起来太过荒谬，我太害怕了，所以根本做不到。她笑起来，我看了一眼时钟，发现时间是十点二十七分，"不吉利"数字表示的时间已经悄然过去，还是在我根本没有注意到的情况下。

"你做得很好，马修。"她微笑着合上笔记本，再次说道，"那你心中的未来是什么样子的呢？"

我想我应该说一些类似于"我多么希望环游世界，和心上人结婚，生几个可爱的宝宝，养一只黑色的拉布拉多犬，再买一辆漂亮的奥迪"这样的话，但我只是耸耸肩。

"我不知道。"我回答道。

她把笔记本放在桌子上，说在我们结束之前，想给我讲一个小故事。她把眼镜推到满是红色秀发的头顶，然后身子向后靠去，看起来像是要给我读一本哄睡的书：

"很久很久以前，有一个名叫蒂莫西的小男孩，他与你年龄相仿，在很多方面都与你相似。每天早上，他都会像其他孩子一样去上学，但在与妈妈告别后，他会抓起一顶挂在前门挂钩上的橙色毛线帽，戴上它并照照镜子，然后再去学校。

"正如你想象的那样，整天在课堂上戴着橙色的毛线帽，让他被其他的孩子另眼相看，他们在走廊里对他指指点点，嘲笑他，辱骂他，乐此不疲。但这并没有打倒蒂莫西，他每天依旧会在离开家之前戴上这顶帽子，然后再去学校。

"有一天早上，在老师进来开始讲述那极其枯燥的地理课之前，一个令人讨厌的名叫塔比莎的小女孩站起来，双手叉腰，对着像往常一样坐在教室后面、戴着帽子的蒂莫西大喊大叫：

"'喂！蒂莫西！为什么你每天都戴那顶帽子？'

"全班爆发出哄笑声，每个人都盯着蒂莫西，他独自坐在角落里，把帽檐拉得很低，刚好盖住眉毛。他抬起头，微笑着看着周围的人，大家逐渐安静下来。

"'为什么？嗯，当然是为了保护自己免受毒蛇的侵害。'

"全班陷入了更加肆无忌惮的大笑，等到他们再次安静下来时，塔比莎再次尖叫：

"'但你真的太蠢了吧！学校里根本没有毒蛇，难道真的有吗？！'

"大家再次安静下来，急切地等待蒂莫西的回应，男孩依旧对他们所有人报以微笑。

"'啊哈，你说得对！'他说着，脸上露出会心的微笑。'但这完全得益于我戴着幸运的橙色帽子，不是吗？'"

第三十七章

敞开心扉的家庭谈话

那天晚上,我站在楼梯最顶上的一级台阶上,知道爸爸妈妈在看电视,正在播放的是情景喜剧,时不时能听到爸爸咯咯的笑声。

我看了看书房,又看了看外面的街道。老妮娜家的台灯亮着,她看电视的时候,前屋也隐约闪烁出光芒。我想起她对我说的话,永远不要等待暴风雨过去,而要学会在暴风雨中起舞。我明白她的意思,我不能对自己放任不管,相反,我必须迎难而上。我深吸一口气,走下楼。

"马修,怎么了?"当我站到电视机前时,妈妈睁大眼睛问道。

"爸爸妈妈,我没想打扰你们看电视,但我想和你们谈谈。"我说道,"有件事我必须告诉你们。"

爸爸立刻关掉电视,和妈妈一起坐着等待我开口。我双手绞在一起,把拇指深深地埋进手掌里。

"我执着于清洁是因为……是因为我担心如果不做,就会有人死去。"

妈妈倒吸一口气,然后抓住爸爸的手臂。

"你这是什么意思?"爸爸说。

我无法看向他们,因为我知道,如果对上他们的目光,我就会停下来,想要逃跑,但我必须继续说下去。

"在我的脑海里,我认为如果我不保持卫生,不清除所有细菌,那么我可能会生病……"

我清了清嗓子。

"……如果我生病了,就会害你们也生病,你们最后就可能有生命危险,像卡勒姆那样。"

妈妈把手捂在嘴边。我咽了咽唾沫,仍然没有直视他们。

"我曾经生过一次病,妈妈,就是你怀孕的时候,还记得吗?当时我起了水痘,躺在你身边,身上特别难受。"

妈妈点点头,手仍然放在嘴边。

"在那之后,你去了医院,然后……然后……你失去了孩子。"我开始抽泣,"我不知道怎么了,也不知道为什么,但从那时起,我就觉得这是我的错,我觉得卡勒姆是因为我的病而死的。"

我失声痛哭,妈妈冲向我,爸爸也站了起来。

"噢,我们亲爱的小马修!"

"这就是为什么我要如此频繁地打扫卫生,这就是为什么我需要戴手套,这样我的手上就不会沾染任何细菌。爸爸,我对手套的事情感到抱歉,我知道你并不喜欢它们。"

爸爸说不出话来，只是点点头。

"但我需要它们，您能明白吗？我需要它们，这样我就不会像害死卡勒姆那样害死其他人。"

我的身体因抽泣而颤抖，根本停不下来。

"小马修，这当然不是你的错。"妈妈一边说着，一边用手指捏着下巴，"你只看到了事情的冰山一角，其实这件事与你生病、呕吐或者起水痘都没有关系。我年轻时就起过水痘，所以我当时肯定是有免疫力的啊！"

她起身向我迈出一步，我却往后退。

"你为什么一直把这件事压在心底？"爸爸问，"你为什么不告诉我们？"

我稍微平静下来。

"我只是，只是不知道该怎么和你们说。但后来隔壁的汉娜怀孕了……然后这种情况就越来越严重了。"

妈妈现在哭了起来，不过她还在笑着点头，认真倾听我说的一切。

"我给他写了一张纸条，妈妈。"我说，"我在放学前把纸条留给了他的'天使'。"

"你真的这样做了？"她一边说，一边擦着眼睛，"我不知道你这么做了。"

我点了点头。

"我和他说，他如今不在了，都是我的错，我说……我说我非常非常抱歉。"

"哦,马修。"

"我会好起来的,妈妈,爸爸。说真的,我会的。"我深吸一口气,擦了擦眼睛。

"罗兹医生会帮助我,她说这需要付出很多努力,但她认为我能做到。"

"你当然可以,我的儿子。"

爸爸张开双臂拥抱我,脸上挂着灿烂的笑容,泪水从他的脸颊上滚落下来。

"我还没痊愈,爸爸,别催我。"我笑道,向后退了一步。

然后爸爸妈妈和我一起笑了起来。事实上,我们是为解开了过去四年多里让我们的生活变得悲惨的事情而发自内心的快乐的笑。

"我为你感到骄傲,小马修。你知道吗?我非常非常自豪。"爸爸声音颤抖地说,我冲他微笑。

"谢谢爸爸。"

"如果你需要我做任何事,马修,你尽管说,好吗?什么都可以!我可以和你的学校谈谈并解释好这件事情,以后不再需要保守秘密了。"妈妈说。

"好的。"我说着,用袖子擦了擦脸颊。

我做到了,我告诉他们了,我真的说出来了。我的肩膀垂了下来,胃部深处一直紧绷的感觉也稍微放松了下来。我累了,真的太累了。

爸爸搂着妈妈,站在一起,看着我。

"确切地说，妈妈，你现在能为我做件事吗？"

我把手伸进后面的口袋，拿出我放在那儿保幸运、保平安的一小块墙纸。

"你能帮我把这个扔掉吗？"

我把墙纸狮子的眼睛放在她张开的手掌上。

"这是什么？"她一边研究一边问。

我叹了口气。

"没什么，我不再需要它了。"

我微笑着看着他们困惑的脸，然后上楼回到自己的房间。

我现在能回答罗兹医生的问题了，即我对未来的希望。我从后面翻开笔记本，找到空白的一页。

我心中的未来

马修·科尔宾

有一天我能走下楼，搂着妈妈并给她一个大大的拥抱。我能预料到，她会因此激动地大哭，所以我会让她自己先克制一下，然后和她一起去找爸爸。我会调皮地拍拍爸爸的后背，说道："要不要来场台球赛，嗯？"

晚餐的时候妈妈会为我们准备她最拿手的烤肉，还会时不时地把头伸向温室看看我们的比赛进行得如何。我们会围坐在圆桌旁一起吃饭，腿边靠着奈杰尔，它边梳理自己的毛，边咕噜咕噜地吃着东西。吃饱饭后,我们会一起窝在沙发里观看能让我们大笑的老派喜剧电影。

  这就是我的愿望。

  这就是我想要的生活。

  我想要走下楼梯活出崭新的自己。

第三十八章

苏的烧烤派对

我能听到传进我卧室里的笑声。

时不时还有一缕灰色的烟雾从我的窗户前飘过,又消散得无影无踪——苏庆祝泰迪安全归来的烧烤派对正在欢快热烈地进行。

汉娜和詹金斯先生后花园的树荫下停着一辆空婴儿车。在周日的晚上,小婴儿麦斯威尔提前三周出生,重七磅十盎司[1],十分健康。麦斯威尔的出生使这对夫妇欣喜若狂,汉娜的脸上一直挂着灿烂的笑容。在他们参加聚会之前,我看到她小心翼翼地用一条薄薄的白色毯子包裹好她刚出生的儿子。

查尔斯先生大约二十分钟前就出发了,不久之后爸爸妈妈也出发了。当然,他们试图让我跟他们一起去,但我说还是别了。

所有这些人。

所有这些细菌。

---

[1] 1磅约等于0.45千克。1盎司约等于0.03千克。

我还是做不到。

　　8月6日　星期三　晚上7:02　书房　晴
　　美乐蒂和她妈妈刚刚从家里出来，看起来是要去参加五号房的聚会。克劳迪娅拿着一瓶酒，美乐蒂端着一盘巧克力布朗尼蛋糕。

美乐蒂把头发盘起来了，是我以前从未见过的样子。她穿着淡黄色连衣裙和棕色凉鞋，看起来很漂亮。她们沿着杰克家门前的车行道走去，再绕过房子的一侧朝房子后面走去，然后苏发出一声兴奋的尖叫。我环顾四周寻找其他能吸引我注意力的东西，但实在是没有心情，于是干脆放下笔记本。

教区长府邸的门打开了，是老妮娜，她拿着一小束鲜花，一定是她刚从花园里摘的。她沿着小路走，紧张地环顾着四周，又拍拍自己的头发。她在门口停了下来，抬头看着我。我回看了她一眼：她的眼中流露出一丝害怕，然后她伸出手肘呈直角，摆动了一小下，整个动作十分有意思。

她在干什么？

她的脸涨得通红，虽然这么做让自己显得很尴尬，但她仍旧坚持做着奇怪的摆动动作。当她停下来时，抬起头看着我微笑，然后朝她的邻居们和派对走去。

我总算明白了，她是在跳舞。

我以为当自己走进花园时，大家都会回头注意到我，但除了少数人挑了挑眉外，几乎没人真正做出什么反应。

"哦，马修，很高兴见到你！你能来真是太好了，想喝点儿什么？"苏问道。我摇摇头，双手规矩地夹在腋下。

"不用，不用，谢谢。"我回答道。

妈妈正在和查尔斯先生说话，她看着我，对我微笑；爸爸正在帮杰克的哥哥里奥做烧烤，他举起一只手，在烟雾中挥舞着；老妮娜把花放在桌子上，冲我点头，然后转身沿着房子的一侧朝教区长府邸的方向走去，她看起来并不想留下来。

美乐蒂蹦到我面前，手舞足蹈。

"马修！你来了！"

"嘿，美乐蒂。"

"你想吃点儿什么吗？他们有一些很棒的汉堡！"

当她说"很棒"时，翻了个白眼，我笑了。

"不用了，我很好，谢谢。"

杰克走了过来，脸涨得通红，怀里抱着裹在白色毯子里的婴儿麦斯威尔。

"汉娜刚刚把他丢给了我！我应该怎么做？"

他轻轻地把婴儿上下摇晃。

"什么都不用做！你已经做得很好了。"美乐蒂笑着说。

"如果他醒了怎么办？"杰克问道，看上去越来越慌张，"如果他开始哭怎么办？"

詹金斯先生站在栅栏旁边，一只眼睛直直地盯着，目光不曾离开他刚出生的儿子,我甚至怀疑他是否真的很高兴杰克抱着他。

"在我看来,到目前为止你做得很好。"我说。

杰克盯着熟睡的婴儿。

"我不知道,他不断地挤眼睛,是表示他被风吹到了吗?我不太喜欢看到这种反应,得把他带回汉娜身边。"

美乐蒂和我看着他小心翼翼地绕过客人和户外的那些家具,边走边摇晃着婴儿。

"他人还不错,不是吗?"美乐蒂用餐巾擦了擦嘴,继续说,"我认为他只是想有些朋友,你觉得呢?"

"嗯,我觉得你说得对。"我说,"他只是需要一个机会。"

我们大笑着看他扭着手臂把麦斯威尔"递"给汉娜。他回头看着我们,微笑着,摇摇头,走向烧烤处去拿食物。

我并不想待太久,只是想和美乐蒂还有杰克打个招呼,并向爸爸妈妈表明我正在努力做出改变。

"那你呢,马修,感觉如何?还好吧?"

看着大家围在一起吃饭、聊天,我的喉咙上下滚动,用力咽了一下,眼前的这些人是我的全部、我的邻居、我的朋友。

我转身面向美乐蒂。

"我想,我很好。"我说。

致 谢

如果没有如此出色的团队做我坚实的后盾，这本书很难问世。

如果我没有遇到才华横溢的伊莎贝尔·罗杰斯医生，也就不会写下《金鱼男孩》。她让我看到并深入了解了强迫症群体，这个饱受精神衰弱病症困扰的群体。伊莎贝尔——感谢您分享的知识，是您激发了我如此多的想法，并且陪伴支持了我前期的创作，鼓励我继续前行。此外，我还通过英国一个有关强迫症的网站获得了很多信息，该网站为受强迫症影响的儿童和成人提供了令人意想不到的支持。

米德尔蒂奇团队（克莱尔、杰夫、格蕾丝和埃拉），感谢你们读了我早期的草稿，并给予我鼓励。其实，我想说，我很感激所有的家人和朋友，是他们从最初就相信我会成功而为我鼓劲，并且一路与我同行，伴我左右。虽然我没能在此一一提起名字，但请了解，如果没有你们，就没有现在的我——你们知道的，我就是指的你们！

安德鲁和莎拉·布莱斯——感谢你们让我能在萨福克度假酒店美丽的小木屋里写作，能在这难得的小空间里创作构思，难道你不认为这是一件很酷的事情吗？

迪克·柯比为我解答了许多有关警察事务方面的问题，我很感激！如果文章中还是出现了任何错误，那肯定是我没有正确捕捉信息造成的。

我能在作品成稿中写下这篇致谢，还要感谢一个人——我的经纪人亚当·冈特利特。亚当，我永远不会忘记你在周五下午晚些时候打来的令人兴奋的电话，说你愿意做我的经纪人——尽管你还没有读完草稿。谢谢你为我做的一切。此外，还要感谢西尔维娅·莫尔特尼，她在世界各地为我高举《金鱼男孩》的旗帜。亲爱的西尔维娅，我保留了你的每一封"报价"电子邮件，因为它们真的让我很开心！

感谢我出色的编辑，伦敦的劳伦·福琼（美乐蒂团队）和纽约的尼克·埃利奥普洛斯，感谢你们让这本书变得更好。你们的热情令人备受鼓舞，我不能奢求身边能有比两位更有才华或更优秀的编辑了。还要感谢萨曼莎·史密斯、菲·埃文斯、露西·理查森、珍妮·格伦克罗斯、彼得·马修斯以及所有全心全意支持本书的学乐出版社的员工，我简直不敢奢望还能有比他们更加出色的、支持我的出版团队。

迈克·洛厄里与设计师肖恩·威廉姆斯一起绘制了令人惊叹的封面。谢谢你们俩！能看到自己笔下的角色形象跃然纸上、变得鲜活，对我来说真是很美妙的体验。

妈妈——您对我的鼓励和信任至关重要，正是因为您，我才能不断前进。我希望这本书能有您足够多的"墙纸狮子"。是的，我知道您有多喜欢这些有趣的部分……我的妹妹林恩——感谢你的初读和重读后的编辑,我没有听到过你的任何抱怨(最起码,当着我的面没有)。你和爸爸一定会喜欢这本书的,而且我相信爸爸会为我们感到骄傲。

感谢我的丈夫,在我写作期间,是他给予我爱与鼓励,并在我苦苦寻找合适的词语时告诉我继续前进。谢谢你相信我并且一直陪伴在我身边。

最后,感谢我的两个出色的孩子,是他们在我的写作路上不断提供"新点子",在阅读初稿后提供了他们作为儿童的"专家"意见,并站在成功的终点张开双臂迎接我。我真的真的非常非常爱你们。

谢谢你们,支持我的、伟大的团队!我们做到了!

丽莎

译后记

  这是一本适合各个年龄段阅读的儿童读物，通过儿童司空见惯、兴趣至深的悬疑冒险故事来展现看似特殊的小部分少年的日常生活及心理状态，尤其关照了饱受强迫症困扰的群体。整个故事通过一名强迫症少年——马修讲述，以他的视角描绘了他家所在的巷子里发生的日常琐事。每一位邻居的身上都有各自的故事，是这些故事串联起马修所观察到的邻居们的一切行为，解释了巷子里发生的一系列看似不可思议的事情。

  这本书刻画了"天真邪恶"的幼女凯茜、开朗单纯的女孩美乐蒂、敏感义气的淘气包杰克、内敛善良的小天使马修、温柔宽容的"巫婆"老妮娜……无数鲜活的形象跃然纸上。这本书最大的特点，我认为是作者通过制造悬念、颠倒叙事顺序等写作手法创作出了真实、立体的人物。这也就是这本书虽为儿童读物，却适合各个年龄段阅读的原因，故事里的人物是立体的，并非扁平化的，没有所谓的"好人"与"坏人"、"正常人"与"另类"，人本就应该是多面的，每一面都值得被尊重与包容。

  作者的文笔幽默诙谐，读起来朗朗上口。初次阅读，我就被作者图画书式的写作风格吸引。书中的每一章都像是马修自己的日记，当然，故事中本就包含着马修的日记，是马修的日记串起故事的主线，在寻找泰迪的过程中发挥了重要的作用。作者将整部作品拆分出一个个故事场景，向读者娓娓道来，让读者身临其境。在阅读过程中，我们可以随时模拟书中的任何一个角色，可以作为小马修、凯茜、美乐蒂、老妮娜、布拉德利警官……真正参与书中的故事，在小马修寻找线索的同时，我们也在和他一起。

此外，作者还大量运用人物较为日常的对话，小短句居多，少见长难句，整体文字浅显易懂，用了大量拟声词辅助描绘场景，足以吸引儿童的注意力。在这些日常对话的处理上，我查阅了有关对话分析的知识，尽量做到多样化、个性化、趣味化，在对话中能够体现出各个角色的不同风格。在对拟声词的处理上，我更是努力令其"声情并茂"，让它们能够在作品之中真正"发声"。

法国女作家西蒙娜·德·波伏娃在《独白》中感言："对于我，从童年到青少年时代，是书把我一次次从伤心绝望中拯救出来；我确信文化是世界上最有价值的东西，也不容任何人动摇这一信念。"《金鱼男孩》这本书于我而言，更像是天使，在我饱受煎熬、困扰的时光里降临到我的身边。这不是我第一次做翻译，却是我第一次如此系统、专注地做一次成体系的翻译。我第一次拿到这本书最先被封面吸引了，这张插画很有特点，一下子就让我对这个被称作"金鱼男孩"的小朋友身上会发生的故事充满好奇，我不明白为什么他会被叫作金鱼男孩。毕竟在此之前，我从未将金鱼和男孩联系起来，我特别想深入了解他们之间的故事。

　　我开始阅读，逐渐被故事里的主角小马修吸引，他是一个如此独特而又善良的男孩。美乐蒂有一句话说得很对，她和马修是一类人，都是"孤独的人"。其实，通读下来，杰克也应该被纳入其中，甚至所有人，从灵魂的层面来看，都是独立的、孤独的个体，人们生而有个性，在群体的社会生活中寻找共性，渴望得到共鸣。说回书中的这三个小朋友：马修因为内心对弟弟的愧疚，患上一定程度的强迫症；美乐蒂因为长了疣，不敢袒露自己；杰克因为过敏症而不合群，被同学排挤。但事实上，这些都是人类最为正常不过的状态。这些所谓的"怪人"小朋友也都是善良的，会为了失踪的邻居绞尽脑汁寻找线索，哪怕是突破自己做那些令自己很痛苦的事情；会害怕教堂墓地的纪念卡被清理掉而一张一张捡回来好好保存，只为留住那些对逝者的思念；也会"忍不住"帮助小伙伴们一起寻找线索，看不得大家继续面对毫无头绪的破案进展。可以说，泰迪从失踪到被找到的这个过程，离不开这三位小天使热情友爱的帮助。这本书如春风化雨般教导小朋友们不要用所谓大众的眼光去审视他人，而是要在与他人的相处中来对一个人做出全面的衡量。我们如何定义"正常"，又如何确定"另类"，这应当是无解之题。

　　在书中，杰克由于患过敏症需要吃特制的食品、随身携带诊疗包而遭到同学们的取笑、排挤。最初的他还渴望坐校车时，小马修能坐在他身边，打消同学们心中认为杰克是"带病毒的""有传染性的"之类的顾虑，但尽管小马修内心是善良的，没有加入那些取笑他的同学行列,但他也未做出任何暖心的举动,这并不是他做错了,而是他没有勇气。所以,有善举是需要勇气的:像美乐蒂终于能在马修面前开诚布公,讲出自己去墓地的原因;像马修终于下定决心在父母和罗兹医生面前袒露内心,展示那个深深烙在心里的伤疤。可见,强迫症群体是需要且应该被社会关注、关爱、关照的,需要大家共同的努力,去挖掘他们内心的想法,齐心协力医治他们,帮助他们回到正常的生活轨道上来。

我一直以来都十分渴望将自己的所学真正应用于实践,所以我万分珍视此次的翻译机会。在导师的指导下,我好像更加向往去挖掘人类内心所想,去探索他们丰富的内心世界,去感受那些丰富的情感。存在即合理,人的想法也一样,外在的行动往往能折射出内在的趋向,我们应当尊重个性,关照与包容他人。希望这本书能够帮助人们克服内心的"十三",找到属于自己的"墙纸狮子",真正让自己成为自己。

夏晓桐